EL VIAJE

GÉNESIS

Elías Pessaj
SER O NO SER
Aquí y ahora…

A mi querido amigo el Profesor Fabio Zerpa, quien fue sin saberlo el principio inspirador, que despertó mi interés en escribir esta novela.

GÉNESIS

Índice

PREFACIO

"El viaje", nace inspirado en un hecho real, del cual se entera indirectamente el autor. En el año 1979, en la ciudad de Buenos Aires, Argentina, el autor presencia por un canal de televisión abierta, la emisión de un programa de investigación de sucesos paranormales, denominado "Cuarta Dimensión".

Dirigido por el Profesor Fabio Zerpa, conocido investigador uruguayo del fenómeno "OVNI", en él entrevista a una señora llamada Frida Schlaim.

Esta señora, de origen judío, relata al entrevistador una serie de sucesos, que la llevaron en la década de 1960 a viajar a Israel, donde se conecta con un grupo local liderado por una mujer, hija de un rabino. El padre de esta mujer, es a su vez hijo y nieto de rabinos, en una sucesión que se corta, con ella. Junto a ella y su grupo, Frida Schlaim, descubre un extraño y misterioso artefacto, enterrado en las entrañas de un monte de Israel.

Al tomar conocimiento, el gobierno de Israel interviene en el suceso. Y poco después, aparece en escena Yigael Yadin, quien fuera Comandante en jefe de las Fuerzas de Defensa de Israel (Tsahal en hebreo), dándole un giro arqueológico nacionalista.

Presumiblemente, con el afán de ocultar la verdadera naturaleza del descubrimiento, debido a su importancia y las peligrosas implicaciones y consecuencias de ser revelado públicamente.

Según un e-mail enviado al autor de esta novela, por la señora secretaria del investigador arriba mencionado, la Señora Frida Schlaim muere años después de cáncer. Ella misma relata en la entrevista, que habría contraído esta enfermedad mortal, al estar expuesta a la "radiación", emitida por el extraño objeto descubierto en Israel.

Por lo tanto, este acontecimiento es clave en el desarrollo de esta saga. Cuyo primer volumen, se compone de una serie de episodios, entrelazados en el tiempo y en el espacio, que exceden en gran parte esta historia, el marco de este mundo y los parámetros de esta realidad en la cual vivimos.

INTRODUCCIÓN

Muy lejos de nuestro planeta, a millones de años luz, comienza la historia de esta novela. Allí en un mundo distante, en una dimensión atemporal e inaccesible a nosotros, seres de una clase muy evolucionada, llevan a cabo una extraña reunión para concretar un *"viaje"*.

Estos seres, semejantes a los ángeles bíblicos, se reúnen para emprender una aventura. Pero un suceso inesperado transformará la aventura en una experiencia única. Ellos son los custodios de nuestra galaxia y un desperfecto, un desajuste, una anomalía, exigirá su rápida intervención.

Esto hará que se involucren en el proceso evolutivo de nuestro mundo, y un instrumento deberá ser creado para *"reparar"* el desajuste, este instrumento llevará los materiales del mundo y *"algo"* adicional.

Pero en el mundo de la dualidad y el tiempo, fuerzas antagónicas se enfrentan en un par dialéctico, dentro del hombre como fuera de él.

Más aún, entre los mismos seres hay una conspiración, que busca frustrar la misión de sus iguales, y confundir a los humanos para usarlos al servicio de oscuros y egoístas propósitos.

Pero en las manos del hombre está su destino: él tiene la capacidad de *"elegir"*. Y cumplir con la misión que le fue asignada, si elige el camino correcto. Esta decisión es trascendental, pues podría llevar a la humanidad toda, hacia una ascensión en el plano evolutivo.

En un monte del medio oriente, muy cerca del Mar Muerto, se desencadenan los acontecimientos, que serán el epicentro de esta historia, ante un descubrimiento inusitado. Nuestros héroes, personajes comunes, descubren que la historia no es como les fue relatada. Repentinamente, una serie de sucesos inexplicables, les abren la puerta a una verdad, que el mundo trata de ocultar desde siglos.

EL VIAJE - GÉNESIS

CAPÍTULO 1

Yo no sabía nada.

Pero el deseo de aventura me atraía.

Y allí estaba yo, en medio de esa reunión.

Tanto me habían hablado de esta experiencia, que ya no pude soportar la curiosidad de saber de qué se trataba por mí mismo.

Y bueno me lancé, al principio con muchas dudas, pero sin darme cuenta atravesé la puerta y entré en ese juego del que ahora era un participante más. No podía dar crédito a lo que me estaba ocurriendo, verdaderamente.

El grupo ya estaba completo y solo faltaba yo. Como siempre llegaba último, siempre tarde y me sentía cohibido al ver a todos mis futuros compañeros de juego, ya presentes. El guía me presentó a cada uno y me entregó una ficha con los nombres y los datos de los integrantes incluido yo en la lista.

-Queridos amigos- dijo el guía a modo de introducción- ahora que el grupo está completo, sería interesante que se conozcan entre ustedes.

Les puedo asegurar, que la experiencia de este juego, los va a unir de una forma, que hasta ahora ninguno de ustedes ha conocido. Y esto no es publicidad, es algo que ustedes podrán comprobar muy pronto por sí mismos.

Así que rompan las formalidades y comiencen a charlar sin inhibiciones.-

-Vamos comienza tu Zenta, que se ve que eres uno de los más elocuentes del grupo y tienes muchas ganas de empezar el juego ¿No es así?- y señaló a uno de los integrantes: una hermosa fémina, ciñendo a la piel un ajustado traje plateado, que reflejaba todo, como un espejo tridimensional.

La tarde caía y yo miré por la ventana octogonal, de la torre tubular del mega complejo de setecientos ochenta y seis niveles, y pude ver como *Canopus*[1], lentamente desaparecía en el horizonte y la noche llenaba el cielo de estrellas.

¿Qué estaba haciendo allí? me preguntaba. ¿Qué clase de extravagancia era esta, que me había llevado a este lugar y a participar de este extraño juego? Mis ojos, vagaban por los valles circundados de cordones montañosos, que poco a poco, iban desapareciendo en la oscuridad, de la larga noche septuniana. Hasta que la claridad, comenzó a iluminarlo todo otra vez. La atmósfera de Septunio nuestro mundo, por un proceso físico-químico similar al *"plasma"*(cuarto estado de la materia), se convertía en una fuente luminiscente pero fría, sin desprendimiento de gases, sin combustión y el día continuaba sin interrupción, adecuándose a nuestro ritmo.

-¿Rádem, porque no te integras?- el guía interrumpió mis cavilaciones

-Oh, sí perdón, es que todo esto es muy extraño para mí.-

*1. **Canopus:** estrella de primera magnitud, situada en la constelación de la Quilla. Está a unos 98 años luz de la Tierra.*

-Es la primera vez que participo en algo así, y todavía no tengo muy claro, cuál es el motivo que me trajo aquí, a formar parte de esta experiencia y no…-

-Ah, no pienses tanto, todos estamos aquí, sin saber muy bien porque, no eres el único. Ven conmigo que platicaremos sobre esto- me propuso Zenta, deslumbrándome con los reflejos de su traje espejo, mientras me tomaba de la mano, llevándome hacia un rincón más tranquilo.

-¿Rádem es tu nombre, no?-

-Sí, mucho gusto de conocerte Zenta.-

-Y dime por curiosidad ¿Qué significa tu nombre?-

-Rádem significa: *"La esperanza que se esconde en los submundos, de ascender a un estado de existencia superior"*- le contesté

-¡Increíble! Todo ese significado, comprimido en un nombre tan corto. ¿Sabes Rádem, que tu nombre en cierta medida, está marcando algo, que podrá suceder en tu existencia?-

-Es posible, sé que no por azar recibí este nombre, pero no siempre las cosas, se dan de acuerdo a tus expectativas, Zenta.-

-Es muy cierto lo que dices.-

-¿Y cuál es el significado de tu nombre, Zenta?-

-Mi nombre significa, en la antigua lengua de los pueblos subterráneos: *"Luz reflejada sin fin"*.-

-Hermoso y está de acuerdo con tu atuendo espejado-

Nos hicimos muy amigos, Zenta y yo, y poco a poco otros integrantes del grupo, se fueron sumando con nosotros, atraídos como por un imán.

Así, se nos unieron Naro, un ser extraordinario, que podía cambiar su naturaleza energética, transformándose en cualquier elemento del universo. Luba hermosísima, tenía el don de percibir con exactitud, cualquier acontecimiento que estuviera ocurriendo, en el más remoto rincón de la creación. Wona, me explicó que tenía la capacidad de ubicuidad, y atravesaba todas las dimensiones y los mundos, a la velocidad del pensamiento.

Me quedé fascinado con Etrón, porque él era el mensajero del Supremo y brillaba dorado, como una llama. Argón, conocía casi todos los secretos y era uno de los más viejos, y a él acudiríamos, cuando algo nos resultara incomprensible.

Lera, luminosa como una estrella, conocía la mecánica y dinámica de todas las galaxias y por último, estaba ese extraño ser, el enigmático Feven.

Lo único, que ninguno de nosotros entendía, es que hacía allí Feven. Era un ser tan poderoso, como detestable, al punto que todos lo rechazábamos. Pero si estaba, era por una razón que superaba nuestro entendimiento, el Supremo lo había incluido y por lo tanto lo asumíamos.

Éramos nueve, y no sabíamos todavía que llegaríamos a ser, y que alcances tendrían nuestras acciones. Porque lo que nos sucedió tiempo después, fue tan fuerte, que nos afectó para siempre, de una forma única.

16

La reunión había sido un éxito, Timsók nuestro guía, así se llamaba, nos manifestó su satisfacción por el resultado obtenido. Según él, los subgrupos que se habían formado, respondían exactamente a las expectativas del juego, éramos como hilos de una trama invisible, que nos había entrelazado de una manera perfecta.

Nos teníamos que ir. Cada uno, debía retornar a su lugar y en unos días, nos volveríamos a reencontrar. Así, que nos dirigimos a la "Sala de Pensamiento".

Nuestra consistencia física es casi etérea, lumínica y nos comunicamos mentalmente. Nuestras conversaciones, si se puede llamarlas así, son como una música deliciosa e inédita. Para transportarnos de un lugar a otro, nos valemos del pensamiento. Podemos transportarnos en cualquier momento y desde el lugar que queramos, pero para evitar la dispersión energética, se dispuso utilizar en el mismo momento como mínimo a tres de nosotros.

Y en un lugar especialmente preparado para este fin, con una determinada forma y no otra cualquiera: la *"Sala de Pensamiento"*. Ya allí, cerramos un instante los ojos y cada cual volvió a su lugar.

Atravesé la torre tubular de setecientos ochenta y seis niveles del mega complejo y vi como se hacía cada vez más pequeña.

Una bola energética dorada, de cristal viviente me envolvía, sirviendo como vehículo y protección durante el traslado. A la distancia divisé mi hogar, como siempre, me esperaban en el Palacio Cristalino con mucha alegría.

Atravesé la puerta del palacio y entré en la sala de recepción, allí estaba Ictro mi asistente, nos dimos un abrazo.

-¿Y cómo estuvo la reunión en el mega complejo, Rádem?

-Muy buena, Ictro, no me imaginé que podía llegar a ser tan interesante.-

-Te lo había dicho y tú que no estabas muy decidido a ir.-

-Tengo que confesarte Ictro que tienes razón. Pero hay otro ingrediente inesperado, alguien que me llenó de entusiasmo y mayor interés.-

-Una fémina ¿No es así mi querido jefe y amigo Rádem?-

-Sí, querido amigo y que fémina ¡Es preciosa!-

-¿Y cómo se llama, dime cómo se llama?-

-Zenta es su nombre y es como su nombre, una luz reflejada en lo más profundo de mi alma y que no tiene fin, Ictro. ¡Ah! - Suspiré.

Ictro y yo recorrimos el Palacio Cristalino, como rutinariamente lo hacíamos, para comprobar que todo estaba en orden.

El Palacio, funciona al mismo tiempo en distintos niveles y con diferentes propósitos y resultados. Es una máquina altamente sofisticada y compleja, compuesta por cristales vivientes, como el que me sirvió de transporte.

Organismos inteligentes, desarrollados en base al silicio en lugar del carbono, que absorben la energía estelar de nuestra galaxia, la filtran, purifican, incrementan y luego la difunden nuevamente. Y es un archivo, al mismo tiempo, de todo lo que sucede en este sector del universo.

El Palacio cristalino es la memoria de esta zona, es una base local de datos activa y viviente. Todo lo que sucedió, sucede y sucederá queda registrado, desde lo más ínfimo, hasta lo más supremo. Nada escapa a su registro indeleble.

Nada, ni siquiera nosotros mismos podemos sustraernos. El Palacio es también un vórtice, una puerta dimensional, un nexo entre los mundos y es por lo tanto atemporal, está fuera del tiempo y el espacio, es en esencia un canal del Ser Supremo.

Yo Rádem, soy el responsable de su correcto funcionamiento. He sido designado para ello, soy por lo tanto: "El Príncipe del Palacio Cristalino", aunque soy una pieza más, a pesar de ser la pieza maestra.

-¿No es así Ictro? Su luz penetró mi alma...Zenta...-susurré.

-¡Creo Rádem, que por fin el amor atravesó tu coraza, ja, ja, ja!-

-Te ríes de mí, querido amigo …-

-Me alegro por ti, porque deseo que estés completo definitivamente.-

-Tal vez estés en lo cierto Ictro, quizás sea ella para mí, como yo para ella. ¿Quién puede saberlo? A pesar de conocer tantos misterios del universo, te confieso que en este punto, soy un completo ignorante.-

-Maestro Rádem, eres muy humilde y esto te confiere más grandeza aún. Pero creo que no es casualidad, que te hayan invitado a participar del "viaje" y que tú hayas accedido.-

-Es obvio que no es un simple juego, los sabios más grandes de la galaxia lo diseñaron y cada uno de los participantes es una pieza clave. Es evidente que no fueron elegidos al azar y el encuentro entre Zenta y tú no es accidental, es parte del Plan.-

-¿Cómo sabes tanto Ictro? ¡Me sorprendes con tu agudeza!-

-Tanto tiempo en el Palacio Cristalino a tu lado, han producido su efecto al fin.-

-Ictro, Ictro, tu sentido del humor es verdaderamente notable.-

-Rádem, acepta la sugerencia de este insignificante amigo, no te niegues a participar del proyecto, tu vida tendrá un cambio notable, lo sé-

Observé como Ictro se alejaba, dejando su sonrisa flotando en el aire. Bajo la apariencia simple de mi asistente y amigo, había en realidad un ser maravilloso. Su capacidad intuitiva, era algo fuera de lo común y por lo tanto su presencia era clave, para el funcionamiento del Palacio Cristalino.

Y él lo sabía y a pesar de la abrumadora cantidad de información que pasaba por él, nada lo perturbaba en su calma y armonía.

Mis pensamientos, fueron interrumpidos cuando pasaba por el sector de la pequeña estrella amarilla, la que se encuentra casi al borde, de esta galaxia. Allí se notaba cierta anomalía, acusada por el comportamiento de los cristales.

La radiación del sistema, de cuyo centro esta estrella es el eje, no llegaba al nivel de absorción necesario, como para ser purificado y difundido por los cristales vivientes. A pesar de ser una anomalía de minúscula proporción, no dejaba de tener importancia, ya que generaba un desbalance, que influía negativamente en el funcionamiento, de todo el conjunto estelar.

Debía ser reparado, sin ninguna duda. Le pedí a Ictro, que formara un equipo de investigación, para detectar el epicentro exacto de este desajuste. El equipo, se puso a trabajar con mucha velocidad y en muy poco tiempo, fue encontrada la causa del problema.

El origen del desequilibrio, se encontraba en un planeta del sistema, de la pequeña estrella amarilla. Para ser más precisos, el tercer planeta en órbita alrededor, de la mencionada estrella.

Entonces Ictro y yo analizamos la situación, valiéndonos de nuestros conocimientos y sabiduría y logramos penetrar el meollo del desajuste, luego de arduos esfuerzos y así fue, que descubrimos la falla.

Todo el problema, consistía en un corte, una interrupción en el flujo de la energía estelar. Las estrellas, forman un sistema que produce y transmite esta energía, como un alimento a todo el universo, hasta el rincón más recóndito.

Este sistema, forma un circuito en cada galaxia, y el Palacio Cristalino, es el dispositivo encargado de cerrar y abrir este circuito, como una diástole y sístole.

Pero el flujo llegaba hasta el tercer planeta y no pasaba de allí, no podía continuar, faltaba un nexo, un elemento que funcionara como enlace para que el flujo no se detuviera. Debíamos reparar el desperfecto y por lo tanto necesitábamos crear ese elemento.

Pero no sabíamos todavía, qué clase de elemento o dispositivo deberíamos crear, para que funcionara de la forma más adecuada, restableciendo la corriente energética estelar.

-Rádem, creo que debe ser un aparato, similar en su funcionamiento al Palacio Cristalino- me dijo Ictro

-Puede ser amigo, pero debe ser altamente complejo y simple al mismo tiempo, con un grado de autonomía y autorregulación importante, al punto que pueda actuar libremente, si fuere necesario y que pueda tomar decisiones por sí mismo, es decir que pueda *elegir*.-

-Creo que supera nuestra área, Rádem.-

-Efectivamente Ictro, debemos acudir al Supremo, para que nos auxilie.-

-Te sugiero Rádem, que lo hagamos sin demora.-

CAPÍTULO 2

La tarde caía lentamente, una brisa suave y húmeda acariciaba mi rostro.

Con mis pies en la arena, mis ojos contemplaban el bello atardecer y veían como el sol se hundía en el mar, llenando de rojo todo el horizonte.

Y mientras las sombras, se hacían cada vez más largas, en esta playa del mediterráneo israelí, disfrutaba de unas merecidas vacaciones después de tanto tiempo de actividad, sin descanso y sin tregua.

Verano en Tel Aviv, Israel. Julio ardía en la piel, y la playa estaba atestada de gente, la mayoría se preparaba para pasar la noche del Shabat en el lugar, armaban sus carpas y encendían el fuego antes que cayera la noche. Algunos asaban los típicos *"shipudím"*, trozos de pavo o pollo ensartados en unos palillos, que luego ponían al fuego de carbón, en unos braseros pequeños y el aroma se esparcía por todo el lugar.

Había gente de todas las latitudes, pero gran parte provenía de la antigua Unión Soviética, habían venido buscando mejores condiciones de vida.

El mundo entero se viene debatiendo en una crisis, que parece no tener solución y el medio oriente sigue siendo el epicentro de la tormenta.

Y este es el material de mi trabajo: soy periodista y trabajo para una agencia de noticias americana, que forma parte, de uno de los más grandes conglomerados mediáticos del mundo.

Aunque también, poseo un doctorado en arte. Y ahora estoy aquí, de vacaciones en el lugar donde empezó todo, donde nació el monoteísmo, en el lugar donde quizás también aparezca la respuesta al mal que aqueja al mundo actual : *la ausencia de valores auténticos y profundos.*

Todo gira alrededor del dinero y el poder, la religión y las tradiciones son solo una excusa.

Paradójicamente, el mundo se está uniendo a través del dinero y el problema en sí no está en el dinero, sino en la concentración cada vez mayor, en muy pocas manos.

Ya no es el dinero como medio para conseguir cosas, es el dinero por el dinero. Es el símbolo de la época y todos corren detrás de él…

-Fede, Fede, ¿Vamos al agua? Dale, está espectacular-

Mi esposa y compañera de equipo interrumpió mis pensamientos. La contemplé y vi cómo los años no habían pasado para ella, teníamos dos hijos y ella llevaba sus años como una muchacha joven, alta con su cabello castaño ondeando al viento y sus hermosos ojos negros. No había nada que hacer, la amaba demasiado…

-Bueno Débora, a que me zambullo primero- le aposté y corrimos al agua como dos niños y me zambullí primero…
Y así también salí del agua, estaba llena de medusas, mientras Débora con una sonrisa de triunfo me esperaba en la orilla.

La miré a sus profundos ojos negros y vi cómo se burlaba de mí, la agarré de la cintura y la empujé al agua haciéndole perder el equilibrio.

-Típica reacción de macho, que no puede aceptar el criterio, de su inteligente compañera de trabajo – replicó mientras se escurría el agua de su cabello.

Ya era de noche, cuando regresamos al hotel en Tel Aviv. Para nuestra sorpresa, parecía que todos los periodistas de Israel estaban allí y atravesando la densa muchedumbre reunida de colegas, tardamos una hora en llegar a nuestra habitación.

Débora, mientras entraba a la ducha, me dijo que abriera la minicomputadora portátil, para conocer las últimas noticias y tratar de entender el alboroto, que había en el lobby del hotel.

Me preparaba para entrar a la red de noticias, cuando escucho que golpean a la puerta. Era nuestro amigo y compañero de equipo, el americano Richard.

-¿Y qué tal estuvo la playa?- me preguntó

- De maravillas - le contesté

-Pero…no te enteraste de lo último que acaba de pasar, por supuesto.-

-No Richard, no tengo la menor idea de lo que está pasando, así que por favor cuéntame, estoy ansioso por enterarme.-

-Los países árabes, en bloque, decidieron renunciar a sus pretensiones sobre Jerusalén, y sus santuarios, y el Papa, accedió a estrechar aún más los vínculos con Israel, considerándole un estado hermano del Vaticano - Me sopapeó en la cara

-¿Qué dices????-

-Así como lo escuchas, los árabes abandonan Jerusalén y sus edificios religiosos legándolos a Israel, con la aprobación del Vaticano y la no oposición de todo el mundo islámico-

Estaba sorprendido, porque ocurría un suceso increíble de la noche a la mañana y yo estaba totalmente ajeno al tema.

-¿Cómo es posible, cuándo sucedió esto? ¿Richard, qué vamos a hacer ?-

-Fue hace una hora apenas, cuando ustedes estaban viniendo para aquí. Fue una decisión aparentemente repentina, nadie se la esperaba y produjo un alboroto. Pero gracias a que estamos de vacaciones todos juntos, somos el primer medio extranjero en el lugar. Quédate tranquilo, la noticia no se nos escapa, ya arreglé una nota con el primer ministro de Israel y es dentro de media hora, así que avísale a Débora que prepare su cámara ya.

-¿Y la agencia ya está al tanto de esto?-

-Si querido amigo, por supuesto y ya se está trasladando para aquí el resto del equipo, pero aún no saben en la agencia, que a nuestro medio le fue concedida la primicia exclusiva.

-Richard, le dije- ¿Te das cuenta que arruinaste nuestras vacaciones? Y eso que confié en ti, debido a nuestra larga amistad.

-Si quieres cancelo la entrevista- me contestó guiñándome un ojo.

Richard me conocía muy bien y sabía que nada me podía importar más, que estar en el centro del huracán, mi profesión era mi pasión.

Y más para Débora, que además de fotógrafa, es especialista en historia del medio oriente y… fue Richard quién entonces sugirió, porque no elegíamos Israel para las vacaciones y…también fue Richard nuestro productor y coordinador, quién nos facilitó los pasajes a través de la agencia de noticias…

-Sabías todo desde un principio, zorro viejo- le dije- y nos hiciste caer en tu cebo.-

-Olfato le dicen. Y al final y al cabo tuvimos nuestras vacaciones ¿O no?-

-Caímos en tu trampa de la forma más simple, porque conoces muy bien nuestros puntos débiles. ¿Ahora, hay algo que no entiendo Richard?- le pregunté –¿A qué se debe, este cambio repentino en el Vaticano y en el mundo islámico?-

-Mañana quizás sepamos algo, salimos para Masada muy temprano amigo y la nota es dentro de veinte minutos. Corre a avisarle a Débora y prepárense, la acción recién comienza. ¿No sientes circular ya la adrenalina por tus venas? Es una experiencia única, los espero en la puerta del hotel en cinco minutos-

Y se fue dando un portazo, a buscar su auto al garaje del hotel.

Nuestro productor ejecutivo, es el típico americano: metodista, alto, rubio, de cara colorada, siempre vistiendo una inmaculada camisa blanca. No le gustaba broncearse al sol, pero eso sí, es muy bueno jugando tenis y baloncesto.

Yo por el contrario no soy el típico argentino, ya que tengo también la nacionalidad americana, por parte de mi madre. He vivido mucho fuera de mi país natal, debido a los viajes de mi padre, empresario argentino dedicado al comercio internacional.

Así fue como conoció a mi madre, americana nacida en Nueva York, Long Island, precisamente en la localidad de Rockville Centre situada a 40 km aproximadamente al este de la isla de Manhattan.

Allí todavía viven mis abuelos maternos y me he criado de pequeño con ellos, pasando grandes momentos de mi infancia juntos. Y siempre paso por Nueva York, por lo menos tres veces al año para estar con ellos, sobre todo en Navidad y Año Nuevo en que se reúne toda nuestra familia.

Soy más bien alto, de cabello color castaño y de contextura física atlética. Entre mis hobbies preferidos están las artes marciales, y en primer lugar el "Krav Magá" que es combate de contacto: el sistema de lucha utilizado por las fuerzas de defensa y seguridad de Israel, y me encuentro en el nivel más alto.

Mi nombre es Federico Ballesteros Stirling y soy además políglota, ya que hablo fluido español, inglés americano, ruso, chino mandarín, italiano y portugués. Mi esposa se llama Débora Grinberg, austríaca de nacimiento, americana por adopción.

Ella también es políglota, habla fluido alemán, inglés, hebreo, árabe, ruso y español. Es muy importante el conocimiento de varios idiomas en nuestra profesión y nos complementamos.

Siempre viene a mi memoria el día que nos conocimos, fue en Italia, Roma. Yo estaba estudiando para lograr mi doctorado en Historia del Arte, y me encontraba caminando cerca del Coliseo romano, cuando vi un brillo metálico dorado entre las ruinas, me agaché y recogí una fina cadena con una estrella de David de oro.

Miré para todos lados pero no había ya nadie, era tarde y los turistas habían partido. Me dirigí hacia donde había dejado mi auto estacionado, entré y encendí las luces. Fue allí que la vi, caminando entre las sombras con una linterna. Llamé su atención con la bocina y ella se acercó al automóvil.

-¿Perdió algo señorita?- le pregunté en inglés.

-Sí, una cadena con una estrella de oro ¿Usted la vio por casualidad?-

El resto fue obvio, le mostré la cadena que había encontrado y comenzó a saltar de alegría, me dijo que era de su abuela y era muy valiosa para ella.

Le invité a tomar algo y por supuesto aceptó y allí comenzó todo nuestro idilio, que culminó con nuestro casamiento. Éramos lo que se dice en Israel, un matrimonio mixto.

No practico mi religión, aunque nací católico, se puede decir que más bien soy agnóstico, dudo pero no niego, pero soy intransigente con los estereotipos religiosos.

Corrí a avisarle a Débora y la sorprendí media desnuda saliendo de la ducha. La dejé refunfuñando, como toda mujer, porque no tenía tiempo ni para pintarse los labios. Recogí mi chaqueta y me largué por el ascensor.

La reunión con el primer ministro de Israel, no fue muy extensa. Pero obtuvimos la primicia y por la tele observamos nuestra nota. El premier expresó que Israel iba a confirmar mañana, lo que desde 1980 ya era un hecho declarado unilateralmente por la *Knesset*, El Parlamento de Israel: Jerusalén como capital única y eterna del Estado Judío.

Pero ahora con un ingrediente increíble, la total aprobación del mundo árabe e islámico en general y con la bendición ecuménica del Vaticano y la Organización de las Naciones Unidas en bloque, con muy pocas abstenciones.

Muy temprano llegamos al monte Masada, ubicado en las márgenes orientales del desierto de Judea, en las cercanías del Mar Muerto, entre Sodoma y Ein Guedi a unos 48 kilómetros al sureste de Jerusalén.

Su forma, es la de una meseta de lados muy escarpados y en la cima, se encuentran las ruinas de una antigua fortificación.

Las investigaciones sobre Masada, se basan en las obras escritas en el primer siglo de nuestra era, por *Flavio Josefo* (*Yosef ben Matitiahu*), historiador judío nacido en Jerusalén de linaje real y sacerdotal.

Se alzó contra los romanos, rechazando a *Vespasiano*, el general enviado por *Nerón* para aplastar la revuelta. Cayendo luego prisionero en el año 67 E.C., *Josefo* le profetizó a *Vespasiano* que sería emperador. Y cuando esto se cumplió, el flamante emperador liberó a *Josefo*, pasando a formar parte de su familia, confiriéndole para ello su apellido, y desde ese momento se lo conoció como *Flavio Josefo*. En el siglo I A.E.C. *Herodes el Grande,* rey de *Judea* construyó dos palacios fortificados. Luego de su muerte Masada fue ocupada por una guarnición romana hasta que los *zelotes²* la capturaron en el año 66 E.C.

El parque nacional Masada, estaba todo rodeado por blindados del ejército israelí, que formaban un cerco, como en épocas anteriores en la franja de Gaza. Era imposible que hubiera ocurrido un atentado, ya hacía tiempo que habían cesado, un poco después de la creación del Estado Palestino.

Mostramos nuestras credenciales de la prensa y nos permitieron atravesar el cerco. Un personaje extravagante, vestido muy informalmente nos esperaba. Por el respeto con que se dirigían a él, debía ser alguien importante. Cuando nos vio se aproximó a nosotros y nos dijo presentándose:

-Señores, mi nombre es David Netanyahu y soy el actual Ministro de Interior de Israel- ,

Y luego sin muchos rodeos continuó:

---

2. **Zelotes (en hebreo Kanaím)**: *Facción religioso política judía, conocida por su resistencia fanática al dominio romano en Judea durante el siglo I de la E.C.*

-Debo indicarles señores, que vuestro medio ha sido elegido, como portavoz internacional de lo que está ocurriendo. Así que vayamos directo al grano-

-De acuerdo ¿Qué está pasando?- Le pregunté, mientras subíamos al teleférico, que nos iba a elevar hacia la entrada oriental a 450 metros de altura sobre el Mar Muerto.

-Algo verdaderamente extraño y sorprendente- contestó enigmáticamente.

Ya arriba, nos llevó hacia una excavación, que se estaba realizando entre las ruinas de la Iglesia Bizantina y el Palacio Occidental, edificios cercanos a la puerta occidental.

Descendimos unos 23 metros, por un ancho pozo a través de un elevador, hasta que llegamos a una espaciosa cámara subterránea, excavada en la roca viva. En ella se encontraban talladas, extrañas inscripciones similares al arameo. Un grupo de arqueólogos, estaba trabajando en el lugar y el ministro se acercó a uno en especial y dirigiéndose a nosotros nos dijo:

-Señores, les presento al Dr. Rami Cohen, arqueólogo y antropólogo en jefe, Catedrático de la Universidad Hebrea de Jerusalén, experto internacional en semántica y filología antigua del medio oriente, y según la tradición judía, descendiente de los antiguos sacerdotes del Templo de Salomón-

No sabíamos si hacer una reverencia, o un simple saludo. Pero Rami, se encargó de disipar nuestras dudas. Estrechando nuestras manos, nos dijo:

-David es afecto a las bromas, no le hagan caso. Vengan por favor hacia este muro, que quiero mostrarles ciertas inscripciones, esculpidas en la roca de entrada a la última cámara -

Débora emitió un grito de asombro y se cubrió la boca sonrojada.

-Perdonen mi salida de tono, pero creo que lo que estoy viendo, es aproximadamente del siglo VI A.E.C. -

-¡Bravo señora!- aplaudió Rami- exactamente del año 587 A.E.C. -

-¡La fecha de destrucción por Nabucodonosor II[3] del Primer Templo!- dijo Débora

-Efectivamente ¿Y cómo es, que sabe usted tanto sobre el asunto, señora?

-Primero, porque soy especialista en historia del medio oriente, y segundo porque soy judía y recibí educación como tal-

-Interesante, ¿ Y qué interpreta señora…?

-Débora, ese es mi nombre- dijo presentándose

-Mucho gusto Débora, bien ¿Y qué interpreta usted en estas inscripciones?-

-Parece un hebreo muy arcaico, no es arameo, de eso estoy segura-

-Sí, muy bien, no es arameo, es un hebreo litúrgico, muy arcaico- afirmó Cohen

3. **Nabucodonosor II**: *Rey de Babilonia (630 -562 A.E.C.) Conocido por la conquista de Judá y Jerusalén.*

-Más precisamente, el hebreo que usaban los antiguos sacerdotes: "*Los Kohanim*", en las ceremonias del Templo de Salomón- dictaminó

-¿Y qué dice en la inscripción?- pregunté ansioso.

-Mis queridos amigos, les traduzco:

"Esta es la Morada del Santo de los Santos.
Solo aquel cuya vestidura esté inmaculada
Y libre de todo pecado puede penetrarla
Y solo en el Día de la Expiación.
¡Aléjate, oh! Simple mortal, porque la Cólera
Del Señor de los Ejércitos, EL-SHADAI
(El que Protege todas las Puertas de Israel)
Caerá sobre ti, si te atreves a traspasarla
Sin SU permiso"

-¡No puede ser!- exclamó Débora

-¿Por qué?- preguntamos Richard y yo.

-Porque esto se refiere al "*Sancta Sanctórum*" [4], que en hebreo se lo denomina "*Hakodesh Hakodashím*": el lugar más Sagrado del Sagrado Templo de Jerusalén- dictaminó Débora. Y según la tradición, solo el "*Kohen Gadol*", el Sumo Sacerdote podía entrar una vez por año, exactamente en *Iom Kipur*, el Día del Perdón- volvió a dictaminar Débora.

4. *Sancta Sanctórum*: *Era el lugar más sagrado del Templo de Salomón, donde se cree estaba el Arca de la Alianza, con los trozos de las Tablas de la Ley, que Moisés recibió en el Monte Sinaí.*

-No entiendo nada- dije

-Yo tampoco- me acompañó Richard

-Señores- dijo Rami- Lo que la inteligente señora Débora ha deducido es correcto, por lo tanto podemos decir que es muy posible, según las pruebas arqueológicas, que el *Sancta Sanctórum* fuera trasladado hacia aquí, para preservarlo todas las veces que corría peligro, de caer en manos profanas. Esto explicaría, la fuerte resistencia que hubo en *Masada*[5] contra el asedio romano y los sucesos posteriores, como el suicidio colectivo. Porque hubieran sido, para no revelar a los romanos, la existencia de este hecho y su ubicación dentro del monte- concluyó Cohen.

-¿Pero y todas las excavaciones que realizó Yigael Yadin entre 1963 a 1965?- preguntó Débora.

-Posiblemente él buscaba esta cámara, que recién ahora fue descubierta- le contestó Rami

-¿Esto quiere decir entonces que esencialmente el Templo nunca fue destruido?- pregunté

-Efectivamente señor- me contestó Rami.

---

5. *Masada*: *Fue el último bastión que resistió la invasión romana de Tito el hijo de Vespasiano. Según Flavio Josefo, sus defensores, unas mil personas, entre las que se contaban mujeres y niños, bajo el mando de Eleazar ben Yair, luego de resistir un sitio de más de 2 años por la X Legión Romana, comandada por el general Flavius Silva, prefirieron suicidarse en masa junto con sus familias antes que entregarse a los romanos en el año 73 de la E.C. Hecho considerado muy extraño, ya que la religión judía condena expresamente el suicidio.*

-Ahora, reflexionando- dije- esto tendría una implicancia muy fuerte y tiraría por tierra, el concepto tradicional que existe, en las tres grandes religiones. Porque desacralizaría a Jerusalén y pondría en tela de juicio, todas las concepciones teológicas, de las tres grandes religiones monoteístas: el judaísmo, el cristianismo y el Islam. Sería una revolución, casi como el advenimiento del Mesías.-

-Esto sería cierto, en la medida que el mundo se enterara de esta verdad- nos confesó Cohen- pero hay grandes presiones políticas, para que esto no se divulgue y es por esta razón, que los principales líderes del mundo árabe, van a entregar Jerusalén para que esto no se sepa, y además se suma la aprobación del Vaticano- terminó Rami

-¿Y cuál es el papel que nosotros jugamos?- preguntó Richard- nuestro trabajo es divulgar la noticia y usted lo sabe.-

-Así es- nos dijo mirándonos a los ojos Rami Cohen- y yo formo parte, de un grupo de científicos de relieve internacional, que desea que esta verdad se conozca, a pesar de los intereses políticos y esto es algo que el gobierno, aún no sabe. Pero muy a pesar mío, me han asignado la tarea de encubrir mi sorprendente hallazgo, luego de revelarles todo a ustedes para que sean testigos y garantes, si es que el mundo árabe y el mundo cristiano *a posteriori,* varían su actitud frente a nosotros y violan los tratados acordados.-

-¿Y qué es lo que nosotros ganamos con este silencio?- preguntó Richard

-Será depositada en la cuenta bancaria de cada uno de ustedes, la suma de cinco millones de dólares- disparó Cohen

-Es muy poco, un secreto tan grande vale mucho más- arguyó Richard

-Pienso lo mismo que usted, pero creo que no se atreverá a chantajear a toda una estructura, que supera la de un simple país. ¡Qué digo! De toda una cultura- aclaró Rami- y además sus jefes están al tanto de todo y la agencia antes de enviarlos, aceptó la suma de quinientos millones de dólares.

-¡No puedo creer lo que está ocurriendo!- exclamó Débora ofuscada- ¿Usted es un científico, que está pasando aquí?

-Hable más bajo señora, ya les dije que no estoy para nada de acuerdo, con lo que se está haciendo. Yo no soy político y me juego la vida con este diálogo, toda esta información es estrictamente confidencial. Pero ustedes fueron investigados por el gobierno y por mi grupo y recibí la aprobación de ambas partes, para revelarles todo lo que ocurre aquí, oficial y extraoficialmente. -

-Todo esto me resulta muy irregular y sospechoso- dije muy molesto.

-Sí- me acompañó Débora- ¿Cómo podemos confiar en usted Dr. Rami, apenas le conocemos.-

-Pues, les pongo todo a vuestra disposición, para que me investiguen a mí y verifiquen la veracidad de lo que les he contado, si así lo desean. ¿Les parece suficiente mi contacto en la Universidad Hebrea, el doctor Abraham Liberman, Físico Cuántico Premio Nobel y de reconocida trayectoria mundial?- nos miró con agudeza Rami.

-Me parece suficiente Dr. Rami, sabemos quién es el Profesor Liberman- dije asombrado

-Pero…¿No nos podría adelantar algo, como para saber dónde estamos parados?- dijo Richard

-Puedo adelantarles, quién está detrás de todo este encubrimiento: se trata de una "Siniestra Organización" muy poderosa y peligrosa a nivel mundial y que denominamos "SO" por sus siglas- nos informó misteriosamente Rami.

-Justamente vengo investigando los pasos de esa organización, que por cierto es muy escurridiza- dije- porque mi especialidad es el periodismo de investigación y me apasiona a pesar del riesgo.-

-Muy bien señores- dijo Rami- volvamos a lo que nos ocupa ahora. Mañana, vamos a penetrar en esta última cámara y es parte del trato, que estén ustedes con todo su equipo, a las nueve de la mañana, para documentar todo lo que encontremos en su interior. Así que los espero aquí a esa hora, fue un placer haber dialogado con ustedes-

Rami hizo una seña y su asistente nos acompañó a la salida. Subiendo por estrechas escaleras de madera y caminando por polvorientos pasadizos, llegamos a la entrada.

Allí nos estaba esperando el ministro de Interior, junto a otro personaje que por su apariencia parecía ser otro alto dignatario del gobierno israelí.

-Les presento a Yoab Shamir señores, el actual Canciller y creo que ahora saben, porque estamos nosotros a cargo de esta investigación, en lugar del Ministro de Cultura- dijo con cierto sarcasmo mientras volvíamos.

-Espero que no hayan creído todas esas tonterías, que el doctor Cohen les ha relatado- dijo David Netanyahu- Estamos al tanto de todo, no por nada nuestros servicios de inteligencia, están entre los más eficientes del mundo- nos señaló con indisimulada arrogancia.

David Netanyahu, el ministro de Interior nos trasladó en su limusina, dejándonos en la puerta del hotel en Tel Aviv y escuetamente nos dijo:

-Esperamos que hagan bien su trabajo y recibirán vuestra recompensa, hasta mañana señores- se despidió secamente

-¡Estos funcionarios israelíes se creen unos sabelotodo y no tienen ninguna delicadeza!- dijo Richard, visiblemente molesto por los comentarios.

-Son políticos- le contesté- y están cuidando su trasero como todos los políticos del mundo-

Era cierto lo que decía Richard, pero toda esta situación que estábamos viviendo, lo único que lograba era aumentar nuestra curiosidad, y como éramos periodistas lo veíamos como un reto.

-Estoy muy interesado ahora en ponerme en contacto con el doctor Liberman. ¿No piensan lo mismo amigos?- les pregunté.

-Si estoy en total acuerdo, nunca me imaginé una situación como esta- dijo Débora- pero era de esperarse algo así, todo esto es muy extraño, esta nota es muy atípica, solamente se compara con esa que hicimos del *"Hangar 18"*.-

-Me acuerdo, fue la nota más loca que hicimos. Pero con esta quizás ganemos el premio Pulitzer, después de todo- dije bromeando

-¿Chicos, que les parece si vamos al bar del hotel a tomar unos buenos tragos antes de irnos a dormir?- nos preguntó Richard- vi que tiene una buena selección de licores y creo que merecemos relajarnos bien para mañana, porque no sabemos lo que nos espera- dijo proféticamente Richard

-¡Excelente idea! - convinimos Débora y yo.

Y allí nos fuimos los tres.

-Buen día ¿durmieron bien?- nos preguntó David Netanyahu, cuando atravesamos la barrera de seguridad con todo nuestro equipo- porque ahora van a necesitar tener los ojos bien abiertos, muchachos.-

-No se preocupe su excelencia, tendremos nuestros ojos bien abiertos, no por nada somos la agencia de noticias más prestigiosa y poderosa del mundo. Además acabamos de recibir esta misma mañana, muy temprano desde Nueva York los equipos, con la tecnología más avanzada y sofisticada del momento. Así que haremos nuestro trabajo, mejor de lo que usted pueda imaginarse, su excelencia- se la devolvió Richard.

Los móviles, con todo nuestro equipo y el personal auxiliar, se fueron desplegando por la zona.

Descendimos con equipo de alta sensibilidad, hacia la profunda excavación, hasta la cámara oculta que iba a ser penetrada. Rami nos acompañó en todos los preparativos y quedó muy impresionado por nuestro instrumental.

-Bien doctor Cohen, nosotros estamos listos. Cuando usted quiera podemos empezar- avisó Richard

Rami un tanto calvo, de altura mediana, de unos sesenta años de edad, con sus anteojos de marco circular, que le conferían un aire muy intelectual, dejó su pipa en un rincón y se acercó al muro de roca de la cámara.

Cerca de la inscripción, había algo así, como un cerrojo metálico dorado, parecía de oro.

Sí, era de oro, nos confirmó Rami, con la forma de cuatro cilindros, con un prisma de diamante en el centro. Los cilindros se podían girar, introducir y también mover hacia afuera, lográndose múltiples combinaciones.

Además el diamante, podía cambiar su posición en cada faceta, modificando a su vez, los movimientos de los cilindros.

-Señores- dijo Rami mirando a la videocámara- ya estudiamos todas las posibles combinaciones, y descubrimos que cada cilindro, representa una letra del *Nombre Inefable* de Dios y por lo tanto tiene un valor numérico. El problema fue, descubrir cómo se aplica este valor numérico, si a la cantidad de giros a la izquierda o a la derecha del prisma de diamante. Y vimos con mi equipo, que de acuerdo al número de giros, ya sea a la izquierda o a la derecha, los cilindros se desplazaban a veces hacia dentro, a veces hacia afuera, con mayor o menor profundidad a veces unitariamente, otras en pares, tríos, o los cuatro juntos. Y como si esto ya fuera poco complicado, al cambiar la faceta del prisma de diamante, este da combinaciones totalmente nuevas transformándose esto, en un verdadero acertijo matemático- concluyó Rami.

-¿Pensaron en destruir el cerrojo con una carga explosiva?- pregunté

-Si, por supuesto, parecía la solución más simple. Pero luego de bombardear la cámara, con todo tipo de radiación como ser, ondas de ultrasonido, rayos X, gamma, etc., descubrimos, que el perfil obtenido cambiaba en cada exposición. Así es, que no sabemos a ciencia cierta con que nos encontramos, por lo cual, finalmente decidimos que lo mejor era, tratar de resolver la apertura del cerrojo. Y luego de innumerables intentos fallidos, logramos dar con la combinación correcta, en forma puramente accidental y azarosa. Pero lo más impresionante- prosiguió Cohen- fue, cuando corroboramos, que la combinación correspondía con una fecha: año, mes, día, hora y minutos inclusive.-

-¿Podemos saber doctor Cohen, cuáles son esos datos?- peguntó Débora

-Por supuesto señora: con los datos actuales.

-¿Cómo??? Perdón, pero resulta incomprensible.-

-¿Qué quiere significar específicamente, doctor Cohen?- interrogué confundido

-Que corresponden: con este año, con el mes en curso, con el día de hoy y con la hora actual. Solamente faltan algunos minutos. Para ser más preciso, diez minutos exactos a partir de ahora, que es lo que nos va a insumir abrir la cerradura y develar finalmente el misterio. Procedamos ya- ordenó Rami a su equipo.

Entonces dieron comienzo, ubicando el prisma de diamante, en la faceta correspondiente.

Luego, realizaron los giros hacia la derecha y otros a la izquierda y los cilindros se iban situando, uno por uno y en el último minuto.

Súbitamente los cilindros se ajustaron y comenzó a escucharse un sonido grave, profundo y sostenido y el diamante comenzó a brillar, hasta iluminar la cueva con su luz…en forma cada vez más intensa, de tal manera que llegó al punto de cegarnos…era imposible abrir los ojos por la intensidad…y el ruido comenzó a volverse insoportable…el sonido era ensordecedor…poderoso y aterrador.

Los equipos habían dejado de funcionar, ninguno respondía.

-¿Qué está pasando, en el nombre de Dios?- grité

-No sabemos qué está sucediendo- me contestó a los gritos Rami.

De pronto, todo comenzó a distorsionarse, a curvarse. Perdimos el equilibrio y caímos al suelo, parecía como si estuviéramos drogados.

El equipo, los instrumentos, el sonido de nuestras voces, los operarios, nosotros, todo se alabeaba y estaba cambiando. Las dimensiones se alteraban y *"algo"* como una puerta parecía abrirse, allí, en el lugar donde estaba la inscripción. Sí, se abría y una energía desconocida, como un torbellino invadía todo el recinto...

CAPÍTULO 3

EGIPTO 1350 A.E.C.

-Pharaón, todo ha sido preparado para la expedición, los carros están listos y los guerreros ansiosos por entrar en acción.

-Salgamos sin demora entonces- ordenó el Pharaón.

El día comenzaba y los carros de guerra estaban alineados frente a los pilonos y a las monumentales esculturas de piedra egipcia. El pueblo se había concentrado para contemplar y admirar al poderoso ejército y a su Pharaón y para participar de la ceremonia de los sacerdotes de Amón, augurándole éxito y gran victoria en la expedición que iba a dar comienzo.

Los presagios eran buenos, anunciaron los sacerdotes, pero aconsejaban al Pharaón gran cautela y precaución ante un suceso inesperado, algo que los sacerdotes, pese a sus capacidades adivinatorias no pudieron ver, ni penetrar.

El Pharaón miró con desdén a los sacerdotes y dio la orden de salida. Con un gran estruendo, los carros egipcios rodaron hacia el desierto, mientras la multitud corría frenética detrás de ellos, gritando el nombre de su rey.

El ejército, no podía permanecer ocioso en períodos de paz, por lo tanto, para mantenerse activos hasta la próxima guerra, salían en expedición de caza al desierto, la presa preferida, los fieros leones que en él abundaban.

Los guerreros y aún el mismo Pharaón, abandonaban los seguros carros y a pie enfrentaban a las feroces fieras, armados solo con una lanza y espada. El Pharaón, generalmente iba primero, sin ninguna compañía, totalmente expuesto y esto, enardecía a sus guerreros.

Entonces, veían como se quedaba inmóvil, erguido frente al ataque de la fiera elegida. Cómo esperaba sin ninguna protección, armado solo con su espada y su lanza, la embestida, concentrando su mirada en los ojos del gran felino de imponente melena, que se le acercaba a la carrera.

Y sin duda y sin ningún temor, esperaba hasta el último momento, cuando el león daba el salto hacia su cuello y en ese preciso instante, se agachaba con la velocidad de un relámpago.

El animal, de esta forma exponía su flanco más débil, y el Pharaón con un movimiento experto y veloz, le clavaba su lanza atravesándolo como una estaca y su furia divina caía así, sobre el enorme león, porque él era un dios invencible.

Y acto seguido, con su diestra mano, lo terminaba de aniquilar sin piedad, degollándolo con cortes certeros de su afilada espada. Y por último arrancándole el corazón, lo dedicaba como trofeo a su aullante tropa.

De esta manera, cumplía con la tradición que había heredado de sus padres y de sus ancestros: la de ser un dios viviente para su pueblo y mantener así la existencia milenaria de su reino, Egipto.

Ese día había concluido exitosamente y la caza fue espléndida, el Pharaón y su ejército acamparon en el desierto del Sinaí, para pasar la noche.

Armaron sus tiendas y el Pharaón se fue a reposar custodiado por su general y su grupo de guerreros escogidos, fieles a su Majestad hasta la muerte.

Pero esa noche, no sería igual a las tantas noches de campamento después de tantas cacerías, algo sucedería que cambiaría el destino del Pharaón.

CAPÍTULO 4

-¿Hola Rádem , cómo estás?-

-Muy bien Zenta ¿Y tú?- nos saludamos, mientras entrábamos al mega complejo de 786 niveles.

-Estoy ansiosa por comenzar nuestra travesía- me contestó mientras nos dirigíamos juntos, al punto de reunión de nuestro grupo.

-¡Bienvenidos queridos amigos!- nos saludó el guía- *"El viaje"* ya está casi por comenzar. Ocupen sus lugares junto a sus compañeros-

Allí estaban Naro, Luba, Wona, Etrón, Argón, Lera y...ese detestable Feven...

Todavía me preguntaba, cómo era que ese ser podía estar allí, presente entre nosotros. Su nombre lo definía absolutamente: *"Oscuridad de los abismos"*, era su significado. Y la energía que emanaba de él, era tan oscura como su nombre. Ninguno de nosotros, se sentía bien ante su presencia, era aborrecido por todos, pero si estaba allí era por una razón que todos nosotros ignorábamos.

¿Era posible que el Supremo, le hubiera adjudicado una misión en *"El viaje"*, sin darnos conocimiento a nosotros ...?

-Mis queridos amigos- continuó nuestro guía interrumpiendo mis cavilaciones- todos, ya han recibido su entrenamiento como corresponde, pero debo anunciarles, que *"El viaje"* cambia su rutina. Debido a la alteración en el sistema de la estrella amarilla, se realizaron cambios sustanciales, destinados a reparar esa anomalía. *"El viaje"* se transforma ahora, en una misión técnica de reparación.-

-La decisión, viene directamente del Supremo y la instrumentación a nivel general, ha sido realizada, por nuestro querido amigo, el Príncipe Rádem- dijo señalándome

Todas las miradas se dirigieron hacia mí.

-Así es, queridos amigos- les dije mirándoles uno por uno- debemos comenzar sin pérdida de tiempo. Pero, debo advertirles un detalle, un cambio, que ocurrirá cuando emprendamos este viaje. Como entraremos en un campo energéticamente inferior al nuestro, esto producirá una perturbación tal, que no podremos recordar quienes somos en realidad, quienes somos ahora en nuestra dimensión. Esta singularidad puede ser contraproducente para nuestra misión, la cual no puede correr ningún riesgo de falla. Así que he decidido, que recibamos ayuda en caso necesario, de nuestros asistentes permanentes en el área. ¿Alguna pregunta, mis queridos amigos?- observé expectante.

-Sí - todas las miradas se dirigieron a Wona.

-Te escuchamos Wona ¿cuál es tu pregunta? -le interrogué

-¿Puede existir la posibilidad, de que en algún momento sepamos quienes somos. Me refiero, a que recobremos nuestra verdadera identidad, a pesar de las circunstancias adversas, debidas a la índole de este viaje?-

-Muy acertada tu pregunta Wona- le dije- Sí, puede existir esa posibilidad, de hecho va a ser necesario que en determinado momento ocurra. Y cuando esto suceda nuestra responsabilidad será aún mayor. ¿Alguna otra pregunta?-

-Sí- preguntó esta vez Naro- ¿Por qué nuestra responsabilidad será aún mayor?-

-Porque tendremos conciencia de nuestro poder, pero estaremos en un nivel de existencia, muy inferior al nuestro y esto nos hará muy vulnerables. Pero no podremos utilizar nuestro poder, ni interferir en el libre curso de los acontecimientos. Solo en caso de que nuestra misión esté en peligro, ¿No hay más preguntas? Bien, entonces estamos listos, en camino amigos-

Fue así, como entonces dimos comienzo a esta aventura. ¿Por qué digo aventura? Porque la mayor parte de los pormenores de *"El viaje"*, nos eran desconocidos. Había una serie de factores imponderables, que a pesar de nuestra capacidad, no llegábamos a comprender en su total magnitud. Sabíamos cuál era el objetivo, pero ignorábamos muchos aspectos de la misión y deberíamos ser creativos en muchos casos, para sortear las dificultades que se nos presentarían.

Nos dirigimos a la "Sala de Pensamiento" y allí nos reunimos todos. Pero *"El viaje"*, no sería como los viajes a los que estábamos acostumbrados. Nuestras instrucciones, eran abrir nuestros canales de percepción y permitir el paso libre y sin interferencia ninguna, de la energía primordial concentrada fundamentalmente, por los cristales vivientes del Palacio Cristalino. Y ella, nos llevaría a cada uno, exactamente hacia la misión, que se nos había encomendado en este viaje.

CAPÍTULO 5

-¡Pharaón, Pharaón, despierta! Algo muy extraño está ocurriendo-

-Tiene que ser algo muy importante, para que mi general entre en mi tienda, interrumpiendo de esta forma mi descanso- dijo el Pharaón

-Mi señor, la tropa está aterrorizada, el ejército a punto de desbandarse, los caballos quieren soltarse de sus ataduras y escapar...-

-¡Cálmate mi amigo- le pidió el Pharaón- ¿Qué cosa puede suceder, cómo para asustar y hacer temblar así a un guerrero de tu talla?-

-Sal conmigo y lo verás por ti mismo ¡Pronto te ruego, mi señor!-

El Pharaón tomó su espada y sin ceñirse su armadura de combate, salió de la tienda. Atónito, quedó entonces ante el espectáculo, que se desarrollaba ante sus ojos. Desde el desierto, venía una luz tan potente, que iluminaba la noche.

-¡El sol bajó, el sol bajó!- gritaban sus soldados, moviéndose despavoridos. El ejército estaba sin control, había que hacer algo de inmediato.

El Pharaón ordenó trompetas y con una antorcha, encendió fuego a la tienda más cercana. Esto atrajo la atención de la tropa, entonces el Pharaón les dijo:

-¡Soldados de Egipto, corréis como niñas asustadas, vosotros que habéis luchado conmigo en tantas batallas! ¿Hoy el temor os domina?¡Os ordeno cesar de inmediato y escuchar atentamente mis palabras!-

Su voz, había sonado como un trueno, electrizando a su ejército, todos se detuvieron, atraídos por su figura como un imán.

-¡Escuchad mis leales soldados, yo vuestro Pharaón iré solo a encontrarme con este prodigio y os prometo que os libraré de vuestros temores a mi regreso!- exclamó el Pharaón ante su tropa, que ahora recuperada por la valerosa arenga, vociferaba enardecida su nombre y su valor.

El Pharaón tomó uno de los carros de combate, su general y amigo quiso acompañarlo, pero el rehusándose le dijo:

-¿No es que soy un dios? ¡Qué mejor que un dios para resolver algo sobrenatural! Además esto, acrecentará el mito que se cierne alrededor de la figura del Pharaón y hará que me obedezcan aún más. No temas amigo, regresaré sano y salvo-

El Pharaón azuzó a los caballos y se marchó solo, en dirección a la luz. Pasaron unas horas, y la luz repentinamente, ascendió a los cielos con la velocidad de un rayo y desapareció. Una hora después cerca del alba, el Pharaón regresó al campamento. Sus soldados al verlo regresar, comenzaron a vitorearlo abriendo un camino a su paso, pero él estaba como ausente. Se encaminó a su tienda y se desplomó en su lecho.

-¿Qué ha sucedido mi señor?- le preguntó el general -tu rostro se ha transfigurado ¿Qué has visto que te produjo tal efecto?-

-Ordena a la tropa levantar el campamento, volvemos a palacio- le respondió

Pasado el mediodía, casi a la tarde regresaron y el Pharaón se fue al palacio.

Allí lo esperaba su esposa, que al verlo con tal semblante, corrió a sus brazos preocupada a inquirirle, que es lo que había sucedido para que estuviera así.

-Nefertiti -le dijo el Pharaón, arrojándose en sus brazos, sollozando como un niño- he estado en contacto con algo, que me ha afectado muy profundo.-

-Amenophis- le llamó ella por su nombre sagrado- ¿Cuál es la naturaleza de lo que te ha afectado de esta forma, dime por favor?- le imploró la reina.

-No tengo palabras para explicarlo, no hay nada en este mundo con que compararlo. Fue tan hermoso, que no me parece ahora que haya sucedido-

-Explícame mi amor, quiero entender para poder ayudarte- le suplicó

-No entiendo, estuve unos minutos, pero para mí fueron días y pude ver un reino de luz y seres como dioses. Pero me dijeron sin hablar que no lo eran y que hay un Principio Único que rige a todas las cosas del mundo. Y que todos los hombres, son en esencia iguales ante EL. Ellos, los seres son sus servidores e instrumentos- le contó angustiado el gran guerrero, ahora muy confundido.

-Yo creo en lo que has experimentado y por lo tanto te comprendo mi amor-

-¿En verdad me comprendes?- La abrazó con fuerza contra su pecho.

-Sí, te has encontrado con EL. Pero en realidad, EL te ha buscado y tú has sido elegido, para transmitir una Verdad que cambiará al mundo. Mi padre me ha contado de EL y me ha dicho que a su vez él, supo por su padre. Al principio pensé que eran leyendas, supersticiones, heredadas de los *Hicsos*[6], o manipulaciones políticas para disminuir el poder del clero de Amón. También creí, que era parte de una estrategia, para unir a todos los pueblos conquistados por Egipto bajo una sola creencia. Porque esto facilitaría su dominación e integración con el imperio, pero ya ves que no es así...-

-Pero...es que no siento que sea así- le dijo -hay algo más...-

-¿De qué se trata? Cuéntame mi amor, cuéntame- le suplicó amorosamente.

El amor que los unía era sincero y él amaba a su bellísima reina, como ella lo amaba a él, así es que no dudó en relatarle toda la historia.

-Hay un pueblo, que ya ha sido elegido para recibir y difundir esta Verdad por el mundo: son los *Habiru* descendientes de *Abraham el Sumerio*. Se les conoce también como *Hebreos*- le contó Amenofis IV.

6. **Los Hicsos**: *"Gobernantes Extranjeros", conocidos también como "Reyes Pastores", presuntamente de origen semítico. Empujados por los hititas, penetraron en Egipto alrededor del año 1750 A.E.C., fundando su capital en Avaris. Aunque superiores en el arte de la guerra, culturalmente fueron absorbidos por Egipto y expulsados finalmente por una sublevación encabezada por la ciudad de Tebas.*

-¿Esos nómades, que no tienen ciudades, que habitan en el desierto? ¿Qué fuerza pueden tener para difundir esta Verdad?- replicó Nefertiti

-Hubo uno de ellos, que fue grande entre nosotros, lo llamaban *Yoseph "El sublime conocedor de los sueños"*- le contestó Amenophis.

-¿Cómo sabes esto, sucedió hace siglos?- Interrogó desconcertada Nefertiti.

-Ellos me lo dijeron y me dieron esto- abrió su mano, mostrándole un brillante y resplandeciente cristal, de inigualable belleza- Y me dijeron que esto, me llevará al lugar donde Yoseph escondió un objeto, que le fue entregado a Abraham. Y que Yoseph recibió de su padre, y así de generación en generación, y enterró antes de morir para que no cayera en manos profanas.-

-¿Tú crees en esto y dime que piensas hacer?- Le dijo acariciándole.

-No sé, tengo que desenterrarlo y entregarlo a los hebreos, para que continúen con su misión. Eso me pidieron creo, no sé, estoy agotado y confundido- dijo Amenophis desplomándose en los brazos de Nefertiti.

-Eres muy bueno en la guerra amor mío, pero no puedes dejar que estos asuntos te abrumen, son pequeños para ti- le dijo Nefertiti acariciándole amorosamente.

-Creo que tú Pharaón, estas destinado por tu grandeza y por tu linaje a transmitir esta Verdad, no esos nómades bárbaros e ignorantes- le dijo acompañándole a su lecho.

-Tú has sido elegido, tienes el poder, posees todo un imperio y todos te obedecen, piensa un poco, ¿Por qué entre tantos, justo tú fuiste al encuentro y solo? ¿Solo para recibir algo, que dar a otros, que ni se alzan más allá de tus talones? ¿Tú Pharaón de Egipto, un simple mensajero?

No flaquees gran guerrero, yo tu reina te ayudaré en esta tarea. Confía en mí, con ese cristal mi amor, construiremos un Altar, no... que digo, ¡Un Templo y una Ciudad Sagrada dedicada al Único!- le dijo mirándole fijamente a los ojos.

-Y serás así, el Señor de Dos Reinos, rey del Alto y el Bajo Egipto y rey del mundo más allá de este mundo, como Osiris.

Y yo seré tu Isis. Y seremos eternos, viviremos para siempre, mi amor- le dijo besándole.

-Sí Nefertiti, eres tan bella y te amo tanto, que recién ahora veo que tienes razón, porque tu amor me lo ha hecho ver. Yo puedo guiar no solo a los hebreos, sino también a todos los pueblos. ¡Mañana comenzaremos una revolución en Egipto que conmoverá al mundo entero, mi querida reina!-

Le dijo abrazándola muy fuerte contra su pecho, mientras ambos contemplaban hipnotizados como a una preciosa joya, el fulgurante cristal que parecía cobrar vida ante sus ojos.

CAPÍTULO 6

Lo único que atiné a hacer en ese momento, fue mirar hacia Débora, mi mujer y a sujetarla con mis manos, atrayéndola con toda mi fuerza hasta que logré abrazarla y entonces ella también se abrazó a mí. Lo que estaba sucediendo era aterrador, era un fenómeno que escapaba a nuestra imaginación.

Pensé en ese momento, que íbamos a morir y toda mi vida desfiló por mi mente y de pronto, se focalizó en nuestros niños ¿Qué sería de ellos?

Nuestros dos niños, Elizabeth y Fredy, les escuchaba llamarme, llamarme…y luego perdí el conocimiento…

-Parece que recupera el conocimiento- escuché entre nebulosas…

-Si doctor, está abriendo los ojos- dijo la enfermera.

-Hola- saludé -¿dónde estoy y mi esposa está bien?- pregunté preocupado.

-Si aquí estoy mi amor- me contestó Débora- mira que resultaste bastante flojo.-

-No bromees- le dije- ¿Qué pasó? Pensé que íbamos a morir-

-Bueno, ya ves que no y aquí estamos, conversando-

-No entiendo nada, explícame por favor que pasó- le rogué

-Hace dos días que perdiste el conocimiento.-

-¡Dos días! -exclamé- lo último que recuerdo, es que estábamos abrazados en medio de ese torbellino ¿Y tú…?- pregunté desconcertado.

-Recobré el conocimiento ayer, un día antes que tú - me contestó Débora

-Confirmado doctor, recuperación total sin ningún daño físico- interrumpió la enfermera, trayendo todos los resultados clínicos.

-Doctor, por favor, dígame cual es el diagnóstico- le solicité al médico.

-Mi amigo, el diagnóstico es reservado a pedido de las autoridades, ya que se ha convertido en una cuestión de importancia militar y de estado. No obstante y por ahora, lo único que le puedo decir es que ha sido como una larga siesta, sin sedantes- me dijo sonriendo el médico-

-Su estado general de salud es bueno, así que si quiere puede retirarse, después de la evaluación psíquica. Pero seguirán bajo control médico periódico- concluyó

Nos retiramos con Débora del hospital militar de alta complejidad y en la puerta nos esperaba una limusina. El chofer nos abrió la puerta y en su interior, nos encontramos sonriente al Ministro de Interior, David Netanyahu.

-¿Cómo están mis queridos amigos?-

-No muy bien- le contesté- estuvimos a punto de morir y además sentimos, como que nos hemos perdido una parte de la historia. Porque Débora y yo, no nos acordamos nada de lo que ocurrió, después que se abrió la puerta de la cámara subterránea. Y usted nos espera, como si hubiéramos vuelto de un paseo- le contesté bastante ofuscado, casi gritando.

-¡Cálmese mi querido amigo!- dijo tratando de apaciguarme- porque creo que justamente de eso se trata, se han perdido una parte de la historia.

-¿Cómo? ¿Podría ser más explícito David?- le exigió Débora.

-¿Por qué no hablan con su amigo Richard?
Él puede contarles lo sucedido, ya que está al tanto de todo. Además curiosamente, no se encontraba en el lugar, en ese preciso momento- y nos dejó con la incógnita flotando en el aire.

Entramos al hotel y Richard nos esperaba en el lobby, nos dimos un abrazo y nos pidió que fuéramos al bar, ya que necesitaba un trago antes de empezar a contarnos lo que sabía. Estaba muy agitado y su rostro denotaba cansancio, como si no hubiera dormido bien varios días. Nos sentamos en una mesa apartada y Richard bebió el primer trago de un golpe, pidió otro y nos miró sonriendo, apretando nuestras las manos.

-¡No saben lo contento que estoy de verlos bien de vuelta! ¿Saben que no me permitieron entrar a verlos? A pesar de tener autorización oficial, me negaron la entrada al hospital militar. Me dijeron que era área restringida y que no reconocían mi permiso como válido para acceder, además había agentes secretos del gobierno americano y me ignoraron completamente.-

-No te disculpes más- le dijo Débora- ¿Puedes contarnos de una vez lo que pasó?-

-Débora, aunque no lo creas no sé bien lo que pasó. Porque cuando los equipos comenzaron a fallar, salí para tratar de restablecer su correcto funcionamiento y cuando quise entrar de vuelta, una fuerza extraña me bloqueó el paso.-

-Fue increíble, era como un campo blindado invisible de fuerza, no se podía atravesar y entonces me fui a buscar ayuda-

-¿Espera, qué dices? ¿De qué estás hablando, no nos vas a contar ahora una historia de ciencia ficción? El ministro de Interior nos dijo que te preguntáramos, ya que sabías según él lo que había ocurrido ¿No nos estarás enredando en otro de tus cuentos?- le pregunté furioso.

-¡Ese truhan! ¿No se dan cuenta de cómo están confundiéndonos y ocultándonos toda la información?- replicó Richard molesto por mi desconfianza- Lo que tenemos que hacer es encontrar a Rami Cohen, él sabrá explicarnos lo sucedido-

-Tienes razón- dijo Débora- busquemos ya a Rami Cohen.-

Salimos del hotel *"Dan Panorama"* que quedaba frente a la playa en Tel Aviv y paramos un taxi en dirección a la casa de Rami. La casa estaba ubicada en Ramat Aviv uno de los barrios más suntuosos de la ciudad, y era una hermosa y moderna construcción con jardines muy bien cuidados, pero parecía no haber nadie.

Por más que tocamos a la puerta repetidas veces nadie salió a atendernos. Ya nos íbamos cuando un vecino se acercó a preguntarnos a quien buscábamos. Le dijimos que buscábamos al arqueólogo Rami Cohen.

-Evidentemente ustedes no están enterados de las últimas noticias- nos dijo mirándonos fijamente como si hubiéramos vuelto de la luna.

-El Dr. Rami Cohen, era una persona muy querida por todo el vecindario y con una larga y destacada trayectoria, muy reconocida a nivel mundial.-

-¿Qué quiere decir señor con que, *"era"*?- le preguntó Richard.

-Que el querido Rami, falleció trágicamente debido a un derrumbe, cuando estaba llevando una de sus investigaciones arqueológicas en el monte Masada y quedó sepultado bajo los escombros- nos dijo mirándonos con tristeza en sus ojos.

-Nosotros recién nos enteramos, de esta trágica noticia por usted- le dijo Richard al vecino

-Es muy extraño lo que dice- dijo observándonos de pies a cabeza el vecino- porque la noticia, salió publicada en todos los medios de información, del país y del mundo en grandes titulares-

CAPÍTULO 7

-Ya han pasado diez largos años, desde que el Pharaón nos desplazó del poder Reina Madre, y trasladó en su locura alucinante la capital del imperio, desde Tebas a Amarna- se quejó el otrora poderoso sacerdote de Amón.

-Sí, así es Ai, mi hijo sigue los consejos de su esposa Nefertiti. Ella lo convenció de construir la ciudad sagrada de Aketatón y la edificación del Templo consagrado a Atón.-

-Ella tiene un poder especial sobre él- afirmó Ai con rencor en su rostro- su extraordinaria belleza lo subyuga y le ha llenado la cabeza, con esas ideas de que hay un solo dios y que está presente en todas las cosas. ¡Qué sarta de tonterías!-

-Tienes razón- dijo Tiy, la reina madre- y es tal la influencia que tiene sobre él, que le ha convencido que es, el Elegido, el poseedor de la Verdad. Y no solo ha perseguido a todo el clero de Amón, sino que se ha investido Sumo Sacerdote y hasta ha cambiado su nombre Amenofis, por el de Akenatón.

Pero lo que más me preocupa, es que ha dejado de ser el guerrero y Pharaón poderoso que era, descuidando sus deberes de gobernante, a tal punto, que corre peligro la estabilidad e integridad, de todo nuestro milenario imperio-

-Debemos hacer algo gran reina, el pueblo no entiende la prédica de vuestro hijo, los militares están perplejos. Fueron a pedirle instrucciones, debido al avance de los Hititas desde Anatolia sobre Siria y Fenicia, y él les ha dado como respuesta espadas de madera.-

-¡Ha perdido el juicio irremediablemente!-

-¿Quién te ha dicho esto, Ai ? ¡Es inconcebible, me cuesta creerlo!-

-Horemheb, su general y amigo me lo ha contado gran reina. No puede entender que ha pasado con el Pharaón, debido a que lo aprecia demasiado, aunque le desquicia la actitud actual del Pharaón y sus ritos heréticos-

-Sí, he estado en Aketatón y he visitado el Templo a Atón, por insistencia de mi hijo y mi nuera. Estaba todo lleno de flores y cantaban y bailaban como niños inocentes, mientras realizaban ofrendas al Dios Único en el patio abierto del Templo, iluminado totalmente por el sol.

Mi nuera intentó convertirme, me dijo que debemos amar la naturaleza y disfrutar de la alegría de vivir, en paz con nosotros y el mundo, y casi lo logra Ai. ¡Me dijo que me amaba como a su madre y esto me conmovió profundamente!- dijo ella mirando a los ojos del escuálido sacerdote.

-¡Es una víbora y lo ha alejado de sus deberes! Egipto está en grave peligro reina madre, mientras ellos y ese grupo de aristócratas se dedican al ocio y a las tonterías bucólicas. ¡Debemos hacer algo pronto, os ruego reina Tiy !-

-Me reuniré inmediatamente con Horemheb y organizaremos una campaña de guerra, para tratar de reconquistar Siria y Fenicia, y frenar el avance de los ejércitos de Mursil el rey Hitita.

Luego, me reuniré con mi hijo y no dudes que obtendré su aprobación, mientras tanto, tú reúne a los nobles y al clero-

-¿Qué piensas hacer Reina Tiy?- Interrogó intrigado Ai, el sacerdote.-

-Tendrás que ayudarme, porque trataré de convencer a Akenatón, de hacer un pacto con el clero de Amón y a que acceda a nombrar a Semenkara su yerno, corregente de Egipto, para frenar esta locura de una vez por todas y restablecer el antiguo orden- dijo preocupada la madre de Akenatón

-Será necesario apartar a la reina Nefertiti, sino dudo que tengamos éxito. Además sabes Reina Tiy que lo que quieres hacer, es técnicamente un golpe de Estado Palaciego y contra tu propio hijo- aseveró sarcásticamente Ai.

-El destino de Egipto está en juego, y esto está por encima de nuestros afectos e intereses personales. Apartaremos a Nefertiti y el lugar de la reina será ocupado por mi nieta Maruatón.

Ve y encárgate de reunir al clero y a los nobles, y ponlos al tanto del plan. Actuaremos cuando Horemheb haya salido de Egipto- concluyó la reina madre.

El sol, caía lentamente iluminando la sala del templo de Amón, ahora abandonado. Un grupo de hombres, algunos ataviados con las túnicas sacerdotales y otros con los tradicionales atuendos de la nobleza egipcia, se habían reunido en secreto a la luz de las antorchas, que proyectaban la sombra de las descomunales columnas lotiformes egipcias, dándoles una dimensión aún más gigantesca. El aire olía a siniestra confabulación. El intrigante sacerdote Ai rompió el silencio, comenzando su oratoria.

-Amigos aquí reunidos, os informo que la reina madre y el general Horemheb junto con su estado mayor, han ya acordado la preparación inmediata de una expedición de guerra, para frenar el avance de los Hititas por el norte.

Esto mis amigos, alejará además de Egipto por un largo tiempo, al mejor amigo del Pharaón junto con su ejército, dejándole totalmente indefenso y desprotegido a merced nuestra-

Dijo Ai a los nobles y a los sacerdotes de Amón allí reunidos, visiblemente regocijados al escuchar las noticias.

-Os informo además, que la reina madre ha hablado con el Pharaón y lo ha convencido de pactar con el clero de Amón, y de alejar además del trono a la reina Nefertiti, para terminar de una vez con su nefasta influencia y el lugar de la reina, lo ocupará su hija menor Maruatón. Entonces el Pharaón como gesto de buena voluntad y para calmar nuestros ánimos, nombrará corregente a su yerno Semenkara. El Pharaón es consciente de su debilidad y nos deja las manos libres para actuar- prosiguió Ai- os aconsejo no perdamos el tiempo amigos y comencemos a fraguar nuestro plan de acción ya mismo, sin la menor demora ni dilación, así que os escucho atentamente-

-Todas las fuerzas militares que permanecen en Egipto- intervino el líder de los nobles confabulados- han sido ya compradas para nuestra causa ¡Oh divino Ai! También la guardia de élite personal del Pharaón ya es nuestra-

El portavoz de los sacerdotes de Amón se adelantó y haciendo una reverencia dijo:

-¡Divino Ai!, nosotros te garantizamos que el pueblo no tomará ninguna acción en ningún rincón de Egipto, nos encargaremos de manejar su conciencia y retornarán a Amón sin ninguna resistencia, ni reparo alguno-

-Muy bien mis amigos, ahora quiero saber si estáis preparados para escuchar y aceptar como se desarrollará nuestro plan de acción- preguntó Ai

-¡Estamos contigo divino portavoz del dios verdadero!- contestaron al unísono nobles y sacerdotes confabulados.

-Escuchad con atención entonces. Tomaremos el poder y terminaremos con esta herejía para siempre. Pero es necesario por lo tanto…que el Pharaón, su yerno Semenkara, Nefertiti su esposa, así como la reina madre Tiy, en suma toda la familia real…-

Ai realizó una pausa, para observar y estudiar los rostros de cada uno de los presentes y luego arremetió implacable.

-¡Todos, deberán ser eliminados sin excepción y sin piedad por el bien de Egipto!- dictaminó crispando furiosamente su puño.

Un murmullo intenso inundó toda la sala, del abandonado templo de Amón .

-Te olvidas de Horemheb ¿Qué pasará cuando regrese, divino Ai?- preguntó el líder de los nobles, visiblemente inquieto por el osado plan.

-Le diremos que hubo una traición, por parte de algunos miembros de la nobleza seguidores de Atón, que opuestos al pacto y buscando revertir la situación, se confabularon contra el Pharaón y su familia aprovechando la ausencia de Horemheb.-

-Y que los muy perversos, para seguir manteniendo sus privilegios, no dudaron en matar a la familia real, con la intención de hacerse con el poder-

Mientras hablaba, Ai observaba las más mínimas reacciones de los presentes, midiéndoles, sopesándoles, evaluándoles astutamente uno por uno, con sus ojos de serpiente.

-Entonces- prosiguió- le diremos que nosotros actuamos prestamente, con el único objetivo de garantizar el cumplimiento del pacto acordado, para preservar la continuidad de la XVIII dinastía.-

-¡Divino Ai, dinos! ¿Cómo vamos a hacer para que esta maniobra sea lo suficientemente creíble, para que obtenga legitimidad frente al pueblo y Horemheb y su éxito sea seguro?- inquirió el líder de los nobles.

-Pondremos en el trono como sucesor, al segundo yerno del Pharaón- respondió Ai

-¿Pero el príncipe Tutankatón, apenas es un niño de nueve años?- replicaron los nobles- ¿Quién gobernará Egipto?- preguntaron intrigados

-Gobernaremos detrás de él, porque es el legítimo sucesor al trono, luego *"cambiará"* su nombre por el de Tutankamón.

Y con su *"autorización"*, se decretará el toque de queda en todo Egipto y el aplastamiento de la confabulación, la que será declarada por el Pharaón Tutankamón como de "Alta Traición". -

-Esto nos dará la cobertura legal, que nos justificará para atacar sin oposición alguna, la ciudad de Aketatón. Y nos permitirá destruirla impunemente, junto con el Templo de Atón y apresar a todos sus secuaces- Ai se detuvo buscando los rostros y esperando la reacción de sus aliados.

-¡Excelente, aprobamos el plan sin reservas!- se escuchó decir por todos los rincones.

-¡Esta loca herejía nos ha alejado del poder, nos ha empobrecido y humillado y ha llegado por fin la hora de restaurar el orden en Egipto!- exclamaron los sacerdotes.

-¡Sí divino Ai! Además, te aconsejamos la ejecución pública de todos los seguidores de Atón y el reparto de sus tierras, riquezas, mujeres y esclavos, entre las fuerzas armadas de la ciudad como botín de guerra. Esto nos garantizará aún más su lealtad- agregaron los confabulados.

-Luego, procederemos a restaurar el culto y el poder del clero de Amón, en toda su antigua y tradicional grandeza- concluyeron.

La sala estalló de festejo, entusiasmo y desorden triunfalista, ante la segura victoria.

-¡Escuchad todos con mucha atención!- se impuso Ai, interrumpiendo el alboroto de júbilo triunfante, que colmaba la sala.

-He decidido, que no ejecutaremos a todos los seguidores de Atón. Más bien, seleccionaremos a algunos de ellos, los cuales serán *"perdonados"*, por habérseles encontrado *"claros signos de inocencia"*.-

-Y su *"agradecimiento"* será tal, que ellos contarán en detalle, cómo sus hermanos en la fe, se confabularon y traicionaron al Pharaón y su familia. Serán además, los testigos y portavoces ante Horemheb, de la vil y artera traición-

Un murmullo de aprobación, recorrió la sala de una punta a la otra. Las voces hablaban, admirando la astucia e inteligencia del poderoso sacerdote Ai.

Él, los miraba con los ojos entrecerrados, gozando del poder, que ya acariciaba en sus manos.

-Muy bien mis fieles aliados- dijo Ai - comencemos entonces la ceremonia propiciatoria, invocando la ayuda y protección de Amón, ante la empresa que vamos a iniciar.

-¡Juraréis ante Amón, fidelidad y obediencia a mí liderazgo, hasta el final!

¡Os comprometeréis además a hacer cumplir, que aquel que ose romper este juramento, lo pagará con su vida y que no habrá piedad alguna con su familia!

¡Por último, su nombre será borrado para siempre, de la historia de nuestro pueblo y ya no habrá nunca más memoria, ni recuerdo de él!-

Concluyó sonriendo para sus adentros, mientras todos los integrantes de la sala le juraban fidelidad.

No muy lejos de allí en Amarna, el mismo sol se despedía lentamente. Pero la escena era otra y el contraste también era muy fuerte. Akenatón acompañado por sus discípulos oraban en el patio del templo.

Agradecían a Atón por haberles permitido participar una vez más en la vida de este mundo y ser instrumentos de su Amor.

Akenatón, aquél que había sido un fiero guerrero y conquistador, ahora se conmovía de tal manera que alguna lágrima rodaba por su rostro, porque él creía verdaderamente en el Ser Único. A partir de la experiencia que había tenido en el desierto, una lenta, pero profunda transformación se había producido en su ser, al punto que las cosas del mundo ya no presentaban el mismo interés de antes para él.

En su rostro se reflejaba una majestuosidad, pero de otra clase, porque su alma y su espíritu habían sido tocados por una misteriosa fuerza, la cual había producido una transmutación en su interior.

De tal índole que su presencia irradiaba una paz y una armonía, que influía poderosamente sobre sus discípulos, que lo adoraban como un dios.

Esto le producía una gran decepción, porque a pesar de todos sus esfuerzos para transmitirles, que al fin de cuentas él, era un simple mortal y que ante los ojos de Atón no había diferencia entre ellos, muchos de sus discípulos parecían no captar la esencia de sus enseñanzas.

Y al escuchar esta prédica, lo veneraban aún más, tomando sus palabras como un acto de nobleza y humildad muy grande.

Nefertiti adoraba a su esposo, pero ella veía con cierta tristeza, que ahora no era correspondida de la misma forma. Pero comprendía y aceptaba en silencio, que Akenatón había entregado su corazón por completo a su causa y por lo tanto, no había ahora en él más lugar para ella.

-Adorado esposo- le dijo una vez terminada la ceremonia- dime por favor ¿No harás nada, para tratar de detener al malvado sacerdote Ai?

Su ansia de poder y sus siniestras y egoístas manipulaciones, lo han llevado a manejar Egipto a su antojo y sé que planea aniquilarnos. Porque no hay piedad, en su alma vil y corrompida y no cejará en su empeño, hasta abarcarlo todo.-

-Hermosa Nefertiti, tan bella por fuera, como por dentro- le contestó Akenatón con mucha ternura- el único que puede protegernos, Horemheb, está muy lejos de aquí ¿No te has dado cuenta, de cómo se acomodan las piezas de este tablero, que es nuestro destino? ¿Acaso podemos nosotros, alterar el designio que desde lo alto, se ha dictaminado?

Por mi parte- prosiguió Akenatón- he hecho todo lo que estaba al alcance de mi voluntad, y he aceptado el pacto con el clero de Amón y aún el alejamiento tuyo del trono, sustituyéndote por Maruatón. Porque no tenía alternativa, y lo necesitábamos para ganar tiempo, y aplazar un poco más lo inevitable. Saben que nuestra posición es débil, y me forzaron a nombrar a Semenkara, como corregente abdicando al trono.

-Pero el perverso Ai, sabe también que no puede traspasar las formalidades y esto nos da cierto respiro. Nos queda nada más, que esta ciudad Aketatón y el Templo. Ni siquiera nuestra guardia nos es fiel, por el contrario, somos ya prisioneros y nos vigilan. Así es, que he enviado emisarios secretos, para informar lo antes posible a Horemheb y solicitar su auxilio inmediato, contra esta conjura que Ai alza contra nosotros, porque temo por tu vida y la de toda nuestra familia.

-Has actuado sabiamente- dijo Nefertiti- pero no me moveré de tu lado y compartiré tu destino contigo, mi amor. He seguido tus instrucciones y con la guía del cristal maravilloso, pudimos saber dónde fue ocultada la *vara*, que Yoseph el hebreo, había escondido tan celosamente.

Y ahora sabemos porque fue escondida. Porque esta extraña *vara*, que ahora está en nuestro poder y toma la apariencia de una inofensiva *vara* de pastor, es en realidad un instrumento desconocido para nosotros, pero que esconde un enorme poder y nadie sabe de esto mi amado, solo nosotros-

Nefertiti hizo una pausa, y mirando fijamente a los ojos de su esposo, le dijo:

-Y tú sabes, que podríamos utilizar el inmenso poder, que está en nuestras manos ahora. ¡Podríamos aniquilar al malvado Ai, junto con sus secuaces y a todo el ejército mercenario que ha reunido esposo mío, contra nosotros y toda nuestra causa! Pero no lo haces, amado mío y pienso que debe ser por una razón muy elevada, que no llego a comprender-

-¿Podría saberlo, contéstame por favor?- le pidió con los ojos llenos de lágrimas- Porque no puedo entender, ni creer que hallamos fracasado en esta forma tan cruel y terrible, no encuentro consuelo en mi corazón, y debe haber una explicación-

Sin contestarle Akenatón y mirando a los ojos de Nefertiti con mucha ternura y amor, sacó el cristal de un cofre y la oscuridad de la noche, se iluminó súbitamente con su resplandor.

Lo depositó en el suelo y el cristal comenzó a aumentar de tamaño y creció hasta sobrepasar la altura de ellos.

Luego comenzó a moldearse, como si estuviera siendo trabajado por un maestro artesano y fue tomando una forma semejante a la humana. Y ante los maravillados ojos de Nefertiti y Akenatón tomó cuerpo, la figura de un ser extraordinariamente bello y luminoso. El ser luminiscente, los observó con una mirada llena de bondad y dulzura y envolviéndoles con su luz les dijo:

"HABÉIS ACTUADO CON SABIDURÍA AL BUSCAR NUESTRA CONSULTA"

Dijo la fulgurante figura hablando en sus mentes.

"NO DEBÉIS USAR LA VARA, MÁS QUE PARA OTRO PROPÓSITO, QUE EL QUE OS FUE ENCOMENDADO".

-Akenatón y Nefertiti se abrazaron, fascinados por la maravillosa presencia que se manifestaba ante ellos. Pero no podían contemplar su rostro ya que la luz que emanaba los enceguecía.-¿Quién eres?-preguntó Nefertiti:

"SOY SOLO UN MENSAJERO MUJER. DEBÉIS SABER QUE POR VUESTRAS VENAS, CORRE SANGRE HEBREA, PORQUE UNA PARTE DE VUESTRA FAMILIA DESCIENDE DE YOSEPH, HIJO DE YAACOB"

"TOMARÉIS A VUESTRO NIETO, HIJO DE SEMENKARA Y MARUATÓN, EL PRÍNCIPE AMOSIS, ESTA MISMA NOCHE, EN EL MAYOR DE LOS SECRETOS"

-¿Por qué razón debemos tomar a nuestro querido nieto, por favor dinos?- preguntó ansiosa Nefertiti

"LO LLEVARÉIS A LA CASA DEL HEBREO DE LA TRIBU DE LEVÍ, QUE YO OS INDICARÉ, Y LO DEJARÉIS ALLÍ JUNTO CON EL CRISTAL Y LA VARA"

-Pero…¿Qué será de su vida, lo abandonaremos así como así, a su suerte?'-preguntó Nefertiti

"ÉL CRECERÁ Y SE DESARROLLARÁ COMO UN HEBREO Y DE SU SIMIENTE, NACERÁ UNO QUE REALIZARÁ LA TAREA, QUE USTEDES NO HAN PODIDO EFECTUAR:

LA DE SENTAR LAS BASES, PARA UNA NACIÓN QUE VIVIRÁ Y SE REGIRÁ, SEGÚN ESTOS ALTOS CONCEPTOS Y QUE MÁS TARDE SE EXPANDIRÁN POR TODO EL MUNDO".

-¿Y qué será de nosotros, que quedará de nuestra obra?- preguntó Akenatón

"EN CUANTO A VOSOTROS NEFERTITI Y AKENATÓN, DEBÉIS SABER ACEPTAR VUESTRO DESTINO. HAY MUCHAS COSAS QUE IGNORÁIS EN VUESTRO ESTADO ACTUAL. HAY UNA NECESIDAD CÓSMICA, UN PROPÓSITO, QUE HA REQUERIDO DE VOSOTROS Y OS HA ELEGIDO."

-Pero no puedo evitar, este sentimiento de derrota que me invade- confesó amargamente Akenatón

"VOSOTROS HABÉIS SIDO EL INICIO DE UN GRAN PROYECTO. PUES HABÉIS FORMADO A QUIENES CONTINUARÁN VUESTRO TRABAJO."

-¿ Y qué sucederá con nuestra obra?- preguntó más animado Akenatón

"VUESTROS SEGUIDORES SE OCUPARÁN DE INICIAR, A AQUÉL QUE PODRÁ REALIZAR VUESTRA OBRA"

Nefertiti y Akenatón se abrazaron, rodeados por la luz protectora y Nefertiti preguntó:

-¿Moriremos no es así, ha sido decretado desde lo alto?

"NO TEMÁIS NADA, NO CONOCÉIS EL MISTERIO DE LA VIDA Y LA MUERTE."

"PERO OS DIRÉ AHORA PARA DAROS FUERZA Y ENTEREZA, QUE VUESTROS NOMBRES Y VUESTROS ACTOS, SERÁN RECORDADOS EN ESTE MUNDO DURANTE MILES DE AÑOS"

Dicho esto, la figura desapareció en un instante y el cristal retomó su forma habitual. Akenatón cerró el cofre y abrazando fuerte a Nefertiti, le dijo :

-Mi amor, ahora ya tienes tu respuesta-

CAPÍTULO 8

Varios años después, Horemheb regresaba entrando victorioso en Tebas. Su campaña había terminado coronada por el éxito, los hititas habían sido detenidos en su avance y había logrado establecer un pacto de amistad con el rey Mursil II.

Las fronteras del imperio egipcio, eran nuevamente seguras y su poder había aumentado considerablemente. A su entrada, fue recibido como un héroe por el pueblo, que coreaba su nombre, mientras arrojaban pétalos de rosas a su paso y una multitud enardecida, lo acompañó hasta la entrada del palacio real, donde el Pharaón lo esperaba con todos los honores.

Pero Horemheb, entró al palacio con todo su equipo de guerra, acompañado por sus generales y su cuerpo de élite de oficiales, más fieros y leales, quienes tomaron posición por toda la sala real, desplegándose en actitud de combate.

-¿Honorable Horemheb, has venido en pie de guerra a mi palacio?- le preguntó Ai, ahora Pharaón de Egipto.

-Podrás engañar al mundo entero- le contestó directamente como una flecha- pero yo no me trago tus arteras artimañas. Se todo lo que has hecho en mi ausencia, y cómo has impedido que llegara la ayuda que yo despaché para el Pharaón Akenatón, mi querido amigo. Tus espías te informaron, y arteramente emboscaste a mis mejores guerreros, a mis soldados más fieles, matándoles como ratas, sin misericordia- acusó Horemheb frente a toda la reunión.

-Mi querido amigo- le contestó Ai- ustedes los militares no entienden nada de política. Era imperativo salvaguardar la supervivencia de Egipto y yo actué en consecuencia, la traición corroía los cimientos de nuestra patria.-

-¿Y por eso mandaste asesinar a Akenatón, a mi querido amigo, junto con toda su familia, a pesar de que había aceptado el pacto y abdicado al trono?-

-Te equivocas en grande mi apreciado amigo, sus propios seguidores fueron quienes lo traicionaron vilmente y parte de ellos confesaron el crimen.-

-¿Me tomas por un imbécil Ai? ¡Y no me llames amigo! ¿Crees que no tengo pruebas de tus felonías y ansias de poder? Pusiste a Tutankamón para legitimar tus actos, siendo que era apenas un niño y lo usaste a tu antojo todos estos años. Pero cuando creció y llegó a tomar decisiones propias, lo eliminaste dándole una lenta y cruel muerte- acusó Horemheb

-¿Cómo te atreves a afirmar esto? ¿Qué pruebas tienes para hablar así contra tu Pharaón?-

Horemheb dio unas palmadas y en la penumbra apareció una anciana figura, la de una mujer, que a medida que se acercaba dejaba ver su rostro. Asombrado, pálido de terror, reconociendo a la figura, Ai solo atinó a musitar

-¡Reina madre Tiy! ¿Cómo es posible? ¡Estás viva...!-

-¡Si maldito asesino traidor, escapé de la masacre y mis viejos ojos tuvieron que contemplar la terrible escena de ver a mi hijo morir asesinado. A mi querido y amado hijo junto con su esposa.-

-Un rey cuyo corazón era tan noble y tan puro que murió bendiciéndome y diciendo que no me preocupara por él y que huyera para salvar mi vida- hizo una pausa sollozando y enjugándose las lágrimas.

-Los bárbaros asesinos enviados por ti, luego de tomar por asalto la ciudad de Aketatón, a pesar de que nadie opuso resistencia, se ensañaron como fieras arrasando, destruyendo, prendiendo fuego todo a su paso, no perdonaron ni siquiera la vida de los niños. Entonces, me escondí en un pasadizo subterráneo y confundieron el cuerpo carbonizado de mi doncella, conmigo. Solo la sed de venganza, me ha mantenido viva todos estos años-

El rostro de Ai estaba desencajado, gotas de sudor frío caían por su frente y se había quedado mudo, ante la imprevista sorpresa que se presentaba ante sus ojos, y que había superado toda su astucia.

-¡Pero tu hora ha llegado por fin y espero ahora contemplar tu caída Ai! ¡Perverso usurpador, alimaña hambrienta de poder y codicia! -le gritó la reina madre, con su rostro bañado en lágrimas.

-¡Guardias, guardias, apresadlos de inmediato!- ordenó Ai a los soldados de palacio, escondiéndose detrás del trono buscando protección.

Los guardias permanecieron en sus puestos desobedeciendo abiertamente la orden de Ai.

Como un relámpago Horemheb desenvainó su espada, subió al trono y arrastrando a Ai de su ropas que gimoteaba implorando piedad, lo sacó hasta fuera del palacio.

Y exhibiéndole, a toda la muchedumbre allí presente, exclamó:

-¡Pueblo de Egipto, mirad con atención! ¡He aquí como termina la vida, de un miserable usurpador del trono de Egipto y traidor a su patria! ¡Con mi propia mano, vengaré la muerte de mi amigo y su familia y de tantos inocentes, haciendo justicia!-

Y acto seguido hundió su espada en el pecho del gimiente Ai, quitándole la vida, arrojando luego el cuerpo inerte a la muchedumbre furiosa. Envainó luego su espada. Entonces Tiy la reina madre, le colocó sobre su cabeza la dos coronas, la blanca y la roja, que simbolizan el alto y el bajo Egipto, con el símbolo de poder de los Pharaones : *"el Ureus"*, la cobra con cabeza de halcón, legitimando de esta forma su reinado como el nuevo Pharaón y delante de todos y a viva voz le dijo:

-¡Ahora eres el amado hijo que he perdido, sigue honrándonos con tus actos Pharaón de Egipto, yo tu madre lo proclamo!-

Todos los presentes al ver esto se inclinaron ante él, hasta los sacerdotes de Amón, que habían visto ejecutar a su líder delante de ellos, todos sin excepción se inclinaron en señal de sumisión ante él exclamando:

-¡Larga vida al Pharaón Horemheb! ¡Larga vida a su divino reinado!

El flamante Pharaón, ordenó que todos se retiraran y que lo dejaran a solas, con su madre adoptiva.

Entonces, cuando quedaron completamente solos, le habló casi al oído a la venerable anciana, que se hallaba erguida ante él.

-Reina madre dime, ¿Cómo está Amosis? -le preguntó Horemheb.

-Fuera de peligro, con los Levitas, quédate tranquilo. He mandado enterrar el cristal, como pidió Akenatón en el monte Horeb, debajo de una zarza y la vara está bajo custodia en secreto de nuestros hermanos hebreos Levitas-

-Bien reina Tiy, mantendremos en secreto nuestro origen y creencia, junto con nuestro grupo y se transmitirá de generación en generación, hasta el día en que venga el que llevará a cabo la Gran Obra. Entonces nuestros sucesores se encargarán de asistirlo e iniciarlo en todo lo necesario como nos ordenó Akenatón, antes de morir- dijo con gran tristeza en sus ojos.

-Si mi querido hijo Horemheb, solo se cuál será su nombre, porque le fue revelado a mi querida nuera, Nefertiti antes de morir-

-¿Cómo se llamará el hebreo, que llevará a cabo la gran misión?- Preguntó Horemheb.

Y mirándole a los ojos con amor, ella le contestó:

- Lo llamarán Moisés...

CAPÍTULO 9

LINZ, AUSTRIA 1903

El muchacho gozaba con la pintura, era el único medio por el cual podía descargar toda la ansiedad, que le provocaban las disputas con su padre. No aceptaba que él, pudiera desarrollarse como pintor. Su padre, un mediocre empleado de aduana, quería ubicarlo en una posición segura como funcionario, para que tuviera un sustento asegurado.

Pero él, tenía sueños de grandeza, donde se veía coronado de gloria, alabado por su dotes artísticas y se dejaba llevar por la bohemia, pintando en el pueblo, cuando su padre no lo veía y no podía castigarlo a golpes como solía ocurrir.

Había cumplido hace poco, catorce años y la primavera llenaba de hermosos colores las calles. Estaba absorto con las pinceladas, mezclando colores y aplicándolos al lienzo sobre el atril, que no se percató que le observaban con mucha atención.

-¿Qué pasaría, si allí le das una tonalidad, un tanto rojiza?- le aconsejó el extraño- le daría un tono más dramático, sería casi una herida en el lienzo-

El muchacho le observó con curiosidad, nunca había visto a una persona tan extravagante. Evidentemente era un forastero, con esas prendas tan raras.

-¿Eres un judío?- preguntó el adolescente, entrecerrando los ojos.

-¿Te parezco un judío?- respondió el extraño, devolviéndole la pregunta

-No, pero luces muy diferente, casi ridículo con esa ropa que vistes, como esos judíos andrajosos.

-Parece que las palizas que te da tu padre, te han vuelto más tonto de lo que eres pequeño, tu cerebro se ha atrofiado y no distingues algo *superior*.

-¡No me hagas reír judío! ¿Qué puede haber de superior en ti, con esa figura de semita ávido de dinero, queriendo hacerme creer lo que no es?

¡Vete y déjame en paz! No puedo concentrarme en mi pintura, con tu sucia presencia-

El extraño, sacó un raro estuche y sin previo aviso le dio una fuerte patada al atril, donde estaba apoyado el lienzo. Luego pisoteó furiosamente la tela, hasta que quedó una mancha sucia y el atril destrozado, mientras el jovenzuelo miraba lo que sucedía estupefacto y la sangre le enrojecía la cara.

-¡Maldito judío, has arruinado mi pintura!-

Y sacando una pequeña navaja, atacó al extraño. El forastero, lo tomó de los cabellos y lo derribó, arrastrándole unos pasos, luego abrió el estuche y el día se tornó en noche.

La ciudad había desaparecido, la noche cubría el paisaje desértico, donde ahora se encontraban y el jovenzuelo aterrorizado solo atinó a preguntar:

-¿Quién eres, como puedes hacer esto? Debo estar soñando, esto no está ocurriendo, es imposible ¿Quién eres, dime quién eres?- preguntó temblando

-Soy *"El Superior"*, y a partir de hoy deberás seguir atentamente mis instrucciones. -

-Y si lo haces, tendrás un poder, como nunca hombre jamás soñó en este miserable planeta- le dijo el extraño, mirándole a los ojos.

-¿Acaso ya no te acuerdas de mí, en tus sueños? ¡Mírame a los ojos, mírame!-

Sus pupilas eran rojas, como teñidas en sangre. Y entonces se acordó de esa figura, que se apoderaba de él en las noches y le ocasionaba las peores pesadillas. Ese demonio que lo atormentaba con sus insistentes demandas.

-¡Sí, ahora te reconozco!¡Perdóname, no quise ofenderte!- suplicó el joven

-Muy bien, levántate y acomódate las ropas. Te daré algo, que deberás cuidar celosamente, más que a tu propia vida-

Y tomando la mano temblorosa del asustado jovenzuelo, le depositó en la palma una pequeña bola de cristal, roja como la sangre.

-Este objeto, será nuestro vínculo. Te dará poder y te protegerá. Cuando el rojo se torne intenso, será señal que yo me haré presente contigo. ¡Cuídate de que nadie sepa que lo posees! Mis enemigos te buscarán para destruirlo y te destruirán a ti, para que no puedas realizar mi obra-

Diciendo esto, cerró el estuche y el joven, se encontró dando la última pincelada, previa a la aparición del extraño. Miró a su alrededor, pero nada indicaba que hubiera sucedido algo fuera de lo común, así que pensó que había alucinado, porque el hambre le producía ruidos en el estómago y se sentía mareado y débil. Recogió todas sus cosas y regresó a su casa, no se sentía bien.

Su madre, lo recibió muy preocupada al verlo en ese estado y le preparó algo de comer, pero el chico se quejaba, que le dolía muy fuerte la cabeza.

Klara, le tocó la frente y se dio cuenta que volaba de fiebre, el chico sufrió un desmayo y entonces ella lo llevó como pudo, hacia su lecho y lo introdujo en él.

Debía llamar al médico, pero el dinero no le alcanzaba para pagar sus servicios y menos aún, para comprar después, los remedios que serían recetados. El muchacho, comenzó a delirar interrumpiendo sus pensamientos, la fiebre no había cedido, a pesar de los paños fríos que le había aplicado.

Klara Pölz, decidió que lo llevaría al hospital, aunque ya había revisado desesperada toda la casa juntando cada centavo, pero no era suficiente.

Revisó por último, los bolsillos de su hijo, buscando alguna moneda más, luego vería la forma de completar el resto del dinero que faltaba, pensó.

Y fue allí, que se encontró con esa extraña bola roja. Se quedó observándola fascinada, pero la dejó en el armario y se fue a buscar ayuda de sus vecinos y luego llevó al muchacho al hospital.

Unos días después, Adolfo estaba totalmente recuperado y pensó que todo lo que le había ocurrido, había sido fruto de su imaginación.

Sin embargo estaba satisfecho, porque su padre estaba preocupado por él y esto le agradaba mucho. Ahora ya no le castigaba, como solía hacerlo con frecuencia.

Pensó en aprovecharse de la situación y prolongarla todo el tiempo que fuera posible, sus padres ahora parecían unidos en una sola preocupación: su salud.

Todo discurría favorablemente para él, hasta que un día escuchó que sus padres discutían, volvían a las peleas que tanto le disgustaban. Su padre siempre acusaba a su madre de irresponsabilidad e inmadurez, porque había una importante diferencia de edad entre los dos. No podía soportar los gritos, entreabrió la puerta de su cuarto y vio a su padre sosteniendo una bola de cristal roja.

¡No! no podía ser pensó, la bola de cristal roja ¡Era real! Mientras su padre, le preguntaba violentamente a su madre, de que se trataba ese objeto, el rojo de la bola se tornaba más intenso, cada vez más y más…

Repentinamente, recordó lo que el extraño le había dicho: ¡Esa era la señal, de que se haría presente! Estaba temblando, aterrorizado y el miedo lo paralizaba.

Su madre, llorando salió a la calle y vio cómo su padre se dirigía a su cuarto, con el extraño objeto en sus manos. Adolfo corrió a la cama y se tapó hasta la cabeza, justo cuando su padre abría la puerta y entraba a la habitación.

Su padre, fue directo a su cama y apartando las cobijas, le mostró la bola que estaba roja carmesí, preguntándole a gritos donde la había robado, pero no pudo terminar de interrogarlo. El extraño ser ya se había hecho presente.

"El Superior", tomó a su padre del cuello y lo levantó como un muñeco, le puso una mano sobre el pecho a la altura del corazón y vio como el rostro de su padre se desencajaba.

Cómo sus extremidades, se retorcían convulsivamente y como finalmente quedaba exánime. Entonces el extraño lo arrojó a un rincón de la habitación y le dijo:

-Ya no te molestará más, ahora yo me haré cargo de ti y te haré muy poderoso, si es que sigues mis instrucciones.-

-¡Lo has matado, mataste a mi padre!- le gritó Adolfo

-¿No era acaso eso lo que querías? ¿Cuántas veces deseaste este final?- le dijo con sorna el extraño mirándole a los ojos.

El extraño conocía los más íntimos secretos de su familia: sabía que su padre Alois era hijo de la soltera *María Anna Schikelgruber*. La cual había sido preñada, mientras trabajaba como sirvienta por el hijo de su patrón, un judío acaudalado que no había querido reconocer su paternidad.

Por lo cual su padre, para ocultar su condición de bastardo, había tomado prestado el apellido Hitler de un pariente, por considerarlo más honorable.

Y este ser demoníaco, explotaba ahora los más oscuros temores de Adolfo y la repulsión que sentía, de que su padre, proviniera de una unión ilegítima entre su abuela y un desconocido judío.

Esto, llenaba y perturbaba siempre los pensamientos del muchacho, recordándole su origen impuro, ante la imposibilidad de borrar que pudiera tener ascendientes judíos.

De esta forma consiguió, que Adolfo llegara a odiar a muerte a su padre por esto.

Los ojos de Adolfo brillaban.

-¿Me vas a ayudar entonces?- preguntó

-Sí, pero solo, si sigues mis instrucciones y serás el instrumento de mi poder. ¿No te agrada acaso, el nuevo giro que tu vida ha tomado?-

-Sí- dijo Adolfo- me agrada. Pero prométeme, que no le harás daño a mi madre, por favor te lo pido, no le hagas daño-

-Cuida bien de este instrumento- le dijo dándole el cristal rojo- y luego veremos si cumplo tu pedido.

-¿Puedo preguntarte algo, ser superior?- Solicitó temeroso Adolfo,

-Llámame *"Maestro"* pequeño ¿Qué quieres saber? Pregunta-

-¿De dónde vienes Maestro y qué es este extraño objeto que me has dado?-

-Vengo de lo más profundo de la tierra, allí está mi reino desde el comienzo de los tiempos.

Este instrumento que te doy, lo llamarás el *"Vril"*[7].-

7.*Vril*: *En 1875, el Lord británico llamado Bulwer Lytton, publicó una extraña novela, titulada "The Coming Race" (La Raza que vendrá). En ella, el narrador es conducido por un ingeniero de minas, a un mundo subterráneo poblado por una raza extraña. Ese pueblo, llamado Vril-Ya, posee un poder misterioso, que le ha permitido vivir sin máquinas, y sin todos los aspectos de la civilización moderna: ese poder es el llamado Vril. En Alemania, al final del siglo diecinueve, hallamos una "Sociedad Vril", dedicada al dominio de ese poder. El símbolo de esta secta, era la esvástica o cruz gamada, el mismo que años después usarán los nazis. En el año 1919 von Sebotendorf, Klaus Haushofer y Dietrich Ekar, fundaron la "Sociedad Tule", una amalgama de sociedades secretas que más tarde creó, en el seno de las SS una organización secreta, denominada "Schwarzesolenoid" (Sol Negro).*

-Mis servidores te reconocerán por él y se pondrán a tu servicio- y desapareció ante sus ojos.

La casa era todo un desorden. Los vecinos, pasaban para enterarse de lo sucedido, mientras el médico forense, le expedía a Klara, las causas de la muerte de su marido: un paro cardíaco debido a la tuberculosis.

El médico continuó con su diagnóstico, agregando que el cuerpo no registraba signos de violencia. La causa de la muerte, se debió a la enfermedad, unida a la discusión que habían tenido.

Lo que en conjunto, desencadenó una crisis nerviosa en Alois Hitler, produciendo esto un cierre en las vías respiratorias. No llegando sin embargo a morir por asfixia, sino por una falla en el corazón.

El oficial de policía que acompañaba al médico forense, mientras tanto entregaba una copia del acta que había labrado, consignando la declaración del forense, a la desconsolada Klara.

En ella se dictaminaba sin ninguna duda la causa del deceso como muerte natural, librando así de toda sospecha a Klara y a su hijo por la muerte de Alois.

La mujer tomó el papel, mientras se secaba las lágrimas de sus enrojecidos ojos, y buscó apoyo en el hombro de su vecina.

Adolfo observaba todo desde su cuarto, detrás de la puerta entornada, comprobando con satisfacción, que todo estaba sucediendo como *"El Superior"* se lo había anticipado.

Comprendió que tenía que cuidar del cristal, como nunca antes había cuidado de otra cosa. Sostuvo la esfera ante sus ojos y mientras la observaba fascinado, era invadido por una sensación rara, mezcla de terror y placer.

Pero una sensación, predominaba por sobre todas en él ahora, una extraña y dulce sensación de poder, que nunca antes había experimentado…

Y de pronto, vio algo como una mancha negra en el centro de la esfera de cristal roja. Agudizó su vista, entornando los ojos ¿Parecía una cruz? Sí…era una cruz, una esvástica...

¡Una cruz gamada negra sobre el fondo rojo, de la esfera de cristal!

CAPÍTULO 10

La noticia nos dejó perplejos, no podíamos creer que Rami estuviera muerto. Tratamos de comunicarnos con David Netanyahu, pero la secretaria siempre nos contestaba, con un:

"No se encuentra en su despacho en este momento ¿Quieren dejarme un mensaje por favor? Se comunicará con ustedes a la brevedad".

Decidimos entonces intentar con Yoab Amir, el Canciller, pero fue peor: la secretaria nos dijo que no atendía a nadie, sin previa cita y cuando le solicitamos una, nos dio fecha para dentro de un mes.

Finalmente, ya hastiados, fuimos personalmente a ver a David e irrumpimos violentamente en su oficina. El personal de seguridad nos estaba echando a los empujones, cuando Netanyahu abre la puerta de su despacho y nos invita a pasar.

-¡Muchachos, muchachos! ¿Se puede saber por qué razón están haciendo este alboroto?-

Nos preguntó mirándonos ingenuamente, mientras le ordenaba a la secretaria que nos trajera unas tazas de café.

-Queremos saber que pasó realmente en la cámara subterránea de Masada, y la razón del alboroto es, porque nos están evadiendo con excusas, para no revelarnos el secreto que nos están ocultando. Nos enteramos que Rami murió trágicamente- le disparó Richard

-Sencillamente hubo un derrumbe y el querido Rami, quedó atrapado por los escombros- nos contestó con la misma mirada de ingenuidad

-Eso no se lo traga nadie- le dijo Débora- y menos nosotros.-

-David, David- le dije- estuvimos allí. Débora y yo experimentamos el prodigio que ocurrió, al abrirse la puerta ¿Vas a argumentar ahora que fue una alucinación? Nos tomas por estúpidos, no es la primera vez que nos enfrentamos a algo tan especial, estuvimos en el "hangar 18"- le dije mirándole fijamente sin pestañear.

-Señores, conozco sus títulos y sus capacidades profesionales, pero deben saber comprender mi posición y la de mi gobierno. Este es un asunto muy delicado y está en juego otra vez el equilibrio del medio oriente. Además de los intereses políticos, están los religiosos y son aún más delicados. Lo que ha sucedido en Masada, se ha clasificado como de "alto secreto", por lo tanto, yo no puedo revelarles nada y lo lamento muchísimo, créanme- finalizó.

-¿Pero qué ha sucedido con el trato que teníamos y que pasa con nuestro equipo, esta confiscado acaso?- preguntó Richard

-Estimados amigos, vuestro equipo les será devuelto en los próximos días intacto y el trato queda cancelado, porque no se ha podido efectuar la tarea como habíamos acordado. Eso sí, cubriremos todos vuestros gastos y recibirán una buena indemnización, por la situación que les tocó vivir-

-Agradecemos su generosidad señor ministro, no era necesaria tanta molestia de su parte- contestó con marcado sarcasmo Débora.

-Señores, sepan disculparme. Agradezco enormemente su visita, pero lamentablemente otros asuntos que atender, me esperan sin demora- nos despidió David, acompañándonos a la puerta.

Cuando llegamos al hotel, en la recepción nos encontramos con un mensaje enviado desde Nueva York por nuestra agencia, solicitándonos que nos comunicáramos inmediatamente.

Richard, llamó desde su celular y nos dijo que la agencia, consideraba nuestra tarea en Masada como finalizada. Y nos pedían, por favor enviáramos el equipo de vuelta y que nos tomáramos una vacaciones, como estaba programado desde el principio.

¡Estábamos que explotábamos! Así que nos fuimos a caminar por la rambla de Tel Aviv para enfriarnos.

El paseo fue delicioso, estaba lleno de turistas y nos paramos a comer exquisitos bocadillos típicos del medio oriente, en *"Abulafia"*: una clásica y antigua confitería árabe, cerca del edificio llamado "Opera Tower", frente a la playa del mar mediterráneo.

-¿Nos vamos a quedar así?- pregunté mientras comía una *"bureka"*, una empanadilla cubierta de semillitas de sésamo, rellena de queso búlgaro.

-¿Y qué quieres que hagamos?- me devolvió la pregunta Richard que estaba saboreando un *"bagel"* tostado, un sándwich con el pan en forma de anillo.

Débora estaba entretenida comiendo un *"faláfel"*, que consiste en deliciosas croquetas de garbanzos que se comen en sándwich de pan de pita.

-Richard -insistí- ¿Nos vamos a quedar de brazos cruzados?-

-¿Y qué idea genial se te ocurre Fede?- me replicó con la boca llena.

-Se olvidaron de Liberman, me doy cuenta- les dije con desprecio

-¡Fede, tienes razón!- gritaron al unísono, haciendo dar vuelta por el alboroto, a los israelíes y turistas que pasaban cerca nuestro.

-¿Cómo es posible que nos hayamos olvidado? ¡El físico cuántico Premio Nobel Dr. Abraham Liberman, amigo de Rami Cohen! Tenemos que ubicarlo ya- dijo Débora tragando el resto del *"faláfel"*.

-No te atragantes mi amor- le dije mientras le limpiaba la boca chorreando *"hummus"*, una salsa en base a garbanzos molidos, típica de medio oriente- hasta mañana no podemos hacer nada, ya es demasiado tarde ¿Fíjate que hora es?- le dije mientras estaba ya oscureciendo.

-Vámonos a dormir- dijo Richard- tenemos mucho trabajo mañana-

-Así se habla amigo- le dije mientras chocábamos las manos- tenemos mucho trabajo por delante-

Nos levantamos muy temprano esa mañana y comenzamos a rastrear al doctor Liberman. Así fue, que nos enteramos, que el Premio Nobel no se encontraba actualmente en Israel, había salido de viaje con destino a Austria y Alemania. Le mencionamos a su asistente, que éramos amigos de Rami y nos preguntó, cómo es que habíamos llegado a trabar amistad con él.

Entonces Richard guiándose por su instinto, decidió contarle la experiencia, en la que habíamos participado y que produjo la muerte de Cohen. Al escuchar esto, el asistente nos dijo que no habláramos más por teléfono y nos invitó a encontrarnos sin demora, en un café situado en la calle Allenby de Tel Aviv.

En menos de una hora estábamos reunidos. El hombre, era todo lo contrario que se espera, de un científico asistente. Vestía una camiseta de color azul y unos jeans desgastados, con un estilo bien informal.

Nos saludó efusivamente, y se presentó diciéndonos su nombre: Koby Asher, y nos contó que Rami le había hablado de nosotros. Luego, nos manifestó su gran dolor, por la trágica muerte de su amigo.

-Rami, les debe haber contado de nuestro grupo, sabíamos que corría peligro, pero nunca nos imaginamos que sucedería esto, tan terrible-

-Nos dijo que ustedes tenían información, sobre lo que estaba ocurriendo en Masada. ¿Es cierto esto Koby?- le pregunté

-Así es, tenemos cierta información, pero antes debo advertirles del peligro que corren al involucrarse, ya que pondrán sus vidas en riesgo- nos dijo, mientras terminaba el último sorbo, de su café turco.

-Algo nos dijo Rami, sobre una…"Siniestra Organización" ¿Puede explicarnos de que se trata Koby?- interrogó visiblemente ansioso Richard.

-Para eso estoy aquí señores y ya están ustedes advertidos- nos miró evaluándonos.

Asentimos y sin más preámbulos nos comenzó a relatar lo que sabía:

-Deben saber, que detrás de todos los conflictos mundiales y por lo tanto, también detrás del plan de encubrimiento en Masada, está involucrada una Siniestra Organización, que nosotros denominamos "SO" por sus siglas.

-Esta maquiavélica organización es muy antigua, y se actualiza según sus necesidades temporales, manteniéndose periódicamente a veces "dormida" durante un tiempo y otras repentinamente se activa "despertando". En este período ha estado muy activa, creando una enorme red, como una telaraña, en todos los niveles estratégicos de poder mundial. Para ello, ha penetrado todos los circuitos del planeta, ya sea, políticos, económicos, culturales, mediáticos, tecnológicos, militares, servicios secretos, etc., acumulando más y más poder y control- Koby nos miraba a los ojos mientras hablaba.

-Para contrarrestarla y destruirla, existe una antigua "Sociedad Secreta", que sigue el ritmo opuesto y preserva a través del tiempo, lo mejor de la humanidad y sus logros. Esta sociedad planetaria, ha necesitado ser reactivada, siendo el Profesor Liberman uno de sus colaboradores, junto con importantes y poderosos personajes a nivel mundial. La sociedad en cuestión se denominó: el "GRUPO" cuyas siglas son el acrónimo de *Guía de Resistencia Unida de Poder Organizado*-el asistente hizo una pausa, tomando un poco de agua.

-El "GRUPO" como lo expresan sus siglas-continuó Koby- combate y resiste organizada y permanentemente, en silencio si es posible y con bajo perfil, todas las actividades de "SO" en todos los niveles y en todo el mundo. Su intención es unificar todo el poder mundial posible, para reducir a "SO" a su mínima expresión, si no es posible destruirla. Es una guerra declarada y sorda, porque el objetivo de "SO", es instalar un "Nuevo Orden Mundial" bajo su control y dominio.

Para ello- la voz de Koby se volvió más grave- está provocando una concentración brutal, de toda la riqueza y recursos del mundo, en muy pocas manos y que se estrecha cada vez más. Uno de sus fines, es crear un gran desequilibrio económico, político y social que les permita tener mayor control, sobre los países, sus políticas, economías y su gente.

De esta manera- la preocupación se reflejaba en el rostro del asistente- han logrado descender el nivel de calidad de vida, de la mayor parte de la población mundial. El sistema financiero, maneja la economía mundial, creando atractivos productos financieros, con rendimiento a muy corto plazo.

Esta política especulativa, está destruyendo las industrias, porque desvía el interés de los inversores. El antecedente más singular fue en el año de 2008 con la crisis inmobiliaria en EEUU. Pensamos que podría haber servido de lección, pero no, se siguen repitiendo las mismas fórmulas. Esto ha sido claramente explicado, por el economista profesor de la Universidad de Cambridge, el surcoreano Ha-Joon Chang.

Resultado: La escasa inversión en tecnología, produjo pérdida de empleos y competitividad.

-Y nuestra tarea es impedir que se apoderen de los objetos encerrados en la cámara de Masada, haciendo público el descubrimiento- finalizó Koby su larga y sustanciosa explicación.

-Entonces la maniobra de encubrimiento en Masada es apenas la punta del iceberg. Y es también real que el *"Sancta Sanctórum"* fue trasladado toda vez que fue necesario- dijo Débora

-Efectivamente señora y más de una vez. Usted, conoce bien la historia de la destrucción, de los dos templos y la rebelión de Bar-Kojba. En cada ocasión que fue necesario, el *"Sancta Sanctórum"* fue trasladado a lugar seguro, para evitar que cayera en poder de gente inescrupulosa, como la gente de "SO"- afirmó Koby- Ahora, si se hiciera público, no solo alteraría la historia convencional, siendo esto de por sí un hecho revolucionario, sino que perjudicaría a esta siniestra organización. Ellos están sumamente interesados en mantener el *"status quo"*, es decir que se mantengan las condiciones actuales existentes, sin variación en el mundo- concluyó Koby

-Además -argumentó Débora- estamos hablando de instrumentos de una tecnología desconocida, que siendo bien utilizados, podrían producir un salto en la evolución humana. Lo que no entiendo Koby, es como hicieron para trasladarlos. Porque la Biblia nos relata que el Arca de la Alianza, donde según la tradición estaban los trozos de las tablas que Moisés recibió en el Monte Sinaí, era conducida

104

con sumo cuidado y protección. De tal manera que en una ocasión, dos hijos de Aarón, el hermano de Moisés y primer Kohen (Sacerdote), murieron fulminados por acercarse demasiado y sin la debida protección-

-Realmente señora no sabemos cómo fue trasladado el *"Sancta Sanctórum"*. Pero lo que sí sabemos, es que allí había un vórtice, como un torbellino de energía, que servía de enlace con otros mundos y que era el punto por el cual la energía del Eterno, pasaba directamente a este mundo y se irradiaba a toda la tierra- dijo Koby mirándonos.

-La información que tenemos- prosiguió- dice que los Kohanim (sacerdotes) sabían cómo activarlo y desactivarlo, se les había confiado ese secreto. El Kohen Gadol, el Sumo Sacerdote, lo utilizaba en el día de Iom Kipur, el Día de la Expiación, o en situaciones muy especiales. Y la *llave* era el Tetragrámaton hebreo, el Sagrado Nombre de Dios-

De pronto al escuchar esto, Débora dio un respingo. Richard y yo estábamos escuchando atentamente y no nos perdíamos detalles de la conversación. Porque Koby nos había dicho que Aby, así era como llamaba a su jefe y amigo, además de ser científico del más alto nivel, había estudiado e investigado la *Kábala* y estaba en contacto junto con todo el grupo que conformaban, con otros grupos similares en otros países.

Que se habían interiorizado en otras corrientes esotéricas: como el Tao, el Sufismo, la Kábala cristiana, el Budismo Zen, entre tantas otras y habían establecido redes de conexión e intercambio, que llegaban hasta las puertas del Vaticano, los altos centros Judíos Jasídicos, las Tekias de los grandes Maestros Sufís y hasta tenían contactos secretos con el Dalai Lama. Por lo tanto, el caudal de conocimiento e información que manejaban y poseían era enorme.

-Después de escucharlo Dr. Koby, comienzo a comprender lo que pasó en la cámara subterránea- dijo Débora misteriosamente, apoderándose de toda nuestra atención. Parecía como que su rostro, súbitamente se había iluminado y una sonrisa extraña se dibujaba en sus labios rojos.

-Señores...hizo una pausa- el sonido que escuchamos mi esposo, Rami y yo...ese sonido estremecedor que nos ensordeció...creo que recién ahora lo tengo claro...- Se interrumpió unos breves segundos por la emoción, mientras las lágrimas comenzaban a rodar por su bello rostro:

-Ese sonido era aterrador...por el poder que irradiaban sus notas. Pero al mismo tiempo, penetró en mi alma y me dio una sensación de paz y amor, como nunca sentí en mi vida. Porque era el sonido, nunca antes escuchado completo, desde milenios de…de…-titubeaba Débora por la emoción del descubrimiento- ¡Del Nombre Inefable de Dios, que en hebreo se denomina el *Shem Hameforash* [8]!

8.: **Shem Hameforash**:. *Simboliza el Tetragrámaton, el Nombre Inefable de Dios compuesto por 4 letras que los judíos no pronuncian. El hebreo es un idioma de consonantes y por lo tanto no se conoce la pronunciación correcta, la cual especulan, se perdió después de la destrucción del Primer Templo por los Babilonios.*

CAPÍTULO 11

MÚNICH, ALEMANIA
FINES DE NOVIEMBRE DE 1924

Adolfo estaba en su celda.

Ya no era el trémulo jovencito, que soñaba con ser un artista. Los años habían pasado, su madre había muerto y ya habían transcurrido casi ocho meses, de los cinco años de su condena a prisión.

Era un preso político, culpable de encabezar un *"putsch"*: una rebelión contra la República de Weimar, en Alemania. En la cárcel, había ocupado su tiempo, para redactar su autobiografía y exponer en un libro, sus ideas sobre la condición humana.

Lo llamó *"Mein Kampf"*, que en alemán significa "Mi Lucha".

Allí sintetizó la base de su doctrina:

> *"La supremacía de los germanos como representantes de la raza aria y el antisemitismo sistemático, como ejes de su obra".*

Había llegado a ser un líder temible y respetado, financiado por las grandes corporaciones y por la alta sociedad. El importante crecimiento del Partido Comunista alemán y el establecimiento de un régimen comunista sólido en Rusia, habían hecho sonar la alarma.

Y el pánico había cundido entre los grandes intereses, que veían a Adolfo como un instrumento factible de ser usado, para frenar el bolchevismo en la paupérrima Alemania.

Pero a él no le importaba y permitía ser usado para ganar cada vez más poder, había llegado hasta donde jamás había soñado llegar. Pero a pesar de toda la ayuda recibida, había fracasado en su intento de tomar el poder en Alemania. Los militares no le habían dado su apoyo y mientras ordenaba las hojas de su libro, en la penumbra de su celda, acariciaba la esfera roja de cristal de la que nunca se había desprendido, y se preguntaba:

¿Qué pasará ahora? ¿Qué había pasado con las promesas de grandeza y poder, que su maestro le había prometido? Parecía como que todo se había esfumado.

"Me ha engañado el muy maldito", pensaba amargamente, *"me trajo hasta esta inmunda celda para que me pudra. De que me sirve todo lo que hice, seguí todas sus instrucciones sin vacilar y que gané, estoy encerrado en cuatro paredes"*.

Se sentía perdido y derrotado, abandonado por su maestro. Entregado a sus enemigos, esos judíos y sus amigos germanos, traidores a su estirpe, que habían conspirado contra él para que no pudiera limpiar la pureza de la raza aria, del estigma que representaban esos semitas.

¿Cómo iba a hacer ahora, para llevar a Alemania a la altura que había prometido, a la altura que le estaba señalada por su destino de gloria y de grandeza?

Solo tenía un puñado de papeles inservibles. Arrojó con furia su libro, contra la pared de la celda y viendo como caían las hojas desparramándose, en su desesperación, agarró su cabeza entre sus manos y comenzó a musitar como un loco:

"Qué voy a hacer ahora...qué voy a hacer..."

De pronto, sintió que le faltaba el aire. La celda comenzó a caldearse, a pesar de estar casi en invierno. Estaba a punto de desmayarse, con los ojos desorbitados cayó al suelo, aterrorizado, y entonces entre nebulosas, lo vio. Él se había hecho presente, su maestro. "El Superior" estaba allí en la celda y le habló así:

-Prepárate a recibir noticias, tu encierro llega a su fin- le vaticinó- Has seguido muy bien mis instrucciones- dijo, agarrando una hoja del manuscrito disperso, en el sucio suelo de la oscura celda. La observó y leyó minuciosamente su contenido y exclamó:

-¡Excelente material! Has aprendido muy bien las enseñanzas que te impartí durante todos estos años y te has superado a ti mismo. Con esto, ganarás las débiles mentes de tus congéneres y se aliarán a tu objetivo-

Dijo mirando a los ojos de Adolfo, que se encontraba arrodillado ante él, en actitud de total sumisión y respeto. Y acariciando su cabeza, en la misma forma en que un amo acaricia a su perro fiel, le ordenó con énfasis:

-¡Debes imprimirlo de inmediato! Porque este será el compendio de mi obra suprema, mi libro sagrado. Tu tarea, será difundirlo y aplicarlo por todo el mundo. Prepárate mi fiel discípulo, porque te espera mucho trabajo-

Y se desvaneció ante los ojos de Adolfo.

CAPÍTULO 12

Hacía una hora, que habíamos dejado el aeropuerto internacional, Tempelhof de Berlín y ya estábamos, en la puerta del instituto, donde nos encontraríamos con el profesor Liberman. Hicimos más de 10 km, para llegar al lugar que se situaba, cerca de la Ópera Alemana de Berlín, sobre la Bismarckstrasse, en la esquina de la Káiser Friedrich Strasse.

Para nuestra sorpresa, no se trataba de un centro de investigación de física cuántica. Era un instituto, dedicado al Holocausto nazi y a la investigación, y divulgación de los crímenes de guerra, cometidos bajo el régimen nazi, de Adolfo Hitler. La persona que nos atendió muy amablemente, nos indicó que el profesor Liberman no se encontraba, y que se había despedido, sin indicarle cuál sería su próximo paradero.

Estábamos estupefactos, habíamos hecho todo ese viaje para nada.

Pero antes de partir hacia allí, habíamos hablado por teléfono con Liberman y habíamos acordado con él encontrarnos allí. Solo nos habíamos demorado unos minutos, en llegar al lugar de la cita.

Volvimos a interrogar a la mujer, que nos había recibido y ella nos contó, que luego de analizar unos manuscritos, el profesor Liberman salió muy apresurado. Nos dimos a conocer, y le dijimos que teníamos una cita con él. Por lo tanto, no entendíamos como nos había dejado así, plantados.

La mujer entonces, pareció percatarse de algo y fue al escritorio de la recepción. Sacó un libro de notas, arrancó una hoja y nos la entregó. En la hoja, estaba la dirección del hotel, donde se hospedaba Liberman. Ella nos miró y dijo:

-El Profesor me pidió que lo disculpara ante ustedes. Encontró algo en uno de los manuscritos y se fue dejándome esta nota-

Salimos, Richard y yo a buscar un taxi y nos fuimos al hotel, mientras Débora, se quedó para examinar el manuscrito, que había atraído la atención de Liberman.

Era una hora pico, y Berlín estaba atestada de tráfico. El taxista, hizo todo lo mejor que pudo, pero nos llevó más de media hora, en llegar al hotel.

El hotel estaba ubicado sobre la Friedrichstrasse. Antes de la segunda guerra mundial, estaba allí el distrito teatral, más vibrante de Europa Central. En pleno corazón de Berlín y casi llegando a la avenida Unter den Linden: El paseo de los Tilos, en alemán.

En el camino, pudimos apreciar la imponente puerta de Brandeburgo, situada en la Pariser Platz, en el extremo oeste de la avenida Unter den Linden, rodeada por edificios públicos y embajadas extranjeras.

Se construyó entre los años, 1788 y 1791, siguiendo un proyecto neoclásico del arquitecto Carl Gotthard von Langhans, quien se inspiró en los Propileos, o puertas ceremoniales de la Acrópolis de Atenas. Gottfried Schadow, esculpió los relieves que decoran su superficie, así como la estatua de una cuadriga, guiada por la Victoria alada, que desde 1794, corona el conjunto.

Hay calles muy conocidas, como la Wilhelmstrasse, en la cual se encontraba antes la Cancillería del III Reich, sede del régimen de Adolf Hitler. El Reichstag, la Isla de los Museos, la Ópera y numerosos teatros, estaban situados en las cercanías del ultramoderno hotel, así como el Tiergarten, el más extenso de los casi 58 parques de Berlín.

Pero lo que más atraía mi atención, era la puerta de Brandeburgo. Inconscientemente asociaba esta puerta, con la puerta de la cámara subterránea en Masada y no lo podía evitar. Nos dirigimos directamente a la recepción y una muchacha muy bonita nos atendió. Le preguntamos por el profesor Liberman, ella se fijó en la computadora y nos dijo en inglés:

-¿Buscan al Profesor Abraham Liberman?

-Efectivamente así es señorita- le contestó Richard

-El registro en la computadora, me indica que él se ha retirado del hotel, hace una hora aproximadamente- respondió en inglés, mirándonos a todos.

-¿Cómo? –Preguntamos al unísono

-El Profesor ha dejado el hotel- nos confirmó en inglés

-¿Podría decirnos señorita, hacia qué dirección se dirigió el profesor?- pregunté en inglés, con una sonrisa diplomática.

-Sabrán perdonarme señores, pero es política del hotel, no revelar información confidencial de nuestros huéspedes. ¿Son ustedes familiares del profesor?

-No exactamente, pero nos envía su asistente personal, el Dr. Yaacob Asher, aquí está su tarjeta- dijo Richard, poniendo la tarjeta sobre el mostrador.

-Espérenme unos minutos, por favor señores, necesito consultar con el gerente- y se fue llevándose la tarjeta.

-¡Qué vamos a hacer Fede!- me dijo Richard resoplando - esto es parte de la famosa eficiencia alemana- prejuzgó impaciente

Un rato después, volvió con un empleado jerárquico del hotel, que nos atendió muy amablemente y nos pidió mil disculpas, pero así era la política del hotel.

-Lo lamento mucho señores, pero lo único que sé, es que el profesor, salió muy apresurado hacia el aeropuerto. Aunque verdaderamente, no sé cuál es su destino final- nos dijo el gerente.

Richard y yo, nos miramos sin saber qué hacer.

-Señores, porque no hablan conmigo- nos dijo un desconocido, que había escuchado toda nuestra conversación- conozco al profesor Liberman desde muchos años, he sido su discípulo preferido- nos comentó el sujeto.

El personaje en cuestión, nos despertaba cierta desconfianza, por la forma en cómo nos abordó y percatándose de ello, ya que se transparentaba en nuestros rostros, se presentó sin más rodeos:

-Mi nombre es Bill Dorman- nos dijo extendiendo su tarjeta.

En ella se podía leer, que era el CEO de una de las más importantes empresas, de *Software*[9] del mundo.

---

9. ***Software****: Conjunto de programas, instrucciones y reglas informáticas que permiten ejecutar distintas tareas en una computadora*

Estrechamos su mano y acto seguido, sacó de un bolsillo de su chaqueta, un celular de última generación y marcó un número.

De lejos, se escuchó una voz que atendía y Bill Dorman, contestó con un saludo que nos dejó sorprendidos:

-Hola profesor, estoy con unos amigos suyos, que están tratando de localizarle- apartó el teléfono móvil un instante y nos preguntó:

-El profesor me pregunta, quienes son los que le están buscando.-

Le solicité a Bill Dorman, si me permitía el celular, para explicarle al profesor y también para tener la certeza, de que se trataba de él.

-Hola ¿Hablo con el profesor Liberman?-

-Así es- me contestaron del otro lado-

-Mucho gusto profesor, somos quienes hablamos con su asistente Koby Asher y habíamos quedado en encontrarnos hoy en Berlín con usted.-

-¡Ah, sí! Perdonen mi salida apresurada, pero les dejé una nota en el Instituto- me contestó

-El problema, es que en el hotel donde se hospedaba, no nos dieron ninguna información sobre su actual paradero- le repliqué

-Está bien, no se preocupe, nos reuniremos en breve. Hágame el favor de pasarle el celular a Bill, así arreglamos el problema.-

Le pasé el celular al CEO y luego de hablar unos minutos con el profesor, cortó la comunicación, y guardó el aparato en un bolsillo de su chaqueta.

Y acto seguido, nos preguntó a boca de jarro:

-¿Están dispuestos a volar ya a Sudamérica?-

-¡Por supuesto!- contestamos al unísono sin vacilar- ¿pero podríamos saber primero a qué lugar?-

-Exactamente, a la ciudad de Buenos Aires, en Argentina- nos respondió.

Nos fuimos con Richard a buscar a Débora, estábamos totalmente desconcertados.

¿Qué es lo que podría estar buscando Liberman tan lejos, en Sudamérica? La incógnita nos dejaba perplejos.

CAPÍTULO 13

BERLÍN, 29 DE ABRIL DE 1945

Adolfo se encontraba en su bunker.

Les había pedido a todos que se retiraran y lo dejaran solo. Absorto, contemplaba la bola roja de cristal, que lo había acompañado casi toda su vida. Ahora era el Führer del Tercer Reich, el líder de toda Alemania y el Gran Maestro de la Orden Negra, las temidas "SS". Había conquistado media Europa y había exterminado a más de seis millones de judíos en los campos de muerte, verdaderas y eficientes máquinas de exterminio masivo y genocida.

Su maestro *"El Superior"*, le había indicado con precisión su plan y el momento de cada movimiento, político y bélico y él había sido su fiel instrumento. De esta forma, pudo primero una vez que llegó al poder, aplastar a los que se oponían a sus fines en su propio partido, el Partido Nazi y limpiarlo de todos los elementos débiles e incapaces.

Luego aplastó al comunismo y conquistó a todo el pueblo alemán, prometiéndoles un futuro de gloria y grandeza. Y con la tesis del *"espacio vital"*, necesario para el desarrollo de los arios, se lanzó a la conquista de Europa con un éxito fulminante.

El aparato bélico, que había heredado del mariscal Bismarck, y los métodos de guerra inéditos, como la *"blitzkrieg"*: la guerra relámpago, mostraron su mortífera eficiencia, mientras el mundo entero parecía rendirse de miedo a sus pies.

Pero ahora, su suerte se había terminado, su maestro le había fallado pensaba, y mil veces se preguntó porque no le permitió invadir Inglaterra. Estaba a su merced y él no le permitió someterla definitivamente.

Luego, le ordenó invadir Rusia, un mes después de lo previsto. Su maestro le había dicho, que el hielo se iba a derretir al paso de la Wehrmacht. Que en cuestión de días, aniquilaría a Stalingrado y al imperio comunista, y ahora el Ejército Rojo se acercaba victorioso a las puertas de Berlín.

Todo su reino se caía como un castillo de naipes. Esos latinos italianos inservibles, con un inútil ejército de juguete, le habían hecho derrochar tanto esfuerzo. Y los ineptos aliados nipones: torpemente, hicieron entrar en la guerra, al enemigo más poderoso del mundo, los Estados Unidos. Gracias al error táctico y estúpido, de bombardear Pearl Harbor. Los americanos se habían mantenido neutrales hasta ese momento. Y los japoneses les dieron la excusa, para entrar en la guerra y dar vuelta la balanza en el frente occidental.

Esos americanos novatos, formaron un poderoso ejército aliado con Francia, ahora perdida y con los ingleses recuperados. Y los muy malditos, se apuran ahora en llegar aquí, a Berlín para detener el avance del imbécil de Stalin sobre Europa. Esa Europa, que iba a brillar bajo mi cruz gamada, pensó apretando con fuerza la bola de cristal.

Pero todo esto no era lo peor, porque lo peor era lo que había sucedido en África, la derrota estrepitosa de Rommel y del "Afrika Korps".

Y a manos de esos odiados ingleses, y de ese Montgomery, que no era nadie al lado de su temible ejército germano ¿Cómo podía haber pasado...? Ahora sus fuerzas estaban desbandadas, vencidas, aniquiladas.

Su maestro le había hecho hincapié en conquistar Egipto y luego avanzar rápidamente sobre Palestina. Le había dicho que ese era el objetivo primordial, que la conquista de Europa era para librarla de esa peligrosa raza, los judíos.

Esos semitas, habían trastocado todos los valores naturales y en su seno, nació luego ese engendro mítico llamado Jesús, y gracias a que los judíos no creyeron en él y lo rechazaron, esto hizo que se expandiera su influencia por los pueblos arios infectándoles con su prédica judía de amor y de protección a los débiles, desnaturalizando aún más los valores de la raza y supremacía aria.

Y luego, vino Mahoma y confundió aún más a gran parte del mundo, cuando se le ocurrió hacer la síntesis judía y cristiana.

Por eso, su maestro le ordenó que era necesario restaurar el *"Orden Natural"*. Había que volver a las fuentes, a los dioses germanos, que esperaban ser rehabilitados en su poder y magnificencia aria, porque solo los fuertes pueden gobernar un mundo sin Dios.

Por lo tanto, era imperativo llegar a Jerusalén, porque allí había empezado todo. Allí se institucionalizó una creencia que cambió el *"Orden Natural"*, que desplazó a la raza aria del eje de poder y control del mundo. Era necesario invertir este proceso, purificarlo y transmutarlo, completando la obra que comenzó el emperador romano Adriano.

Adolfo se dio cuenta que había fallado. Impotente, loco de furia, arrojó violentamente la esfera contra el muro del bunker. Pero no se rompió, no sabía de qué material estaba hecha. La había hecho analizar por sus físicos y sus químicos y le habían dicho que la consistencia física y la composición molecular, les era totalmente desconocida.

Inmediatamente después, que le fue dado el resultado de las pruebas, acusó de traición a los pobres infelices y los mandó fusilar por las "SS", para que no revelaran el secreto, del extraño artefacto que poseía.

Se agachó para recoger la esfera, no tenía un rasguño, estaba intacta. Pero sus ojos súbitamente se llenaron de terror, la bola enrojecía más y más y eso indicaba solo una cosa, que él, "El Superior", se haría presente, ya. Temblaba como una hoja, aterrorizado, mientras su maestro lo observaba despectivamente.

-Eres un completo inútil- le dijo

-Maestro, solo hice lo que tú me ordenaste-

-¡Estúpido ególatra! Lo único que te interesaba era pavonearte por Europa, sacándote fotos, mostrándole a esos insectos de tus congéneres lo hábil que eres, pero nadie sabía la verdad de que eras mi instrumento. Un instrumento defectuoso e imperfecto, lleno de avidez y codicia humana de poder inútil.

-Maestro, soy el Führer, el líder más grande que existió en el mundo, ¿Por qué me hablas así?- Respondió Adolfo con altivez

Agarrándole por el cuello *"El Superior"* le dijo:

-¿Ya te olvidaste quién eras, un miserable y mediocre y que llegaste a tener el poder que tuviste, gracias a mí?

-No maestro, no me olvidé, perdóname, solo quiero saber que será de mí-

-Si quieres venir conmigo, tendrás que seguir mis órdenes- Hitler se inclinó en sumisión y le dijo:

- Haré lo que tú me ordenes-

-Bien, escucha y presta atención, para que mi obra pueda continuar. Primero entregarás en el mayor de los secretos esta esfera que te he dado, a uno de tus más fieles colaboradores. Uno que he elegido, para que sea el custodio de este instrumento. Pero no le dirás qué es, solo se la entregarás. Y le exigirás bajo juramento, guardar el más profundo secreto y que deberá protegerla de caer en manos profanas, entregando hasta su vida, si fuera necesario.-

-Está bien- asintió Hitler- ¿Y quién será el depositario de tremenda responsabilidad?- interrogó ansioso

El extraño ser, le susurró el nombre del personaje, que había sido elegido por él y Adolfo Hitler asintió sumisamente, con el temor marcado en su rostro.

-Maestro, aún no me has dicho ¿qué será de mí?- copiosas gotas de sudor nervioso y frío bañaban su frente.

-Si quieres acompañarme, hay una única forma- El extraño ser, tomó la pistola que estaba sobre el escritorio y se la puso en la mano

-Entiendo mi maestro, cumpliré obedientemente tus órdenes- dijo Hitler

-Muy bien, ordenarás todos tus asuntos y abandonarás luego la miserable vida que llevas en este mundo.-

-Para ello realiza el ritual que te enseñe y atraviesa esta dimensión inferior sin demora.-

-¿Qué será de Eva? Quedará sola a manos de mis enemigos.-

-Trae a Eva Braun contigo, realiza el ritual con ella y vengan ante mí presencia- ordenó "El Superior"

-¿Cuándo consideras que debo reunirme contigo, mi maestro?

-Cumple con lo que te pedí hoy y reúnete conmigo mañana mismo- y se desvaneció en un instante.

CAPÍTULO 14

Habíamos vuelto, *"El viaje"* había sido un éxito. Estábamos otra vez, reunidos en el mega complejo de setecientos ochenta y seis niveles, en Septunio y nuestro guía y asesor, Timsók nos observaba con indisimulado regocijo. Solamente faltaban Lera y Feven, ya estaban por llegar, pero a nadie le importaba demasiado la tardanza de Feven, aún más deseábamos que no se hiciera presente, era un personaje realmente denso.

Pero Lera, ¿Qué habría hecho que se demorara tanto? Era realmente extraña su tardanza. Mientras cavilaba, todos mis amigos de grupo, Zenta, Naro, Luba, Wona, Etrón, y Argón, intercambiaban impresiones de la extraordinaria experiencia, que nos había tocado vivir. La anomalía había sido reparada, pero nos había exigido un esfuerzo enorme, aunque la ganancia nos había compensado con creces, no solo nos había unido aún más, sino que habíamos crecido a todo nivel.

-¡Felicitaciones Príncipe Rádem!- Me sorprendió Ictro, haciéndose presente allí, repentinamente y saludándome en forma efusiva.

-Querido amigo- continuó- en realidad es una doble felicitación, ¿Pero por qué no la compartes con todos los presentes aquí?- me dijo Ictro mientras Zenta se acercaba y la atención de todos se concentraba expectante, en mi persona y en lo que iba a decirles.

-Mis queridos amigos, tengo dos noticias que comunicarles, la primera- mientras Zenta y yo nos estrechábamos- es que finalmente mi otra mitad me encontró y yo a ella también ¿No es así amor mío?-

-Si Rádem, mi amor- me dijo, mientras la energía que emanaba de su traje, producía destellos cada vez más intensos e iluminaba todo el lugar, produciendo un efecto mágico, que nos iba envolviendo a todos.

-Y la segunda noticia- continué- es que ya no seré más, el príncipe del "Palacio Cristalino". El Supremo, me requiere más cerca y por lo tanto, asciendo a otro nivel dimensional, que involucra diez galaxias de esta área.

Pero en mi lugar se queda Ictro, mi queridísimo amigo y es él ahora, el flamante nuevo príncipe. Dinos algo ahora tú Ictro, es tu turno- le dije pasándole la palabra.

-Mis queridos amigos- comenzó muy emocionado, ante la mirada de afecto de todos nosotros, ya que todos apreciábamos a Ictro por su humildad y sabiduría- gran parte de lo que sé, se lo debo a mi gran amigo y maestro Rádem- continuó mientras yo negaba rotundamente sus palabras- para mí es un honor ocupar el lugar de Rádem y...

No pudo continuar, porque de pronto, el mega complejo recibió una potente perturbación y comenzó a distorsionarse, formándose una espiral ante nosotros. Algo ocurría, no solo allí, sino en todo el planeta, la atmósfera de Septunio parecía incendiarse, todo el sistema de equilibrio se estaba alterando, por el efecto de la tremenda perturbación.

El mega complejo es una construcción mental, que abarca setecientos sesenta y ocho niveles dimensionales.

Y cada nivel dimensional, es a su vez la puerta a otros setecientos sesenta y ocho niveles. Y así sucesivamente, hasta conectar todos los mundos existentes, en todas las direcciones imaginables y paradójicas. No es único, es uno entre millones y este es nuestro punto de encuentro, para esta área del universo y que nos permite por lo tanto, interactuar a la velocidad del pensamiento y "estar-no-estar", en casi infinito e infinitesimales parámetros posibles de ubicación.

Pero algo, interfería de manera peligrosa y el equilibrio se alteraba y lo sentíamos cada vez más intensamente. Porque todos, en conjunto formamos una unidad de percepción, focalización y estabilidad muy potente. Y a pesar de los esfuerzos que estábamos haciendo, para contrarrestar el desequilibrio, nos iba superando cada vez más.

Casi llegando al límite, apareció Feven sorpresivamente. Su siniestra presencia nos alteró aún más, haciéndonos también perder más el equilibrio, detrás de él se hizo presente Lera.

Ella llegó a nosotros como siempre, resplandeciente y fue un alivio importante con su poderosa energía.

Pero Feven, levantó en lo alto algo que traía consigo. Parecía ser una esfera de cristal, del mismo material de los cristales del Palacio Cristalino. La bola era roja, intensamente roja, pero al levantarla Feven, esta quedó flotando en medio de la espiral y el equilibrio comenzó a recuperarse lentamente.

Una vez restablecido, Feven tomó la esfera y nos miró sorprendido, al percatarse de que toda nuestra atención, estaba concentrada en él y en forma claramente hostil.

CAPÍTULO 15

Estábamos volando hacia Buenos Aires, Argentina, en el lujoso y veloz jet privado del súper millonario, con capacidad para 19 pasajeros. La tripulación estaba compuesta por piloto y copiloto profesionales y dos bellas azafatas.

William Stephen Dorman, es CEO de una de las más grandes, e importantes empresas de software del mundo. Es un hombre muy culto y además de su inglés natal, habla fluido francés y español. Durante el viaje, además de nosotros, le acompañaba su amigo y socio Hermann Weber, cofundador de "Andigo Systems", la empresa que fundaron en la ciudad de San Diego, California en los Estados Unidos de América.

Apenas teníamos conciencia, que conversábamos durante el viaje, con dos de las personas más ricas y talentosas del mundo, mientras las azafatas nos atendían como reyes, trayéndonos exquisitos bocadillos y bebidas de toda clase.

-Me crie en Seattle, que es la ciudad más grande del estado de Washington, en el noroeste de los Estados Unidos de América- comenzó Bill Dorman- Mis padres, eran trabajadores de clase media baja, mi madre, trabajaba como cajera en una cadena de supermercados y papá, era mecánico de automóviles- dijo, mientras tomaba un sorbo de Whisky, de una sola malta.

-Tengo dos hermanos, siendo yo el segundo. No fue fácil para mí, ser el del medio- nos comentó.

Algo de la historia de estos dos personajes, era conocida para mí, ya que me apasiona mi profesión de periodismo de investigación. Sabía que venía de una familia humilde, origen que Bill no ocultaba, más bien estaba orgulloso. Hasta sexto grado fue a una escuela pública, pero se destacó llegando a ser uno de los mejores alumnos. De adolescente, comenzó a demostrar en el colegio, tener una aguda inteligencia y una gran afición, por las computadoras al punto tal, que las desarmaba y él mismo las reparaba, comprando los repuestos.

Sus padres, sus hermanos, familiares y amigos estaban impresionados por la brillante inteligencia y habilidad del joven, en quien veían un gran potencial.

Bill, se graduó con grandes calificaciones y recibió una beca para estudiar en el MIT: el *"Instituto Tecnológico de Massachusetts"*, que generalmente está en el ranking número uno, entre las mejores Universidades del mundo. Ubicado en la ciudad de Cambridge, la mudanza supuso para él, un corte con su vida anterior, ya que se fue de un extremo a otro del país para estudiar. Realizó una carrera meteórica y fue en el MIT, que conoció a Hermann Weber, donde trabaron una gran amistad.

-¿Te acuerdas Hermy, cuando trabajábamos en el garaje, armando computadores a pedido?-

-¡No me olvidaré nunca!- respondió Hermann-fue una de las épocas más felices de mi vida.-

-Sí, era una pasión de muchachos- nos miró Bill.

-Cuéntales Bill, cómo se nos ocurrió el nombre de nuestra empresa- dijo Hermy riendo.

-¿Saben cómo fue?- sabíamos, pero queríamos escuchar la historia de su propia boca.

-Frente al garaje había un enorme cartel que tenía escrito: *"Bienvenidos a San Diego"*. Pero delante del cartel, había un árbol y sus ramas, tapaban las letras "s" y "e", así que nosotros veíamos *"Bienvenidos a an Di go"*. Fue toda una señal, allí frente a nosotros, estaba el nombre de nuestra empresa- dijo con una amplia sonrisa.

Nosotros, observábamos a esos dos magnates, sentados en las cómodas butacas del avión y me venía a la mente sus historias, porque luego de fundar la empresa, en cuestión de 2 años se fueron posicionando en el mercado, creando software y equipos electrónicos, y un sistema operativo, que es uno de sus productos más usados, por las computadoras personales.

Comenzaron luego, a incursionar en el mercado de la telefonía móvil y fundaron una subsidiaria de "Andigo Systems", a la que designaron con el nombre de "Fig Mobile Phones".

Y desarrollaron un Smartphone, es decir un celular inteligente, con tecnología de última generación, que produjo una revolución en las comunicaciones. Hoy es el mejor Smartphone del mundo, y se llama FigPhone.

-Señores- nos preguntó Bill- ¿No les molestará que hagamos una pequeña escala, en la ciudad de San Pablo, Brasil?-

-En absoluto-respondimos todos.

-Sucede que allí, se quedará Hermann- nos dijo Bill Dorman.

129

Hermann Weber, era de nacionalidad brasileña, naturalizado americano. Después de la trágica muerte de su padre, de nacionalidad alemana, que había muerto apuñalado en un atraco en San Pablo, Brasil, a la edad de 8 años emigró con su madre a los Estados Unidos y se instalaron con la ayuda de unos amigos, en la ciudad de Nueva York. Quizás este suceso, influyó en su carácter, más bien sobrio, y medido en contraposición, con la exuberancia de su socio. Además, detesta salir publicado en los medios, no le interesa ser una celebridad.

De bajo perfil, es el genio a la sombra, de su amigo Bill Dorman, y a pesar que ambos cuidan mucho las apariencias, es de público conocimiento los frecuentes altercados, entre estos dos amigos, sobre el liderazgo de la empresa.

Porque Hermann, tuvo un papel decisivo en "Andigo Systems", gracias a sus decisiones en tratos, con grandes corporaciones que ayudaron, a catapultar la empresa…

-En unos minutos, aterrizaremos en la Ciudad de San Pablo- anunció por los altavoces el piloto del jet- por favor señores, tomen asiento y ajústense los cinturones, gracias.

El jet tenía su propio hangar, hacia donde se dirigió después de aterrizar. Dentro, esperaba una lujosa limusina, en la que se fue Hermann Weber con su guardaespaldas, luego de saludarnos. Mientras un equipo de mecánicos, inspeccionaba y cargaban combustible en el avión, Bill nos confió un secreto:

-Creo importante que sepan, que soy integrante del "Grupo" y voy con ustedes, a encontrarme también con Aby Liberman.

-Les cuento esto, porque los hemos investigado, y ustedes son personas de confianza- nos reveló Dorman

-Realmente nos viene sorprendiendo, desde que lo conocimos- le contestó Richard.

-Les pido mil disculpas, por haber violado su privacidad, pero la situación lo requería. Además, Hermann no está enterado y no podía comunicárselos, en su presencia-

Esta inesperada confesión, le daba un mayor relieve a todo lo que nos aconteció, desde que se abrió la puerta de la cámara del Monte Masada. Y aventureros como éramos, no nos preocupaba dimensionar el peligro que podría haber detrás.

-El avión está listo, despegaremos cuando lo deseen señores- nos anunció el piloto

Saqué mi celular, para consultar un dato que tenía registrado, en mi aplicación de notas y Bill pudo ver la marca, que justamente era de su empresa. No pudo contenerse y me preguntó:

-¿Y qué opinión tiene, de nuestro producto, Federico?- me dijo observándome atentamente

-No le voy a mentir, es el mejor Smartphone del mundo en este momento- le respondí

-En este breve viaje de tres horas a Buenos Aires, me gustaría contarles, en qué nos inspiramos con la subsidiaria de "Andigo Systems" de Telefonía Móvil, para finalmente designarla con el nombre de, "Fig Mobile Phones"- nos dijo

Todos, le respondimos que teníamos mucho interés, en que nos revelara tan interesante suceso. Realmente era así, ya que produjo una revolución en las comunicaciones.

-Al comienzo, pensamos en una *manzana* como el emblema, pero terminamos eligiendo un *higo*. ¿Cuál fue la razón? Estamos hablando de tecnología, pero de alta tecnología y esto tiene que ver con el conocimiento.

En la Biblia metafóricamente hablando ¿Cómo obtiene el hombre el conocimiento? Mediante una transgresión.

Rompiendo las reglas, porque desobedece y hace uso de su *"Libre Albedrío"* y elige. La *manzana*, siempre se interpretó como el fruto prohibido, en el Jardín del Edén.

Pero el árbol en cuestión no era un manzano, era más bien una higuera y el fruto que comieron era un *higo*. Nuestra idea fue justamente eso: romper con todas las reglas de las comunicaciones conocidas- Bill hizo una pausa para beber.

-Transgredir sus márgenes, ofreciéndole a la gente un Smartphone, que le dé una amplia gama de posibilidades, hasta ahora prohibitivas, para elegir como usar ese fruto de la alta tecnología. Para ello hemos puesto todo nuestro conocimiento y recursos. El emblema por esta razón es simbólicamente: un *higo*, el fruto del árbol prohibido, del conocimiento del bien y del mal, tecnológicamente al alcance de todos. De allí el nombre "FigPhone"-

Como periodistas que éramos, esto daba para una nota exclusiva, nos estaba dando una primicia. Pero, estábamos embarcados en un misterio, que nos tenía atrapados. Lamentablemente, quedó como una anécdota, que acortó nuestro viaje amenamente. Estábamos ya volando sobre Buenos Aires.

El jet, aterrizó en el aeropuerto internacional de Ezeiza, ubicado a las afueras de la ciudad, capital de Argentina.

-Allí, también tenía un hangar propio, al que el piloto dirigió al avión y descendimos, para pasar los controles de aduana y migraciones.

Al terminar, Bill nos condujo al helipuerto y contrató un helicóptero, para volar hasta el centro de la ciudad. Durante el viaje, Bill telefoneó al profesor Liberman, avisándole que estábamos en camino al lujoso hotel, que pertenece a una importante cadena internacional.

Bill sonriéndome me dijo:

-¿Tú que eres argentino, porque no nos cuentas qué es lo que vemos desde la altura?-

-Sí- le dije- esa ancha Avenida Parque, es la principal de la ciudad y se llama *"Avenida 9 de Julio"*, que corresponde con el día de la Independencia Argentina de España.

-¡Hermosa, parece una ciudad europea!- comentó

-A pesar de ser una ciudad austral y latino americana, esta ciudad tiene un fuerte perfil europeo debido a su arquitectura, cercano a París, Roma y Madrid, producto de la confluencia de fuertes corrientes migratorias europeas, desde fines del siglo XIX hasta mediados del siglo XX- le comenté

-¿Y ese enorme monumento?- preguntó

-Es el *Obelisco*, punto focal e ícono histórico de la ciudad, emplazado en *La Plaza de la República* donde la *Avenida 9 de Julio* se cruza con la *Avenida Corrientes*. Fue construido en 1936, por el arquitecto argentino *Alberto Prebisch*, para conmemorar el cuarto centenario, de la primera fundación española de la ciudad, por *Pedro de Mendoza* en el año de 1536.-

-Me gusta mucho el tango- nos comentó Bill.

-¡Miren!- les dije- allí se ve el hotel y el helipuerto.

Descendimos de la nave y bajamos por el elevador, al lobby del hotel. En la recepción, nos dijeron que el profesor Liberman, nos esperaba en la cafetería. Lo encontramos a pesar de que la tarde caía, saboreando un café con leche con croissants, conocidos aquí como las clásicas *"medialunas"*.

Liberman, es un científico que no sigue el prototipo de Einstein. Es más bien un hombre alto, de corte europeo, prolijamente vestido con chaqueta y corbata, de cabello rojizo entrecano, que anda rondando los setenta.

Su aspecto, se asemeja más a un ejecutivo inglés, que a un científico israelí, catedrático de universidad. Nos reconoció enseguida y se levantó para saludarnos. Luego, se confundió en un fuerte abrazo con Bill Dorman, quien tenía que reunirse con empresarios argentinos. Pero dijo que volvería para acompañarnos, a donde el profesor decidiera necesario ir. Luego que se fue, nos sentamos con el profesor, quien nos dijo:

-Koby me contó, que ustedes estaban en la cámara subterránea, en Masada y que fueron testigos del fenómeno, que causó la muerte de nuestro querido Rami- la tristeza se transparentaba en su rostro, con evidentes muestras de dolor por la pérdida de su querido amigo.

-Sí, así es profesor, pero todo este asunto, está envuelto en el más profundo y hermético misterio, al punto, que se ha transformado en un asunto de estado en Israel y que involucra a otros estados "visibles", como ser el Vaticano y los países árabes- le contesté

134

-Sí, estoy enterado de todo- nos miró fijamente-quiero confiar en ustedes y en su discreción, a pesar de que son periodistas del más alto nivel.-

-Profesor, estos acontecimientos que ocurrieron, han superado nuestro estricto nivel profesional y ha traspasado sus límites. Para nosotros, se ha transformado en una cuestión de índole personal- intervino Débora.

-No nos pregunte muy bien porque razón, pero lo cierto es que queremos llegar al final de esta historia. Sepa entonces que puede contar con nosotros- afirmé con una sonrisa.

Nos miró muy serio a cada uno y todos le asentimos. Liberman, entonces nos dijo, si nos parecía bien que fuéramos, al día siguiente bien temprano, todos juntos a *San Fernando*.

Nos miramos sorprendidos por el destino, pero volvimos a asentir. Bill, vendría a buscarnos temprano a la mañana, con un automóvil rentado y yo sería el conductor del vehículo, por mi conocimiento del lugar.

Estaba ya amaneciendo, cuando nos ubicamos en el automóvil, la salida de la ciudad fue bastante rápida. El tráfico vehicular era muy escaso a esa hora y no tardamos demasiado en llegar al lugar en cuestión.

San Fernando, es una localidad, que está situada a unos 26 km al norte de *Buenos Aires*, pasando la localidad de *San Isidro*, donde se encuentra el famoso hipódromo del mismo nombre. Toda esta zona, se ha transformado en área residencial. Sus hermosos barrios, cuentan con sus propios centros comerciales y con grandes extensiones de espacios verdes parquizados, cercanos al *Río de la Plata*.

-Señores, en este lugar a mediados del siglo XX, actuó un comando especial del *Mossad*[10], que secuestró y trasladó a una persona a Israel. - dijo Liberman, rompiendo el misterio del extraño viaje.

-El inédito y espectacular hecho, se produjo vulnerando la soberanía argentina y esto, produjo una importante crisis diplomática, entre ambos países. El objetivo fue, uno de los criminales nazis más buscados en todo el mundo.

-¡Es verdad!- intervino Débora sentada a mi lado, de copiloto en el automóvil- si mal no recuerdo fue: el miércoles 11 de mayo de 1960.

-Exactamente a la 8 y 20 horas de la noche- agregó Liberman, sentado con Richard y Bill .

-¿De qué personaje estamos hablando?- preguntó Bill desconcertado.

Ese acontecimiento produjo un revuelo muy grande en Buenos Aires y aunque no había nacido para ese entonces, más tarde cuando estudiaba periodismo, este capítulo me impactó bastante y por lo tanto conocía muy bien todos los detalles.

---

*10. **Mossad**: (Acrónimo de HaMosad leModiín Uletafkidím Meiujadím, en hebreo). El "Instituto de Inteligencia y Operaciones Especiales" es una de las agencias de inteligencia de Israel, responsable de la recopilación de información de inteligencia, acción encubierta, espionaje y contraterrorismo, en todo el mundo. Está considerada entre las cinco mejores agencias de inteligencia del mundo.*

-El profesor se refiere sin duda, a Adolf Eichmann, el jerarca nazi teniente coronel de las "SS", a quien le fue asignado la tarea, de llevar a cabo en la segunda guerra mundial, la *Solución Final*, *"Endlösung der Judenfrage"* en alemán - le dije a Richard

-Y para ello, organizó el transporte de millones de judíos, hacia los campos de concentración para su exterminio, convirtiéndose en uno de los principales artífices del Holocausto. ¿No es así profesor?-

-Así es Federico, se ve que usted y su esposa conocen bien este suceso.-

-Sí- dijo Débora- en mi caso es un doloroso y trágico recuerdo. Primero, porque fueron los nazis quienes masacraron a gran parte de mi familia, y segundo, porque comparto la nacionalidad del padre del nazismo. Pero…volviendo al tema de nuestra investigación, si mal no recuerdo, el agente israelí del comando que capturó a Eichmann, fue Peter Malkin, polaco de origen alemán, cinturón negro de karate.-

-Eichmann se escondía tras una identidad secreta, se hacía llamar Ricardo Klement, trabajaba en una fábrica alemana, vivía miserablemente, para mantener el incógnito- continué yo- A pesar de todo, la presencia de Eichmann en la Argentina fue descubierta por un vecino, un viejo judío ciego de nombre Lothar Hermann, que había escuchado el nombre del nazi durante el juicio de Núremberg-

-Su hija, había conocido por casualidad a Nicolás, uno de los cinco hijos del nazi y le contó que Klement y su familia, le parecían personajes un tanto extravagantes y con ideas filo nazis. Un colaborador nuestro, le pasó una carta al ciego confirmando su identidad- nos comentó Liberman

-Entonces el viejo alertó a un fiscal judío de Essen, Fritz Bauer, quien a su vez, comunicó el dato al gobierno de Bengurión-

-¿Quiere decir que su Grupo ya operaba en ese entonces?- le pregunté.

-No exactamente, el Grupo del cual soy cofundador, comenzó a operar activamente mucho después. Pero Hitler había sido reclutado por "SO".-

-¿Nos está diciendo profesor, que Hitler trabajaba en ese entonces, para la Siniestra Organización?- pregunté visiblemente consternado.

-Exacto, y ya están tomando nota, de con quién nos estamos enfrentando y cuán peligroso es. Están a tiempo de retractarse mis amigos- dijo Liberman

-Leí el ensayo de la Alemana *Hannah Arendt*[11] sobre Eichmann- interrumpió Richard- lo que no entiendo es qué relación tiene este nazi, con nuestra búsqueda para encontrar una respuesta, a lo que sucedió en Masada.

11. **Hannah Arendt**: *(1906-1975) Filósofa política alemana de origen judío, luego nacionalizada estadounidense. Una de las filósofas más influyentes del siglo XX.*

-Tenga un poco de paciencia Richard- dijo Liberman mientras pulía sus anteojos con un pañuelo de seda. Luego se los volvió a colocar lentamente, como saboreando lo que nos iba a comunicar y nos dijo:

-Como ustedes saben- prosiguió- la sigla "SS" es la abreviación de *"Schutz-Staffel"* que en alemán significa *"Cuerpo de Protección"*.

Técnicamente fue creado este cuerpo de élite paramilitar, por Julius Schreck en abril de 1925, como una guardia personal para proteger a Hitler- el profesor sacó un manuscrito en alemán.

-Hitler, se habría inspirado, en una antiquísima orden del medioevo alemán- continuó el profesor- como lo era, la *"Orden Teutónica"*. Caballeros de élite, muy versados en el arte de la guerra, originalmente monjes guerreros, con una formación espiritual cristiana. Pero las "SS" en realidad, eran una orden negra, esotéricamente hablando y Hitler era el Gran Maestre de la Orden- dijo, mientras consultaba el documento alemán.

-Su segundo inmediato, era Heinrich Himmler y secretamente ellos esperaban, que con sus acciones, iban a producir una mutación en el género humano. Y que Hitler, con sus *"Waffen-SS"*[12] iban a ser los principales receptores, de esta *"bendición"*-

12. **Waffen-SS:** *Eran el cuerpo de combate de élite de las Schutzstaffel (más conocidas como las SS, o escuadras de protección).*

-Iba a ser el premio, por depurar a la raza aria y esto los iba a colocar en la cúspide. Serían literalmente *superhombres*, a imagen y semejanza, de los *dioses paganos* que adoraban.

Con ellos, comenzaría una nueva era, la era de los *"Seres Superiores"*, semidioses sin Dios y sin piedad alguna. Una era, donde los germanos como la crema de la raza aria, recuperarían su *"Lebensraum",* espacio vital en alemán y serían los custodios del *"Orden Natural".*

Es decir, un orden bestialmente irracional. Un retroceso a la barbarie más atroz, justificada en principios prolijamente expuestos. Sustentados en las teorías científicas de Darwin, sobre la evolución de las especies, acerca de la supremacía de los más fuertes. De este modo, intentaron enmascarar sus enfermas intenciones, de entronizar el lado más oscuro y sórdido, del género humano-

Liberman hizo una pausa, se detuvo en un párrafo del manuscrito alemán y acomodó nuevamente sus anteojos. Observó nuestros expectantes rostros y continuó:

-Mis queridos amigos, según las investigaciones que hemos hecho, revisando cientos de documentos nazis secretos, que fuimos recolectando durante años, en distintos lugares del mundo, todos los indicios nos llevan a pensar que: Adolf Eichmann fue elegido, como custodio de un objeto de poder para los nazis, el cual recibió de manos del propio Hitler, quién se lo entregó un día antes de suicidarse, en su bunker en Berlín-

-Perdóneme profesor Liberman, admirable su exposición, pero sigo sin ver la conexión de lo que usted nos relata, con la cámara subterránea en el monte Masada- insistió Richard.

Débora visiblemente agitada, interrumpió la conversación diciendo:

-Ahora entiendo, recién ahora comprendo, lo que vi en el manuscrito del instituto en Berlín, similar al que usted tiene en sus manos ahora. Allí, se referían a los tesoros robados, por los nazis ¿No es así profesor Liberman?-

CAPÍTULO 16

LA INDIA, ENTRE 600 Y 500 AÑOS A.E.C.

Caminaba lentamente por un hermoso sendero, rodeado de árboles. Pero él, buscaba uno en especial. Un árbol de higos, una higuera donde muchas veces, solía reposar a su sombra.

Era un hombre aún joven, rondaba los 35 años, sus ropas eran muy simples, casi parecía un mendigo, pero en su semblante brillaba un rasgo especial, un rasgo de realeza y a pesar de su humilde aspecto, parecía un príncipe.

En su rostro se dibujó una sonrisa, había divisado a su amigo. Su alta copa, asomaba entre los demás árboles, como espiando su llegada. Se acercó y abrazó al árbol, como si fuera un familiar muy querido.

Luego, se quitó sus alforjas y haciéndole una reverencia, se sentó a la sombra de sus hojas, amparado, cubierto por su refugio. El sol se iba, y Siddhartha se sentó en la posición del loto, posición de meditación, que había aprendido de sus maestros Yoguis. Comenzó su larga introspección, bajo las protectoras ramas de su amigo Bodhi, el árbol de la sabiduría. El *Sakyamuni*[13] ya había penetrado, la mayor parte de los misterios de este mundo, y ahora esperaba encontrar la revelación final.

---

13. **Sakyamuni**: *Sabio de los Sakias; Hijo del jefe de la clase guerrera Sakya, de Kapilavastu.*

De pronto, toda su vida comenzó a desfilar por su mente, de igual modo como le sucede a aquellos, que están a punto de morir.

La imagen de su padre, el rey, exigiéndole cumplir con sus deberes sociales. Su preparación como guerrero, su habilidad maestra, en el manejo del arco, que hacían brotar exclamaciones de asombro, de la boca de sus espectadores. Sus grandes dotes, en el arte de la guerra, afirmando en su padre la idea, de que él sería un gran gobernante y un digno sucesor suyo.

Luego, su temprana inclinación hacia la meditación, ante la constante desaprobación de su progenitor. Su desilusión con las cosas del mundo y luego a los 29 años el abandono de su hogar, el palacio con sus lujos, sus riquezas y honores.

Y por último su renuncia a la realeza, al destino que le tocaba de ser el heredero al trono, que le correspondía por derecho…para lanzarse a la búsqueda de la verdad, libre sin ataduras.

Su ser, estaba atormentado por mil preguntas, que resonaban en su mente: "¿Por qué el mundo es así?...¿Por qué debemos sufrir?...¿Por qué los hombres viven deseando cosas inútiles?...¿Por qué enfermar, envejecer, morir?...¿Cómo funciona el mundo y que hay más allá de esta pequeña realidad?... ¿Porqué...?...¿Por qué?...¿Por qué?"

Había llegado a comprender, que el deseo, lo ataba a las cosas de este mundo y que el miedo de perderlas lo paralizaba, apoderándose del control de sus emociones y de sus pensamientos.

144

Hasta el punto que ya no era él, su ser estaba fragmentado. Probó todos los métodos que estaban a su alcance, estudió las técnicas de meditación de los yoguis, escuchó y bebió de la sabiduría de los brahmanes, vivió en la más extrema pobreza, practicando el ascetismo y mortificó su cuerpo.

Experimentó sustancias, que expanden los sentidos y agudizan la percepción, con la intención de atravesar, umbrales desconocidos y llegó finalmente a una conclusión:

"Su sueño se había hecho aún más profundo"

Y ahora estaba allí, bajo la protección de esa gran alma arbórea, su amigo Bodhi y todo lo que necesitaba, estaba dentro de él mismo, en su ser. Comprendió que todo el camino recorrido, lo había llevado hacia ese punto, donde se encontraba ahora.

Y entonces, entendió las palabras de sus maestros:

*"Si buscas la verdad no la encontrarás,
pero si no la buscas nunca se te revelará"*

Lo importante era la búsqueda, sin ninguna esperanza, sin ningún deseo, sin ningún temor, sin ninguna pasión. La búsqueda en sí misma y la paciencia necesaria, para saber esperar el momento de la revelación.

Y hoy, su ser le decía, que por fin sucedería y allí estaba él, como tantas otras veces ¿cien, doscientas? Ya no recordaba todos sus intentos fallidos.

Pero su mente y su corazón se vaciaban y de pronto se hizo el silencio, un silencio total, creyó que había muerto.

Un punto brillante de luz, comenzó a resplandecer frente a él. No sabía si tenía los ojos cerrados o abiertos, era de noche y ya no podía saberlo.

Entonces, se abandonó totalmente a lo que ocurría, se entregó a la experiencia, sin ofrecer ninguna resistencia y de pronto el punto de luz se ensanchó de tal forma, que fue absorbido por él, totalmente...

...No sabía dónde estaba, se miró y no pudo reconocerse. Un ser de luz, se acercó y le dio una esfera blanca, que parecía hecha de un cristal maravilloso. En su interior, vio un símbolo, un antiguo símbolo de su tierra, una cruz gamada, el símbolo benéfico y protector que gira en el sentido del sol, de este a oeste.

La observó y la cruz, comenzó a girar vertiginosamente, sintió dolor, deseos de marcharse, su mente no parecía poder soportarlo y de pronto…se sintió en estado de Gracia, libre completamente libre, se vio flotando alrededor del árbol, allí estaba sentado, meditando.

De pronto, una fuerza poderosa lo atrajo hacia arriba y vio como todo, se hacía cada vez más pequeño, la higuera, el pueblo, el Himalaya, el continente y los océanos, hasta que el mundo, se convirtió en una bola azul.

Traspasó la luna con sus cráteres y valles desiertos, los planetas, el sol y vio que el sol, era uno más, entre millones y llegó hasta el borde de la galaxia y vio que la galaxia, era una más entre millones, llenas de soles y mundos extraños.

Y llegó al origen, al Origen de Todas las Cosas, al huevo cósmico, y más allá aún, donde el Todo y la Nada se funden en "algo" incomprensible para la mente humana: la aniquilación, el *Nirvana*[14].

Una gran compasión por todas las cosas creadas, se apoderó de su alma, había traspasado todos los mundos, todas las dimensiones y había visto todas las vidas y sus muertes, hasta la propia y el desarrollo incesante de la creación, con sus ciclos interminables de vida, muerte, reencarnación y extinción total y entonces comprendió, muy profundamente, quien era él en realidad.

La Revelación Final le había encontrado, pero ninguna emoción se agitaba en su pecho, ningún pensamiento perturbaba su equilibrio, ahora debía entregar este regalo al mundo. Se levantó muy despierto y acomodó sus alforjas y sus ojos se encontraron con la esfera blanca, que brillaba con una belleza aún más bella, que el más bello y pulido diamante. Abrazó a su amigo Bodhi y se encaminó a realizar su obra, porque ahora Siddhartha había muerto y en su lugar había nacido, el Buda.

14. **Nirvana**: *En sánscrito, "extinción", en la filosofía religiosa india, estado transcendente libre de sufrimiento y de la existencia fenoménica individual.*

CAPÍTULO 17

Débora, había hecho mención a ciertos manuscritos, que había observado en el instituto de Berlín y lo más sorprendente fue la pregunta, o una afirmación, que le había hecho a Liberman. Porque estábamos al tanto de la obsesión de Hitler, por encontrar ciertos objetos de poder místico.

Para ello, había enviado expediciones, con el objetivo de localizar el *"Santo Grial"*, así como también *"El Arca de la Alianza"*. O la famosa expedición al Tíbet en 1938, organizada por la siniestra organización nazi *"Ahnenerbe"*, Herencia Ancestral en alemán, para tratar de encontrar la entrada al mundo subterráneo de *"Agartha"*[15].

Pero siempre, consideré estos sucesos, como productos de la mente enfermiza, de un hombre endemoniadamente perturbado y obsesionado con el poder.

Y hasta la propia existencia real de los tales objetos, para mí, siempre fueron fruto de la imaginación, o elementos que formaban parte, del mundo de la mitología...

-Está en lo cierto, mi querida señora- dijo el profesor, interrumpiendo mis cavilaciones- los documentos, se refieren a tesoros robados por los nazis, de todos los rincones del mundo donde pudieron penetrar. Y lo que estamos buscando, tiene relación con ciertos objetos de poder místico, codiciados por Hitler-

---

15. *Agartha: Sería un reino legendario oculto y subterráneo, ubicado entre el desierto de Gobi y el Taklamakan.*

Liberman, llamó a la puerta de una modesta casa, a la cual nos habíamos acercado, después de estacionar el automóvil.

Una anciana, nos abrió la puerta, y el profesor, le hizo una pregunta en alemán. La mujer asintió, y nos hizo pasar a la sala, invitándonos luego a sentarnos, usando un español con marcado acento germano. Unos minutos después, apareció un señor también anciano, quien dijo ser el esposo y saludó efusivamente al profesor Liberman y a Bill.

El profesor nos presentó ante la pareja y todos volvimos a sentarnos. La señora, nos convidó con un exquisito té, con masitas alemanas caseras que ella misma hizo, nos contó.

-Les presento a Helmut Lauber- nos dijo el profesor, mientras degustábamos las deliciosas masitas alemanas- uno de nuestros contactos en Argentina. Fue miembro de la juventud hitlerista y gran conocedor de toda la literatura nazi. Un día, estuvo al borde de la muerte en Alemania, al ser alcanzado por balas de la resistencia, y hubiera muerto, de no ser por los cuidados que le brindó, un médico judío junto con su familia. Luego, su amigo judío y toda su familia, fueron trasladados a *Auschwitz* [16]y Helmut, casi muere de pena. A partir de allí, su concepto de la vida cambió drásticamente, y se ha convertido en un gran colaborador nuestro, en todo lo relacionado con Eichmann- Lauber asintió con una sonrisa.

---

16. *Auschwitz*: *Campo de concentración y exterminio de la Alemania nazi, situado en los territorios polacos, ocupados durante la Segunda Guerra Mundial.*

Helmut Lauber nos contó, que se cruzaba diariamente con Ricardo Klement y hasta a veces conversaban en alemán. Fue así que un día, como cebo, le comentó su simpatía por el nazismo y Klement lo miró fijo y le preguntó su nacionalidad, Helmut entonces le mostró su pasaporte alemán.

A pesar de todo, Eichmann no confió en Helmut y se mantuvo al margen, sin expresar sus ideas. Pero Helmut, sabía cómo tocar su ego y poco a poco, fue ganando su confianza, hasta el punto que Klement comenzó a invitarlo a su casa, a beber cerveza y a conversar sobre los viejos tiempos.

Cierta vez, que estaban bastante ebrios, Klement sin confesarle su verdadera identidad, le contó a Lauber, que él había sido uno de los hombres de confianza del *Führer*[17]. A tal punto, que lo había hecho custodio de un objeto sagrado nazi. Eichmann estaba convencido de que Lauber, era miembro de la juventud hitlerista y a pesar de esto, no le confesaba de que objeto se trataba, y donde estaba escondido.

Un día, Eichmann le pidió a Helmut Lauber, que lo acompañara a un lugar no determinado. Cuando entraron, Helmut sintió que se le helaba la sangre: era una reunión nazi. Todos los que estaban allí, eran alemanes nazis, criminales de guerra prófugos.

17. *Führer*: *Palabra en* **alemán** *que significa "jefe, líder". En este caso se refiere a Hitler.*

Le sometieron a un interrogatorio, mientras Eichmann sentado en una silla aparte, observaba con los ojos entornados. Helmut comprendió, que lo estaban sometiendo a prueba y sacó de sí, toda la sangre fría posible. Les contó la historia de su amigo médico judío, pero cambió detalles del final: les dijo, que luego de curarse, denunció al médico ante la Gestapo, quien fue capturado y trasladado con toda su familia a Auschwitz.

La camarilla de prófugos nazis, guardaba registros de los campos de exterminio. Revisaron los archivos y encontraron los datos del médico y su familia. Y fue así, como Helmut ganó su confianza total, ahora era uno de ellos, se había infiltrado.

Pasó a ser amigo íntimo de confianza de Eichmann, porque investigó a Helmut y supo que estaba limpio y no era perseguido por los servicios secretos israelíes, ni por ninguna de las organizaciones antinazis.

Pasaron varios meses, hasta que un día Eichmann, le pidió a Helmut Lauber que fuera a su casa, porque tenía algo muy importante que comunicarle. Era tarde y la esposa y los hijos que vivían con él, estaban durmiendo. Le invitó a sentarse, y puso dos grandes vasos, llenándolos de cerveza y mientras bebían, le contaba anécdotas de la fábrica donde trabajaba y reían. Hasta que de pronto, Eichmann se puso muy serio y el silencio dominó la reunión.

Durante unos minutos, el nazi apoyado en la mesa y con una mano en su barbilla, escrutaba fijamente el rostro de Lauber.

La tensión se quebró finalmente, cuando Adolf Eichmann se levanta de la mesa y buscando más cerveza en el refrigerador, le confiesa su gran secreto.

Jactándose, le revela que había sido teniente coronel de las SS nazis y que su verdadero nombre, es Adolf Eichmann: el arquitecto responsable de la *"solución final"* y el criminal de guerra nazi, más buscado del mundo.

Era tanta la confianza que el *Führer* le tenía, siguió jactándose, que le había elegido entre todos, para ser el custodio de un objeto sagrado nazi. Hitler en persona y en el más hermético secreto, se lo había entregado, le contó, y estaba muy preocupado, porque sabía que el *Mossad*, el servicio secreto israelí, le estaba pisando los talones.

Era cuestión de días que lo encontraran, por lo tanto temía que el objeto sagrado, cayera en manos profanas. Fue por esto, que le propuso a Helmut tener el honor, de ser el custodio de tal reliquia. Helmut, aceptó sin retaceos y entonces, Eichmann le indicó el lugar, donde estaba guardado el objeto sagrado nazi.

Luego de apoderarse del objeto, Helmut pasó la información, sobre la verdadera identidad de Ricardo Klement, y dejó un sobre con una carta, en la casa de un vecino anciano, medio ciego.

El viejo, tenía una hija que leyó la carta, y que además conocía al hijo menor, de los cinco hijos de Adolf Eichmann: Nicolás.

Curiosamente, Eichmann cambió su nombre, pero mantuvo el de sus hijos y esto ayudó, para que fuera encontrado y capturado.

Allí comenzó a rodar la rueda, hasta llegar al servicio secreto de Israel, el *Mossad* y el resto es de ya lo conocemos, concluyó Helmut Lauber.

-Este objeto, es uno de los tesoros robados por los nazisnos dijo el profesor Liberman - Hitler mandó expediciones al Tíbet en 1938, con este propósito, le fascinaban los objetos místicos de poder-

Nos dijo, abriendo un pequeño cofre, donde se encontraba una esfera, de un brillante cristal maravilloso, blanco como la nieve.

Hermosa como un diamante, en su interior se podía ver una esvástica, pero con una característica tan peculiar, que atraía poderosamente nuestra atención. No era la esvástica usada por los nazis, ya que esta gira en sentido de las agujas del reloj, en cambio esta cruz gamada, giraba en sentido contrario, en sentido anti horario.

Era más bien, un símbolo benéfico y protector, muy antiguo de la India y que aparecía en muchas estatuas de Buda. No entendíamos entonces, porque había estado en poder de los nazis.

¿Para qué propósito Hitler, había ordenado apoderarse de un objeto como este, que luego había entregado a Adolph Eichmann, quien debía custodiarlo a costa de su propia vida?

El profesor Liberman y Dorman, se despidieron de Helmut Lauber, con un fuerte y prolongado abrazo. Mientras, la señora Lauber, enjugaba sus lágrimas con un pañuelo. Nos acompañaron hasta el auto y nos alejamos de San Fernando, en dirección al hotel en Buenos Aires, llevando el extraño objeto.

154

-Sigo sin entender- dijo Richard- ¿Qué relación tiene este objeto, con lo sucedido en la cámara subterránea en Masada? ¿Coinciden conmigo, amigos míos?- Dijo, mirándonos dubitativo.

-Coincido contigo, Richard- dije mirando a Liberman- ¿Nos puede decir cómo sigue esta historia profesor?- pregunté.

Liberman nos contestó sonriendo:

-Paciencia queridos amigos, ya les iré mostrando a su debido tiempo, las otras piezas de este enigmático y misterioso rompecabezas ¿No es así Bill?- le preguntó al supermillonario

-Así es, profesor Liberman- Asintió Bill

CAPÍTULO 18

Feven, nos miró con desdén y nos preguntó, porque teníamos esa hostilidad contra él, mientras la bola de cristal cambiaba de colores.

-¿Qué es lo que ha pasado, Feven y a que se debe, tu demora en llegar?- le pregunté directamente

-Asuntos importantes, demoraron mi regreso Rádem- me dijo, haciendo levitar la esfera alrededor mío, haciendo piruetas.

-¿Podemos saber, qué clase de asuntos te han demorado y puedes explicarnos también, el porqué de la distorsión dimensional, que ha ocurrido?- le exigí, paralizando su esfera en medio de la nada.

-Queridos amigos- dijo, dirigiéndose a todos- la anomalía no ha sido reparada, más bien ha aumentado y es tal el daño que puede producir, que ya está afectando nuestro mundo.

-¿Qué quieres decir ?- le increpó con dureza Ictro.

-Qué alguien de nosotros, aquí presente, está saboteando el Plan del Supremo- descargó Feven, recuperando el control de su esfera, ahora roja.

-¿Osas acusar, a alguno de nosotros, Feven?-preguntó Naro, tomando la forma de Feven, en una posición ridícula que nos obligó a contener la risa.

-¡Os reís de mí!- contestó furioso, Feven -sois todos vosotros unos ineptos, yo soy un guerrero- replicó, mientras la esfera se ponía color carmesí.

-Escuchadlo amigos- interrumpió Luba- es verdad lo que dice, percibo que la anomalía es aún mayor y peligrosa- Luba tenía el poder, de percibir con total certeza y exactitud, cualquier acontecimiento negativo o positivo, que estuviera ocurriendo, en el más remoto rincón de la creación.

-Dime Luba, donde sientes que se produce la anomalía- le preguntó Wona

-Es en el tercer planeta de la estrella amarilla, de esta galaxia- le contestó Feven- ¿No es así Wona?- Wona asintió, había ido y regresado a la velocidad del pensamiento, antes de que Feven terminara de indicar el lugar preciso.

-Y es peor de lo que pensamos- agregó- allí, se ha distorsionado el propósito original de *"El Viaje"*, y solo uno de nosotros, es capaz de hacer una cosa así: *Sabotear el Plan del Supremo.*

-Así es mis amigos- intervino Luba- la estrella amarilla, que llaman Sol, no tenía suficiente potencia como para que la energía del Supremo pasara por el tercer planeta, al que llaman planeta Tierra. Había un corte en el canal, así es que se creó un dispositivo para reparar tal anomalía-

-Pero en el proceso- dijo Wona- uno de los "cristales vivientes" desapareció misteriosamente y se utilizó para sabotear el Plan del Supremo. Lo sé, porque estaba allí, en ese preciso instante, pero a pesar de mi habilidad de ubicuidad, no puedo conocer la identidad del Saboteador. Creo que deberíamos consultar a Argón, es el más viejo de nosotros, conoce todos los secretos y podría darnos una respuesta- dijo girando hacia Argón.

Todos nuestros rostros, se concentraron en Argón, quien nos miró lentamente, a cada uno y nos dijo:

-Hay alguien más aquí, que puede ayudarnos a develar este misterio, con el cuál el Supremo nos prueba una vez más ¿Tienes algo que agregar, Etrón?- le preguntó Argón

Etrón, había permanecido en silencio todo ese tiempo, como esperando que llegara este momento, en el cual él, tendría que intervenir. Centelleaba como una llama dorada, mientras nos miraba, él era el mensajero del Supremo y muchos secretos y revelaciones pasaban por él.

-Mis amigos queridos, hay muchas cosas que vosotros sabéis más que yo, lo que sucede, es que un velo ha sido puesto delante de vosotros, para que no podáis llegar a la verdad y creo como Feven, que ha sido uno de nosotros el que lo ha hecho, para sabotear el Plan del Supremo.-

-¿Qué dices Etrón, quién puede siquiera sabotear el Plan Supremo?- replicó Argón- creo más bien, que el Supremo nos prueba una vez más.-

-Muy bien- dijo Zenta- dinos entonces Argón, cuál es ese velo misterioso.-

-Tú lo sabes mejor que yo Rádem, explícalo por favor- le solicitó Argón.

Estaba perplejo, porque no sabía a ciencia cierta de que estaban hablando. A pesar de que mi habilidad mayor era mi poderosa intuición, que me permitía atravesar fácilmente cualquier misterio, e incluso anticiparme a que sucediera y que estaba en contacto directo con El Supremo…

Entonces, me dejé llevar y lo primero que se me ocurrió, es…¡*El viaje*! Hay partes que no recuerdo…sé que entramos en una dimensión muy inferior a la nuestra, entramos en el sistema de la estrella amarilla, el Sol. Y pasaron eones, hasta que en el planeta Tierra, pudiéramos lograr después de muchos experimentos, las condiciones necesarias para que la energía del Supremo, pasara sin obstáculos.

-Muy bien Rádem- me felicitó Argón- continúa que vas bien.-

-Recuerdo que teníamos que crear el instrumento, que sería en parte con materiales del planeta.

Realizamos muchos intentos fallidos y por fin tuvimos éxito, porque penetramos, fuimos, encarnamos…

-Amigos, creo que esto, no nos conduce al meollo del problema- interrumpió Ictro- la anomalía persiste y nos urge repararla ya mismo, por lo tanto no podemos malgastar nuestra energía, en acertijos que nos alejan del centro del problema, debemos actuar ya mismo- nos urgió Ictro

Nadie dudaba de la capacidad de Ictro, más ahora que era el príncipe del Palacio Cristalino y por lo tanto el principal responsable del funcionamiento de la galaxia, así es que decidimos poner toda nuestra energía, para conseguir reparar el daño que ahora se estaba produciendo.

Pero Feven estaba empecinado, en alterar el curso normal de nuestras acciones. Se interpuso a Ictro y acorralándolo enfurecido, le arrojó la esfera de cristal viviente, mientras todos veíamos como la bola, iba cambiando de color a medida que se acercaba a Ictro, desde el rojo, al carmesí, luego a un rojo violento, parecía que iba a estallar.

Entonces, sin dudar le ordené a Naro que detuviera a Feven. Naro, en millonésimas de segundo, desarrolló un potencial energético que paralizó a Feven. Luego, le dejó suspendido en una dimensión mundo neutra, como una prisión de la que no podría salir. Allí sus capacidades no sufrirían ninguna alteración, pero estarían suspendidas, hasta que la situación fuera aclarada totalmente.

CAPÍTULO 19

"Encontrarse a sí mismo, para perderse a sí mismo, entregándose a un fin superior... La realidad del mundo es una ilusión, pero esconde la verdadera realidad. Buscar esta Realidad, es la tarea de quién quiere llegar a la verdad. La verdad está presente en todas y en cada una de las cosas de este mundo. Las palabras no llegan a aprehenderla, no consiguen penetrar su misterio.

Los antiguos sabios de este mundo, comprendieron esto. Tal es así, que los hebreos no pronunciaban el nombre de Dios, aunque lo simbolizaron en las cuatro letras, que forman el Tetragrámaton Sagrado. ¿Cómo definir lo indefinible? Los símbolos, las analogías, las metáforas, fueron instrumentos usados con este fin.

El hombre es llevado por una fuerza que no comprende, ni domina, a actuar y desarrollarse sobre la faz del planeta. En esta dinámica, que es la vida, él llega a creerse dueño de su destino, porque no tiene idea, de las abrumadoras fuerzas que mueven el universo, por lo tanto, es ignorante de su verdadera situación."

"Además, no está preparado para acometer esta tarea, así es que vive en la ilusión del mundo, creyendo que todas las estructuras que crea como, la cultura, la civilización, el progreso, la tecnología, etc., pueden llegar a liberarlo haciéndole feliz. Lo cierto, es que gira en redondo, sin darse cuenta, que es parte de un proceso mayor, en otra escala dimensional.

"Él es apenas, una pieza muy pequeña, en el intrincado y complejo sistema, que es el universo en su totalidad. Pero es una pieza valiosa, en la medida que llegue a comprender su situación y buscar entonces, ensanchar su conciencia, para poder Ser.

El hombre fue puesto en la tierra con esta misión, este es el "Propósito Original": el hombre necesita y tiene el deber de establecer un puente con la Realidad, la que vulgarmente se conoce como "Sobrenatural", "Metafísica", "El más allá", etc. para poder así reparar la anomalía.

Si no lo hace, no se diferencia demasiado de los animales, que viven utilizando toda su energía para sobrevivir, satisfaciendo y sirviendo a las necesidades elementales del cuerpo y es en síntesis un esclavo del mundo...".

El profesor Liberman terminó de leer el documento y nos dijo:

-Señores, ha pasado una semana, de nuestro regreso de Buenos Aires y entre otras cosas, quería mostrarles este material, que escribió mi querido amigo Rami Cohen. Como pueden ustedes apreciar, además de ser un científico notable, era un hombre con una profunda sensibilidad espiritual. Creo firmemente, que era descendiente, de los antiguos sacerdotes del Templo de Jerusalén, pero su mente estaba abierta a todas las creencias y él creía, en la síntesis de todas las religiones.

164

-Estamos realmente impresionados profesor. Cuando conocimos a Rami, nos pareció una persona muy amable y encantadora. Comprendemos muy bien sus sentimientos, ante la pérdida de tan querido amigo- le dije, como para consolarlo

-Lo lamento muchísimo, aunque aún cabe en mí una esperanza- dijo enigmáticamente Liberman

-¿A qué se refiere profesor?- le preguntó Débora

-Han removido los escombros en Masada, y no ha aparecido el cuerpo de Rami, lo cual resulta sumamente extraño- nos dijo pensativo y luego nos preguntó- ¿Saben ustedes, cómo comenzó todo este asunto en Masada?

-Sabemos que Rami tuvo mucho que ver ¿No es así, profesor?- pregunté

-La participación de Rami Cohen, fue crucial en todo este proyecto- nos dijo- en realidad, el proyecto se originó gracias a él. ¿Quieren que les cuente como fue la cosa?-

-Sí, por favor profesor- asentimos todos.

-Todo se originó, cuando Rami comenzó a tener una serie de sueños, muy extraños, que parecían no tener conexión entre sí.

En el primero de sus sueños, se veía en un monte con un grupo excavando, hasta que descubrían una caja. La abrían y entonces salía de ella, una energía misteriosa, que los derribaba a todos al suelo.

En el segundo sueño, veía un barco que llegaba a puerto. Lo veía nítidamente, pero el nombre del barco, se le aparecía borroso y no podía descifrarlo.

Y en el último de sus sueños, quizás el más impresionante, se veía a sí mismo, ataviado con la túnica sacerdotal de Sumo Sacerdote, entrando al *Sancta Sanctórum*. Miraba a su alrededor y para gran sorpresa suya, no estaba en Jerusalén. Era otro lugar familiar para él, pero no podía precisar qué lugar era, al salir del sueño- Liberman hizo una pausa.

-Es fascinante lo que nos cuenta profesor, por favor prosiga- le imploramos

-Una mañana, como es habitual en él, Rami lee los titulares del diario, mientras desayuna. Y se queda atónito, al ver una noticia en un pequeño recuadro. Se trataba de un barco, que había llegado con un importante cargamento, y el impacto mayor lo recibe, cuando lee el nombre del barco: *Masada.*

Se fue volando al puerto, y el barco era exactamente igual, al que había aparecido en su sueño, con todos los detalles. Comenzó a atar cabos, e hizo un viaje al monte Masada, y allí en el lugar, pudo encontrar detalles que había soñado, y que correspondían con la realidad.

Comienza a realizar entonces, una serie de excavaciones, por cuenta de su instituto de investigación arqueológica, hasta que encuentra la cámara subterránea. A partir de ese momento, interviene el gobierno y declara el descubrimiento, "Asunto de Estado". El resto de la historia, ustedes ya la conocen- concluyó el profesor

-¡Una historia asombrosa e increíble, como para hacer una película! - acordamos todos.

-Perdón profesor ¿Hacia dónde nos dirigimos?- Preguntó Débora, mientras abandonábamos la oficina de Liberman en Tel Aviv, donde nos había convocado con suma urgencia, sin darnos ninguna explicación previa.

-¡Disculpen mi torpeza, por favor! Pensé que no tendrían ningún inconveniente, en acompañarme al Vaticano, y por esa razón olvidé avisarles.-

-¡Qué quiere decir profesor, con que vamos al Vaticano!- Exclamé asombrado.

-Tenemos con Bill, una audiencia con Su Santidad el Papa. Pero si prefieren no ir, puedo entenderlo, y les cancelo vuestro vuelo ya mismo-

Liberman nos tenía atrapados. El misterio, podía más que todos nuestros quehaceres. Y además: ¿Quién iba a perderse una audiencia privada, con el Papa? Solamente Richard, que había salido para Nueva York, a solicitud de la agencia, para encarar asuntos que habían surgido y que necesitaban de su atención urgente en la central de noticias. Por lo tanto, Débora y yo aceptamos sin dudar, la invitación de Liberman.

Al día siguiente, ya estábamos en el aeropuerto Leonardo da Vinci, Fiumicino, en Roma. Gracias al jet de Bill, viajamos muy rápido y confortablemente también. Al salir del área de control de migraciones y aduana, se nos acercó un hombre con las insignias papales, hablando en italiano. Le respondí en su idioma, que hablo fluido, y me dijo que era el chofer que nos transportaría, hasta la Santa Sede.

Débora y yo nos miramos sorprendidos, al encontrarnos con la limusina, que portaba las clásicas insignias del Vaticano, esperándonos como suele suceder con los visitantes ilustres.

Recorrimos alrededor de 25 km, antes de llegar a la ciudad del Vaticano, que es un estado independiente, bajo la autoridad absoluta del Papa de la Iglesia católica apostólica romana.

La ciudad, es el país independiente más pequeño del mundo. Está situada en la colina Vaticana, en el noroeste de Roma, justo al oeste del río Tíber, *Tevere* en italiano, rodeada por murallas medievales y renacentistas y por seis puertas. Es realmente hermosa y se fundó en 1929, cumpliendo los términos de los Pactos de Letrán, ratificados por el gobierno de Benito Mussolini y el Papado, después de varios años de controversia.

La mayor parte de los artistas y arquitectos célebres del renacimiento italiano, trabajaron en las edificaciones del Vaticano, por encargo de distintos pontífices. A pesar de haber estado en Roma cuando hice mi doctorado en arte, no podía dejar de sentirme impresionado, cada vez que visitaba el Vaticano, ante la monumental Plaza de San Pedro, diseñada en 1667, por Gian Lorenzo Bernini .

Ese dinámico espacio oval, formado por dos columnatas semicirculares, que abraza en su centro el famoso obelisco, erigido por disposición de Sixto V en 1586, servía de marco a la entrada de la basílica más hermosa y grandiosa del mundo, la Basílica de San Pedro.

Diseñada en 1506 por Donato Bramante, considerado uno de los grandes genios artísticos del alto renacimiento italiano, engrandecía además, el efecto de la fachada de Carlo Maderno.

Me apasionaba ver, en qué forma admirable, Bramante consiguió aunar con éxito, los ideales de la antigüedad clásica y los de la cristiandad. De tal modo, que su grandeza, su expresividad y su dramatismo espacial, fueron los fundamentos del barroco del siguiente siglo.

Bramante murió antes de ver finalizada su obra, y después de la muerte del Papa Julio II en 1513, participaron en el proyecto, Antonio da Sangallo el Joven y Rafael.

Hasta que en 1546, se llevó a cabo el proyecto. de uno de los genios más grandes del renacimiento:

Michelangelo Buonarroti, conocido en español como Miguel Ángel.

El proyecto consistía, en una planta centralizada de cruz griega, que recogía muchas de las ideas de Bramante y que Miguel Ángel, coronó con la impresionante cúpula central, de 132,50 metros de altura, soportada sobre pechinas de 42 metros de diámetro, logrando así, su obra cumbre como arquitecto.

Carlo Maderno, fue quien terminó el templo. Siguiendo la ideología litúrgica de la contrarreforma, extendió la nave de acceso, hasta generar una planta de cruz latina, modificando la planta centralizada. Podía sentir, que los más grandes genios del renacimiento, estaban presentes a cada paso, en esta ciudad que guardaba tantos secretos, en sus archivos y en sus bibliotecas.

La guardia suiza, nos franqueó el paso y uno de los Cardenales secretarios del Papa, nos estaba esperando.

Asistidos por su guía, ascendimos por la Scala Regia hacia el Palacio Apostólico Vaticano. Era muy fácil perderse allí, ya que es un conjunto de edificaciones, que abarca más de mil habitaciones y contiene los Aposentos Papales, las oficinas del gobierno de la Iglesia católica, varias capillas y museos y una biblioteca.

Las partes más famosas del palacio son: la Capilla Sixtina, con sus maravillosos frescos en el techo, pintados por Miguel Ángel, destacándose entre ellos el más conocido: *"La Creación"*; los Apartamentos Borgia; y las habitaciones de los aposentos papales, con frescos pintados por Rafael.

Hacia uno de estos aposentos, nos condujo nuestro Cardenal. Entramos y Su Santidad que estaba sentado, se levantó inmediatamente para recibir al profesor Liberman y a Bill Dorman. Con una amplia sonrisa y ante nuestro asombro, el Papa abrazó a ambos y luego volviéndose a nosotros, nos dijo que eran viejos conocidos.

Yo tomé su mano, inclinándome para besar su anillo en señal de respeto, y allí el Papa se dio cuenta de mi confesión católica y le dijo a Liberman en tono de broma:

-¡Felicitaciones Aby! Al fin te has dado cuenta de las ventajas, de tener un católico entre tus filas-.

Yo estaba anonadado y no sabía cómo actuar, hasta tropecé con una de las sillas. El profesor nos presentó a Débora y a mí, comentándole que habíamos estado en Masada.

Que experimentamos el extraño fenómeno y salido con vida, pero que Rami Cohen no había tenido la misma suerte y había muerto en el derrumbe.

El Papa estrechó las manos de Liberman y Bill, lamentando también con tristeza en sus ojos, la pérdida de quién consideraba también, un gran amigo suyo.

-Debemos ser fuertes en este momento- dijo Su Santidad- todos los servicios secretos de las potencias del mundo, tienen sus miras sobre nosotros. Aunque gran parte de ellos, están trabajando con nosotros y nos protegen y auxilian.

¿Aby, has traído lo que te encomendé?- Le interrogó el Papa al profesor Liberman.

-Sí, por supuesto y aquí está, gracias a la ayuda de Bill- dijo, poniendo sobre la mesa, el pequeño cofre que habíamos recogido en San Fernando y para nuestra sorpresa, junto a él puso otro cofre, pero de un finísimo y exquisito estilo del lejano oriente.

-Tengo una sorpresa para ustedes- nos dijo el Papa, abriendo una puerta, que comunicaba con otra habitación contigua- pasen señores, únanse por favor a nuestra reunión-

En la sala contigua, se encontraban una serie de personajes, que nos dejaron a Débora y a mi boquiabiertos. Se trataba nada menos que:

El Dalai Lama; el Gran Rabino de Israel, filósofo y cabalista; El Apóstol de las Congregaciones Evangélicas; el Príncipe Fawwaz de Arabia Saudita, consejero real y maestro sufí; el Swami Dayananda una de las más importantes autoridades religiosas de la India; y nuestra mayor sorpresa:

El jefe indio Hopi White Bear Jr,[18] de Oreibi, Arizona.

-Siéntense, ahora que estamos todos completos- dijo el Papa, invitándonos a la reunión.

-Los aquí reunidos en secreto, simbólicamente representamos, a la mayor parte de las comunidades religiosas, influyentes del mundo- dijo señalando a las personalidades que se encontraban con nosotros.

-Por lo tanto, consideramos que era muy importante, que estuviésemos todos reunidos con ustedes, ya que hay asuntos muy urgentes por dilucidar. Cada uno de nosotros conoce ya, lo que ha sucedido en Masada y sabemos también, cómo puede afectar nuestros intereses. Pero más allá de los intereses políticos y religiosos, están en juego los intereses de la humanidad toda como conjunto, traspasando nuestras diferencias de credo y religión.

Tal es así- prosiguió el Papa- que hemos decidido dejar nuestros intereses egoístas y sectarios de lado, y nos hemos puesto a trabajar, silenciosamente unidos en secreto. Intentamos tratar de comprender y encontrar una respuesta a lo inexplicable. ¿No es así mi querido amigo?- dijo el Papa, dirigiendo su mirada al Dalai Lama.

-Si así es, estamos empeñados en un esfuerzo conjunto, Su Santidad ha sido muy elocuente. Considero entonces, que debemos pasar a los hechos lo antes posible-

*18. **Indios Hopi**: En Oreibi, Arizona está el principal poblado de los Hopi. Esta cultura, está emparentada con la Maya y ha sido estudiada por todo tipo de investigadores, incluida la NASA.*

172

El Dalai Lama, extrajo de cada uno de los pequeños cofres en la mesa, dos cristales esféricos de característica similar, pero con una diferencia notable en su color.

El cristal que ya conocíamos, de un blanco inmaculado, mientras que el cristal que contenía el cofre oriental, era de un color rojo como la sangre.

Y aunque en el fondo de ambos, podía verse flotando algo como una esvástica negra, en el cristal rojo esta giraba en el sentido de las agujas del reloj, exactamente igual a la esvástica utilizada por los nazis, como su maléfico emblema.

CAPÍTULO 20

Las dos esferas estaban sobre la mesa.

El Papa se acercó al Físico Cuántico Premio Nobel, Profesor Liberman y le pidió en nombre de todos los presentes allí, que nos diera una explicación, según sus conocimientos científicos y su vasta cultura, con respecto a esos dos extraños objetos.

-Mis queridos amigos- comenzó Liberman -debo advertirles que un tema de esta complejidad, no se puede desarrollar en una breve alocución, por lo tanto esta será una extensa disertación. Hecha la introducción, entremos en el tema:

Luego de una intensa semana, de arduas y profundas investigaciones, en distintos niveles simultáneos, modestamente voy a tratar de exponer de la manera más simple, lo que a mi juicio podría llegar a dar cierta información. Pero dudo, que llegue a ser una explicación coherente, en términos científicos clásicos a tan extraños sucesos.

Estas dos esferas o piedras, que no siempre se comportan geométricamente hablando como tales, ya que muchas veces toman la forma de poliedros o prismas facetados, las hemos analizado en primer término con todos los métodos científicos y tecnológicos a nuestro alcance y descubrimos que la estructura molecular, nos es totalmente desconocida.

El material parece un cierto tipo de cristal, pero no se comporta según los parámetros de los cristales conocidos, además, tiene la capacidad de resistir elevadísimas

175

temperaturas, sin ninguna alteración. Y también bajísimas temperaturas, muy cercanas al cero absoluto en la escala Kelvin, que está situada en menos 273,15 grados centígrados.

Este inusual comportamiento, desafía abiertamente las propiedades de los tres estados de la materia, que son: líquido, sólido y gaseoso. Porque no pudimos encontrar un punto de fusión o de ebullición. Es además, un material prácticamente indestructible, con los medios y recursos que disponemos actualmente.

Y llegamos a pensar, que podría estar encuadrado dentro del cuarto estado de la materia, el *plasma*, como ocurre con el Sol o las estrellas. Pero estos *"artefactos"*, se encuentran en un estado estable y sólido, que nos desconcierta totalmente. De esta forma, desafían todos los conceptos de la física conocida, porque en realidad representan un estado de la materia, con propiedades misteriosas y totalmente desconocidas, por nuestra ciencia actual.

El Sol, es la estrella que nuestra ciencia, ha estudiado con más detalle que ninguna otra, y sabemos, que mediante la radiación de su energía electromagnética, aporta directa o indirectamente, toda la energía que mantiene la vida en la Tierra. Porque todo el alimento y el combustible, procede en última instancia, del proceso de fotosíntesis realizado por diferentes organismos, entre ellos las plantas, que utilizan la energía de la luz del Sol. Pero estas esferas, en determinadas circunstancias, generan un tipo de energía electromagnética mucho más sutil, que pudimos detectar gracias al uso de métodos no ortodoxos, que expondré más adelante.-

-Pudimos entonces notar, que en presencia de personas muy sensibles, y mejor aún con capacidades extra sensoriales, ocurrían singulares y extrañas alteraciones, en el funcionamiento y en el comportamiento normal, de instrumentos eléctricos presentes, durante las sesiones de experimentación. Y con efectos muy similares, a los que ocurren en los casos, de encuentros registrados con *OVNIs*[19].

Llegamos entonces a pensar, que estábamos ante máquinas, de una tecnología altamente sofisticada, muy por encima de nuestros conocimientos actuales. Y que parecen producir, un tipo de radiación lumínica, con una frecuencia y una longitud de onda, que solamente pudo ser captada por sensitivos. Y me refiero a psíquicos; personas con capacidades extrasensoriales probadas estadísticamente-

El profesor realizó una pausa para tomar un sorbo de agua.

-Pueden darse cuenta señores, que tuvimos la necesidad de transgredir, todos los parámetros de la ciencia oficial y ortodoxa - continuó el profesor - ya que llegamos a estas conclusiones, gracias a una serie de experimentos parapsicológicos, donde alternamos yoguis, meditadores, chamanes indios y grupos de control, compuestos por personas comunes. Este último grupo, fue sometido previamente, a chequeos médicos, físicos y psíquicos, para comprobar su idoneidad.-

19. *OVNI*: *Siglas de Objeto Volador No Identificado. Se utiliza generalmente esta denominación, en sustitución de "Platillos Voladores", supuestamente tripulados por extraterrestres.*

-Finalmente, llegamos a un concepto bastante subjetivo, a través de nuestros experimentos. A pesar, de que fueron dirigidos, controlados y supervisados, por personal científico especializado en distintas áreas, como ser: *medicina, psicología, parapsicología, psiquiatría, física cuántica, neurología,* entre otras.

Las sesiones de experimentación, se realizaron de la siguiente forma: expusimos los *"artefactos"* en cuestión, a los sujetos de experimentación, en un *"ambiente preparado"*, para evitar interferencias de cualquier clase.

Incorporamos además, toda una serie de instrumental ultrasensible de alta tecnología, que permitiera captar cualquier alteración, por mínima que fuera, tanto en los sujetos: ritmo cardíaco, actividad cerebral, temperatura del cuerpo, etc., como en *"los objetos"*, dentro del *"ambiente preparado"*. Se generó además, un clima propicio para la relajación y concentración, inherente al ejercicio de la meditación.

A pesar de todo nuestro esfuerzo y cuidado en cada detalle, no ocurrió nada especial, en los sujetos de experimentación, durante las sesiones. Nada que pudiera ser registrado, por todo nuestro modernísimo, ultrasensible y sofisticado equipo tecnológico. Fuera de las singulares alteraciones, en el funcionamiento de algunos instrumentos que antes mencioné, que en algunos casos hasta dejaron de actuar completamente, vuelvo a reiterar, no ocurrió nada especial durante las sesiones. Esto por supuesto, nos llevó a pensar que todo el trabajo, había sido un completo fracaso.-

-Pero, poco tiempo después de las sesiones, recibimos una gran sorpresa.

Comenzamos a constatar, que de acuerdo a la capacidad de los grupos, todos sufrieron alteraciones en la consciencia; que desarrollaron y aumentaron sus capacidades de percepción; algo realmente impresionante. No hemos usado drogas en los experimentos, porque no lo hemos considerado prudente, ni necesario. A pesar de esto, en algunos sujetos, se produjeron experiencias similares, a cuando se utiliza el *peyote*[20], que contiene un alcaloide poderoso, la *mezcalina*[21].

Esta droga, es usada por los indios de los Estados Unidos y del noroeste de México, en donde el peyote crece en estado natural. Con ella, realizan rituales místicos, para producir alteraciones de la consciencia. Los indios, creen que hay distintos tipos y niveles de consciencia.-

20. **Peyote**: *El peyote (Lophophora wiliamsii), "la planta que hace que los ojos se maravillen", según la describió un autor francés. Es una cactácea de origen americano, que crece en las regiones desérticas de Norteamérica, sobre todo en la sierra que corre entre, Nayarit y San Luis Potosí. De acuerdo a las estimaciones, de uno de los primeros cronistas españoles, fray Bernardino de Sahagún, los toltecas y los chichimecas conocían el peyote, por lo menos dos milenios antes, de la llegada de los europeos al continente americano.*

21. **Mezcalina**: *Es el principal alcaloide de los cactus peyote (Lophophora wiliamsii) y san pedro (Echinopsis pachanoi). Es un alcaloide del grupo de las feniletilaminas, con propiedades alucinógenas. Se utiliza también en tratamientos médicos*

-Para ellos, hay una consciencia mineral, una consciencia vegetal y una consciencia animal y dicen que en el hombre, se aúnan todas.

Los chamanes indios *huicholes*[22], frente a la presencia de las esferas, manifestaron gran asombro y reverencia. Y relataron, que sin necesidad del peyote, percibieron en las sesiones, la dimensión espiritual que buscan alcanzar, con sus experiencias místicas. Ellos dicen, que encontraron el tipo de consciencia, que según ellos supera a todas las demás. Esta consciencia, ellos la denominan: *"la conciencia de los dioses"*. Para ellos, las esferas proceden sin ninguna duda, de esa dimensión y por lo tanto, las consideraron objetos sagrados de veneración.

Agrego además, como dato curioso y significativo, que el *Machu Picchu*[23], la ciudadela de los Incas, descubierta sobre una montaña en el Perú, en Sudamérica, es conocida también como la *"Ciudad Cristal"*. Porque está construida, en gran parte con rocas, que en un tercio son cristales de cuarzo, desconociéndose la razón del uso por los Incas, de dicho material.-

22. **Huicholes**: *Los huicholes, son una tribu del noroeste de México, que identifican al peyote con el venado y emprenden, una auténtica cacería anual, para obtener hikuri (el dios peyote).*

23. **Machu Picchu**: *Bastión Inca en los Andes, situado a unos 130 km al noroeste de Cuzco, en Perú. Está emplazado a gran altitud en una cima entre dos picos, a 600 m aproximadamente sobre el río Urubamba, a unos 2.045 m de altitud.*

-Con respecto a lo yoguis, unos días después de los experimentos, manifestaron toda una serie de alteraciones asombrosas, en su nivel de percepción y consciencia. Imprevistamente y de diferente forma, cada uno comenzó a recibir flashes mentales, con información de todo tipo, en algunos casos prácticamente indescifrable.

Los sujetos más sensibles y experimentados, cayeron repentinamente, en un profundo trance meditativo sin proponérselo. Y relataron luego, al volver al estado de vigilia normal, que fueron transportados como en un *"viaje astral"*[24], a dimensiones muy elevadas que nunca habían podido alcanzar, a pesar de sus denodados esfuerzos, durante sus introspecciones. Allí habrían entrado en contacto, con entidades superiores, denominadas por ellos: *"Entidades Angélicas"*, que les explicaron el uso y naturaleza de las esferas. Se comportarían, como lo que ellos llaman, "El tercer ojo", es decir el sexto *chakra.*[25]

24. *Viaje Astral*: *También llamado extra corporal. Es el nombre de una experiencia metafísica, donde uno de los niveles más bajos del alma o cuerpo astral, al desprenderse del cuerpo físico, podría viajar por una dimensión paralela, donde las leyes de la física clásica, no se aplicarían como en el mundo físico.*

25. *Chakra*: *En sánscrito, círculo o disco. Según el hinduismo son vórtices de energía inmensurables ubicados en ciertas partes del cuerpo humano. Se reconocen 7, siendo el "chakra coronario", el último situado en la cabeza, más precisamente en la coronilla y el "chakra raíz", el primero situado en el cóccix. No hay evidencia científica de su existencia.*

El sexto *chakra* estaría localizado en la frente entre los ojos, llamado también el ojo de la sabiduría, físicamente relacionado con la glándula pineal (*epiphysis cerebri*). La glándula pineal, es una pequeña proyección cónica, de la parte superior del cerebro medio. Las esferas según los yoguis, son instrumentos sutiles de percepción y proyección energética. Hablando en términos corrientes, le permitiría a quien este familiarizado con su uso, atravesar dimensiones y ver todo lo que ocurre, más allá del espacio y el tiempo.

Luego de acuerdo a sus declaraciones, llegamos a la hipótesis de que las esferas, podrían ser de un material semejante en su naturaleza, pero en un estado más denso, al compuesto por el *"aura"* o halo energético, o doble etéreo.

El halo energético, fue registrado y fotografiado científicamente, por primera vez en el cuerpo humano en 1939, por Semión Davidovich Kirlian, un fisioterapeuta soviético, de ascendencia armenia. Y fue denominado *"Bioplasma"*: un concepto singular que idearon algunos investigadores rusos, refiriéndose al campo energético, que rodea a todos los seres vivos.

No descartamos, las hipótesis del genial Físico Cuántico estadounidense David Böhm, fallecido en 27 de octubre de 1992, en Londres. Colaborador de Albert Einstein, en la Universidad de Princeton de los Estados Unidos de América, y Profesor de Física Teórica, en el Birbeck College de la Universidad de Londres.-

-Böhm se hizo mundialmente conocido en 1971, por su *"Teoría de la Holokinesis"*. Cuando postuló que básicamente, existen en el universo dos órdenes: el *"Orden Explicado"*, cuya característica esencial es la multiplicidad, y el *"Orden Implicado"*, cuya característica esencial es la unidad.

Fue allí, que nos preguntamos si los cristales podrían llegar a ser, *"Esferas Implicadas"*[26]. Porque según su teoría, nos propone un nuevo modelo de la realidad, donde nos revela un universo estructurado como un holograma, en la que cada una de sus partes contiene al todo. Les cito a David Böhm:

"Si existe lo paranormal, sólo puede entenderse mediante su referencia al orden implicado. Puesto que en ese orden, todo está en contacto con todo lo demás y no hay ninguna razón intrínseca, para que lo paranormal sea imposible".

-Por último, en los grupos de control, ocurrió además algo realmente notable. Como ya les expuse antes, este grupo estaba formado por gente corriente, es decir sin ningún tipo de capacidades paranormales.

*26. **Esferas Implicadas**: David Böhm (1917-1992), postula en su "Teoría del Orden Implicado", que existe un estrato subyacente al que llamó: "esfera implicada", donde todas las cosas y acontecimientos estarían unidos. El verdadero estado de las cosas sería para él, de una totalidad indivisible.*

-Sin embargo, luego de las sesiones, comenzaron a manifestarse en ellos cualidades extra sensoriales, que antes no poseían en absoluto, como ser: *telepatía, telekinesis, precognición*, etc., y hasta fenómenos de *bilocación*. Este último fenómeno, tiene la particularidad, que permite al sujeto poder estar, en varios lugares al mismo tiempo.

Por lo tanto, ocurrió que un 60% de estos sujetos, está ahora bajo tratamiento psiquiátrico, debido al shock que les produjo esta experiencia. Luego un 20% de ellos, lo asimiló sin problemas y está ahora bajo nuestra guía, aprendiendo a usar estas habilidades, y a controlarlas. Mientras que el 20% restante, hizo abandono de su vida anterior, debido al impacto producido en su consciencia, y de acuerdo a sus creencias, cada cual se introdujo en un camino distinto, de desarrollo espiritual.

En síntesis, entramos en un terreno, que no se encuadra para nada, dentro de los parámetros de la ciencia oficial y la física clásica. Más bien, ronda el terreno de lo metafísico.

Tal es así, que llegamos a especular, con que estas esferas, son una especie de instrumentos de otra dimensión, muy superior a la nuestra. Que funcionan, de acuerdo a principios y leyes, desconocidas por nosotros. Podrían ser llaves, que abren puertas dimensionales, que trabajan con una energía, similar al pensamiento y que también tienen, cierto grado de autonomía.

Cuando expreso, que tienen cierto grado de autonomía, me refiero al hecho, de que pueden tomar decisiones. Sí, y aunque parezca increíble, piensan, y con una increíble inteligencia.-

-Es posible, que no sean meros cristales, me atrevo a afirmar que es probable, que estén dotados de vida. Pero de una forma de vida, totalmente desconocida para nosotros, dicho en una forma grosera y superficial, parecerían ser organismos vivos, increíblemente inteligentes en base al silicio, en lugar del carbono.

Pensamos que no están aquí por azar, muy por el contrario, están aquí con un objetivo preciso y dentro de un plan preestablecido.

Por lo tanto señores, sepan disculparme, pero necesitaré pasar a un terreno puramente simbólico y metafórico. Y haré uso también, de analogías para intentar de esta forma, llegar a una explicación razonable-

El Profesor Liberman, hizo una larga pausa gracias a la cual, nos permitió digerir a todos los presentes, la cantidad y complejidad de la extraña información, que nos entregó.

Desde que la puerta, de la cámara oculta de Masada fue abierta, nuestra vida había dado un vuelco. Todos nuestros conceptos sobre la realidad, sobre lo que estábamos habituados, ahora nos sonaba como extraño.

Un velo denso se había descorrido y de pronto nuestro sentido de la vida, se había trastocado y comprendíamos, que era un camino sin retorno.

Un mundo nuevo y desconocido, atravesó la puerta abierta y nos atrapó, con sus incógnitas y su misterio. El problema, era que nos gustaba y demasiado, nos fascinaba por demás.

CAPÍTULO 21

Feven, estaba ahora impedido de estorbarnos, en nuestro accionar. Su actitud, nos hacía pensar que era muy probable, que él mismo tuviera algo que ver, con la persistencia de la anomalía. Ahora, se nos aclaraba el panorama y nos estábamos dando cuenta, de que era posible que hubiera estado saboteando nuestra misión, en *"El viaje"*. Ese viaje, que había comenzado casi como un juego, una aventura, para adquirir más experiencia y que luego se había transformado, en una misión técnica de reparación.

Pero algo, persistía en mi mente y a Zenta le pasaba lo mismo. Queríamos acordarnos de ciertos detalles del viaje, lo sentíamos como una necesidad. Algo en nuestro interior nos decía, que era de vital importancia. Sin embargo, no podíamos ahora satisfacer este interrogante, debíamos *"viajar"* inmediatamente otra vez, para reestablecer el equilibrio.

Argón, se acercó a mí y me dio, una esfera de cristal viviente, como la que tenía Feven.

-¿Te acuerdas Rádem, de los múltiples usos de este instrumento?-

-Sí, Maestro Argón- le contesté- ya lo hemos utilizado en *"El Viaje* "anterior. Lo utilizaremos para este nuevo *"Viaje"*, dada la gravedad de la misión, donde es necesario descender a dimensiones inferiores. Y en el caso, que por alguna razón imprevista quedemos aprisionados, funciona como un *"desbloqueador"*.-

-No solamente nos libera, sino que sirve como vehículo, permitiendo que atravesemos los mundos, sin ninguna dificultad.-

-Así es Rádem, pero tiene además otras cualidades, que no usamos en este plano de existencia, ya que poseemos la capacidad suficiente, para prescindir de este instrumento.-

-Maestro Argón, enséñame por favor, cuales son algunas de esas cualidades.-

-Cuando entramos en dimensiones superiores, puede funcionar como un vehículo de protección y escudo, generando tal poder que impide que seamos aniquilados, por energías muy poderosas.

Pero en dimensiones inferiores, generalmente muy densas, puede suceder que perdamos la habilidad de usar nuestros poderes. Y lo peor no es esto Rádem-

Sentí la gravedad del mensaje de Argón y además su luz se contraía en cada nota, porque no hablamos, nos comunicamos mentalmente y es como una música deliciosa. Pero en este caso la melodía se había tornado áspera y muy aguda.

-Sino que además puede producirse un bloqueo o interferencia- continuó Argón- que impida por la densidad material, de un mundo demasiado bajo energéticamente, que nuestra conexión con el Supremo se debilite. Al punto, que no sepamos quienes somos realmente, y quedemos atrapados en nuestros *"dobles"* inferiores, confundiéndonos con sus identidades.-

-Esto sería catastrófico, porque ya hubieron y hay antecedentes en el tercer planeta, que está orbitando alrededor de la pequeña estrella amarilla- dije

-Entonces, este instrumento funciona como un *"despertador"*, permitiéndoles a los *"viajeros"* recobrar su verdadera identidad y poderes cuando les sea necesario- dijo Argón- Y además es un potenciador de nuestros poderes, permitiéndonos abrir puertas dimensionales, cambiar las escalas de duración de los procesos. Por ejemplo: un proceso que en una dimensión inferior, conlleva un determinado tiempo, nosotros podemos controlarlo y manejarlo, congelándolo, expandiéndolo y verlo en toda su extensión. Es decir: comienzo, desarrollo y fin, en el sentido que queramos, de atrás para adelante y viceversa.-

-Sé, que hasta podemos intervenir directamente, manifestándonos en nuestra verdadera naturaleza- le comenté a Argón- Y en caso que fuera necesario, producir un impacto de ajuste, en la programación o condicionamiento de los seres de esa dimensión.-

-Hay un secreto que tengo que revelarte…-

-Maestro Argón, se requiere su ayuda inmediata en la Sala de Pensamiento- interrumpió Lera- Ictro allí le espera.-

Argón, me miró fijamente y un halo de luz, muy fuerte se desprendió de su ser, envolviendo la esfera que me había dado.

-Esto, es por si no nos volvemos a ver- me dijo, enigmáticamente mientras se iba.

Emprendimos entonces, el viaje sin Argón y ya en la Sala de Pensamiento, pudimos ver como todos, éramos un haz de luz dorada, que atravesaba dimensiones, descendiendo cada vez más y más, acercándonos al mundo, que era nuestra meta.

Veíamos desfilar millones de mundos, galaxias, constelaciones, estrellas y el Sol, la estrella amarilla, estaba cada vez más próxima. De pronto, entramos en el *Tiempo* y sentimos un fuerte sacudón.

Dentro de esta dimensión, comenzamos a experimentar sensaciones, muy extrañas: una transformación se producía en nosotros. Nos volvíamos más densos, nos sentíamos pesados, nuestras acciones se volvían cada vez más torpes, todo se tornaba confuso, perdíamos la noción de nuestra unidad y…de pronto, entramos en un túnel.

Allí, comenzó nuestra separación. Zenta se alejó de mí y en ese instante, la esfera que nos dio Argón, se desprendió y se perdió en el *espacio-tiempo*, sin que pudiéramos evitarlo. Vi, cómo se quedaba flotando en la nada.

Entonces, una luz como un rayo, salió de la esfera y no supe hacia donde se dirigió, pensé que era el halo de luz, que Argón había introducido en la esfera, pero de pronto, esta estalló en mil luces multicolores, extinguiéndose.

Luego de esto, nuestra consciencia experimentó una alteración tal, que nos produjo una separación total, y la oscuridad fue envolviéndome cada vez más y más, aprisionándome poderosamente con su manto negro y después no supe más nada…

CAPÍTULO 22

Abraham Liberman, se acercó a la mesa y con un puntero señaló los símbolos, que parecían flotar dentro de las esferas: las dos esvásticas, que giraban cada una, en sentido opuesto a la otra.

-Primero que todo -dijo- observemos, que si unimos los símbolos que aparecen en ambas esferas, es decir las cruces gamadas, obtendremos una sola cruz, inmóvil, que no girará en ningún sentido: ni horario, ni anti horario. Esta cruz obtenida, se parece mucho, a la cruz cristiana griega y es en realidad, la síntesis de dos principios opuestos.

Se puede encontrar una analogía, en la estrella de David, ya que el triángulo superior de la estrella de David, representa la más alta polarización positiva, que se puede lograr. Es además, la representación del principio masculino creativo, expresado en el Tao como Yang.

Se lo puede encontrar también, en el Árbol Kabalístico. Por ejemplo, en la tríada de los *Sefirot: Keter* (Corona), *Jojmá* (Sabiduría), *Biná* (Inteligencia). Los *Sefirot* son las emanaciones del *Ein Sof* (El infinito), en una configuración de diez *Sefirot* (reinos o planos), a través de los cuales, el poder divino se irradia más allá, para crear el cosmos.

También podríamos simbolizarlo con otra tríada hebrea: el alma superior *Neshamá*, que es la partícula de Dios que tiene que ver con la sabiduría y el pensamiento superior, sería el vértice superior.-

-Luego *Ruaj*, el alma emocional, relacionada con el cuerpo astral, estaría ubicada en el vértice derecho y por ultimo *Nefesh*, el alma instintiva, que encarna los instintos de supervivencia, el ego, los deseos materiales, en el vértice izquierdo.

Mientras que el triángulo inferior que apunta hacia abajo, es la más profunda polarización negativa, que se puede alcanzar y es además el equivalente al principio femenino receptivo, expresado en el Tao, como Ying.

Aquí *Nefesh* se encuentra en el vértice inferior, *Ruaj* en el vértice izquierdo y *Neshamá* en el vértice derecho y en todo el conjunto predomina el *"ego"*.

Cuando digo negativo, no lo estoy calificando como malo o demoníaco -aclaró Liberman- en realidad, me refiero a todas esas potencialidades, que se encuentran ocultas en el hombre, en la naturaleza y en el cosmos. Esas fuerzas ciegas, que esperan ser utilizadas y cuyo resultado, depende de cómo las use el hombre. Si para complacer los caprichos de su *"ego"*, en hebreo se denomina a estas fuerzas *"Yetzer ará"*: literalmente, principio malo, o para ponerlas al servicio de un fin superior.

En el *Talmud* dice, que los sabios se preguntaron sobre el *"principio malo"* y observaron, que cuando Dios creó el mundo, vio que todo era bueno. Por lo tanto, concluyeron que el *"principio malo"*, es muy bueno, porque sin él, el hombre no se casaría, no construiría casas, en fin, no se ocuparía de los asuntos mundanos.-

-Todo hombre es dotado de esta energía, pero también, tiene el poder, de elegir qué hacer con ella: el *"libre albedrío"* y este es el compromiso del hombre.

Les ilustro esto, con un ejemplo: un cirujano, tiene el mismo deseo incoercible que un asesino, de derramar sangre. La diferencia está, en que mientras uno, usa ese impulso para sesgar una vida, el otro, lo usa para salvarla-

Liberman hizo una pausa, bebió un sorbo de agua, observando los rostros expectantes de todos los allí presentes y continuó con su exposición.

-Ahora bien, ¿Qué sucede cuando estos dos triángulos se entrelazan? ¿Qué nos están simbolizando? Jesús decía que él, era el Alfa y el Omega, el principio y el fin de todas las cosas.

El triángulo superior es el Omega, el fin último de todas las cosas. Podría ser también el *chakra*[27] *coronario* cuyo color es el blanco y también el morado, es el más alto nivel de consciencia accesible al hombre, el último escalón.

Y al entrelazarse, con el triángulo inferior que es Alfa, es el principio de todas las cosas, es decir lo más ligado a la tierra, el origen, el *chakra raíz* cuyo color es el rojo.

Se establece entonces una unidad, en esta dualidad masculino femenino, que es simbólicamente un matrimonio. Es el matrimonio del Pueblo de Israel con Dios, simbólicamente hablando. Pero es, en realidad lo que tiene que suceder, con toda la humanidad.-

27. **Chakra**: *Referencia en capítulo25, página 181.*

-La humanidad, debe establecer un vínculo, sagrado e indisoluble con Dios. O científicamente hablando, la humanidad debe establecer un vínculo, equilibrado consigo misma y las fuerzas del cosmos-

El profesor Liberman hizo una nueva pausa y mirándonos a todos nos preguntó:

-¿Adónde nos lleva todo esto?- y el mismo se respondió:

-A que Adolf Hitler lo sabía, pero eligió ser instrumento de fuerzas oscuras, cuyo propósito es alterar el orden del universo.

Realizó, un pacto de poder oscuro y egoísta y les ofreció, a esas fuerzas en cambio, el sacrificio de seis millones de judíos y la sangre de todos los pueblos, a los cuales les hizo la guerra.

Estas, fueron las víctimas propiciatorias, que ofreció para tratar de invertir, el orden cósmico. Lo peor de todo es que lo logró, pero en forma imperfecta, porque si hubiera conquistado Jerusalén, su obra habría sido completa-

Entonces Liberman, dramáticamente se acercó a las dos fulgurantes esferas y concluyó:

-La prueba de esto que digo, se puede comprobar en el color blanco de la esfera, que Hitler le entregó en custodia a Eichmann. Originalmente era roja y ahora, se ha tornado en blanca. Mientras que la otra, que le fue entregada a Buda, era originalmente blanca y ahora, se ha tornado en roja-

El profesor Liberman, había terminado su exposición, e invitó a las altas personalidades presentes, a efectuar las preguntas que consideraran pertinentes.

La pregunta más acertada, a mi criterio, fue la que efectuó el príncipe Fawwaz y era justamente la que yo también hubiera hecho.

-Estimado profesor, su ponencia fue admirable, aunque confieso no estar de acuerdo, con todos los argumentos usados por usted, pero respeto su autoridad y conocimientos. Pero, lo que me sigo preguntando y espero, que usted pueda responder, es: ¿Qué relación tiene todo esto, con lo que ha ocurrido en Masada?

-Su Alteza, creo recuerda que hice mención, con respecto a las intenciones de Hitler, de llegar hasta Jerusalén. El poseía una de estas esferas y pensaba usarla, para abrir una puerta dimensional, en donde estaría ubicado históricamente en Jerusalén, el *"Sancta Sanctórum"*. Exactamente, en el lugar donde en la actualidad, está situado el templo musulmán de planta octogonal, con una cúpula de oro en su parte superior: *"El Domo de la Roca"*, también conocido, como la *"Mezquita de Omar"*.

-Discúlpeme Profesor- dijo el príncipe sufí- pero sigo sin entender la relación.

-Según nuestros informes secretos- continuó el Profesor- habría una tercera esfera, y alguien la habría introducido, en la cámara subterránea de Masada, el día trágico en que falleció el Dr. Rami Cohen-

Un murmullo de asombro, recorrió los labios de todos los allí presentes.

El profesor Liberman, tomó las dos esferas una en cada mano, la roja en la mano izquierda y la blanca en la derecha y nos dijo:

195

-Señores, cada uno de estos objetos, representa una polaridad, *Tesis* y *Antítesis*, por lo tanto nos falta la *Síntesis*, la tercera esfera, el vértice superior del triángulo, la que resulta de la unión de estas dos y que debe tener en su interior, flotando, una cruz griega, como lo era la planta original de la Basílica de San Pedro, aquí en el Vaticano-

Y al decir esto, acercó las esferas, una a la otra hasta que casi se tocaron.

Y al hacerlo, repentinamente un halo de luz, tan potente como un rayo, salió de entre ambos objetos, cegándonos por su intensidad, e iluminó por unos segundos todo el recinto, antes de extinguirse.

Estábamos todos sin excepción, anonadados y estupefactos, por el fenómeno que acabábamos de presenciar, que nadie se percató, ni siquiera yo, que Débora mi esposa, yacía en el suelo desvanecida, inconsciente.

CAPÍTULO 23

Débora se había desmayado, interrumpiendo la reunión secreta, en uno de los recintos del Palacio Vaticano. Unos segundos después, recobró el conocimiento, mirándonos a todos sorprendida. Se incorporó sola, rechazando mi ayuda y volvió a sentarse, pidiendo disculpas y solicitando que por favor, continuara la reunión. Azorada, manifestaba que se sentía bien y que no podía explicarse, cómo es que se había desvanecido, de esa forma.

A pesar de sus palabras, consideré elemental retirarnos al hotel y recurrir a una consulta médica, si fuera necesario. Su Santidad el Papa, dispuso una limusina para trasladarnos y los servicios sin cargo de su médico personal, a nuestra entera disposición.

Débora, cayó exhausta en la cama y se durmió inmediatamente, yo aproveché para llamar al médico y pedirle, que viniera urgente a chequearla.

El médico luego de revisarla, me dijo que su estado general era normal, no obstante llamó por teléfono a su equipo y ordenó una serie de análisis inmediatos.

Luego de unas horas, me llamó por teléfono y me dijo, que los resultados eran buenos y que no había ninguna razón para preocuparse.

Solamente me indicó, que la tensión arterial de Débora, estaba un poco baja, y que seguramente se debería al estrés, sumado al calor del clima veraniego de Roma, en esa época del año.

Indicó por último reposo, y que luego cuando despertara, le propusiera un paseo, para que ella se distrajera un poco, y se liberara de cualquier preocupación.

Unas horas después, estábamos paseando por Roma. Según la tradición, fue fundada en el 753 A.E.C., sobre una de las Siete Colinas: Capitolina, Quirinal, Viminal, Esquilina, Celia, Aventina y Palatina, que rodean la antigua comunidad. Pero los hallazgos arqueológicos indican, que comenzaron a haber asentamientos humanos en el territorio, al menos desde el año 1000 A.E.C.

Débora, insistió que fuéramos al Coliseo, porque fue allí donde nos conocimos y luego desde allí, nos dirigimos al Foro Romano.

El Foro era el centro comercial, político y religioso de la antigua Roma, que se extiende a lo largo y ancho del valle ubicado entre la colina del Palatino y del Capitolio.

En un principio, era un espacio abierto sin edificios, en el que la gente se reunía, los días de mercado y en las fiestas religiosas, para las elecciones y para otros acontecimientos públicos. Con el tiempo, se convirtió en el centro político, donde estaban los edificios civiles y administrativos y los templos más importantes.

Fuimos a ver los monumentos más destacables, como ser el Arco de Séptimo Severo, el Templo de Saturno, la Casa de las Vestales, el Templo de Antonino y Faustina, y el Arco de Tito.

Débora, me pidió detenernos allí.

En este arco en particular, hay un relieve que muestra a las legiones de Roma, llevándose los tesoros del segundo Templo, que fue devastado así como el resto de Jerusalén, después de un largo sitio, en el año 70 E.C.

Estuvo largo rato, contemplando el relieve y de pronto, me dijo misteriosamente:

-Esos, no son los tesoros que había en el Templo. Y ese Candelabro o *Menorá* en hebreo, que ardía incesantemente, no es la auténtica- me dijo con total seguridad.

Yo sabía, que ella era una especialista, en historia y arte del medio oriente, pero habíamos estado en otras ocasiones, frente al Arco de Tito y nunca antes había hecho ese comentario, por eso me resultó muy extraño, que lo hiciera ahora.

-¿Cómo sabes esto?- Le pregunté mirándole fijamente, a sus dulces ojos negros.

-Cuando los romanos comandados por Tito, atravesaron la última muralla de Jerusalén, según el calendario hebreo era la fecha de *Tishá Beav*[28], y según el calendario gregoriano, el 9 de agosto del año 70 E.C.

Entraron al recinto sagrado del segundo Templo, y lo encontraron completamente vacío. No había nada allí, que pudieran llevarse.-

28. ***Tishá Beav****: Noveno día del mes de Av, en el calendario hebreo. Fecha de la destrucción de los dos Templos, el primero por Nabucodonosor y el segundo por Tito. Es considerada la fecha más triste del calendario hebreo, y de los sucesos más funestos del Pueblo Judío, como ser el Holocausto nazi.*

-Entonces, inventaron los tesoros del Templo y la *Menorá*, que aparecen en este relieve. Fue para que Tito, no hiciera el ridículo ante Roma, y desalentar también así, a la resistencia judía que aún, continuaba la lucha- me dijo, devolviéndome la mirada, con una sonrisa en sus labios rojos.

-¿Me estás diciendo, que lo que aparece en este relieve, es totalmente falso y que todo el mundo se tragó esta mentira, durante siglos?-

-Así es mi amor ¿Te has olvidado que estuviste en Masada ya? Allí, en Masada estaba el *Sancta Sanctórum* y fue efectivamente trasladado allí- continuó Débora- y *Eleazar ben Yair*, fue enviado a custodiar el lugar, e impedir que cayera en manos romanas. El general romano *Flavio Silva*, completamente ignorante de este hecho, marchó con la X legión romana para aplastar, lo que según él, era el último foco rebelde *zelote* y luego de un prolongado sitio de dos años, encontró la forma de entrar en la fortaleza, construyendo una rampa.

Fue entonces, que *Eleazar ben Yair* y todos los que estaban con él, sus esposas e hijos, casi mil personas, decidieron voluntariamente inmolarse luego de un ritual purificatorio, para que ese inmenso poder no cayera en manos de los romanos. Para despistarlos aún más, dejaron dos mujeres y cinco niños con vida, porque eran los únicos que no sabían absolutamente nada, del enorme secreto que escondía el monte Masada.-

-Me parece difícil de creer Débora, que ese secreto se hubiera mantenido tan hermético hasta hoy ¿Y qué me dices de *Flavio Josefo*, tampoco sabía nada de todo este asunto?-

200

Le repliqué en tono dudoso.

-*Flavio Josefo*[29], se transformó en el portavoz oficial de los romanos frente a los judíos, para desalentarlos de luchar contra la todopoderosa Roma Invicta.-

-¿Y *Yojanán ben Zakai*[30] y sus discípulos, tampoco sabían nada de todo esto?-

-Es probable que supieran Fede y por eso buscaron alejar el centro de atención, hacia *Yavné* que está situada cerca, de lo que hoy es Tel Aviv-

Nuestra conversación se interrumpió cuando llegamos a una de las fuentes más imponentes y famosas de Roma, diseñada en el siglo dieciocho por *Nicola Salvi*, en puro estilo barroco.

-Recuerdo que la última vez que estuvimos, tiré tres monedas en la fuente y parece Débora que se cumplió la tradición, porque aquí estamos de vuelta en Roma y frente a la *Fontana di Trevi*.

*29. **Flavio Josefo** (37-101 E.C.): historiador judío que tuvo una posición ambigua frente a Roma. Vivió en la corte de Roma y recibió el mecenazgo de Tito y Domiciano. Sus obras más destacadas son: Las guerras judías, Antigüedades judaicas, Vida y Contra Apión.*

*30. **Yojanán ben Zakai**: discípulo de Hillel y contemporáneo de Jesús. Figura eminente y gran maestro, escapa al sitio de Jerusalén por las tropas de Tito, haciéndose pasar por muerto dentro de un ataúd transportado por sus discípulos. Ya fuera, se dirige a Roma y allí solicita al emperador, la ciudad de Yavné para fundar una escuela rabínica (Yeshivá), como centro de estudio espiritual y religioso judío.*

-Esta vez entonces, me toca a mí tirar las tres monedas, mi amor- me dijo Débora, dándome un beso muy romántico, que me dejó sin aliento.

Estábamos tan absortos el uno con el otro, que el fuerte tirón, bruscamente nos sacó de nuestro encantamiento. Un ladrón, corría con la cartera de Débora, ya fuera de nuestro alcance.

De pronto e imprevistamente, la cartera se soltó de la mano del ladrón y regresó a las manos de Débora, con la misma fuerza que es arrojada una bola de baseball.

El ladrón dio media vuelta, observó la escena unos segundos y haciendo una mueca de asombro y decepción, continúo inmediatamente su ruta de escape, despareciendo de nuestra vista.

Yo miraba a Débora y a su cartera, atónito. Todo había sucedido tan rápido, que casi nadie del público, allí reunido frente a la fuente, se dio cuenta de lo que había pasado. Nos prestaron atención, un tanto confundidos por nuestros gritos, y luego de unos minutos, continuaron con lo que estaban haciendo, olvidándose completamente de nosotros.

-¿Puedes explicarme Débora, que es lo que ha sucedido, como es que hiciste eso con la cartera?- Le pregunté aun pasmado por el asombro.

-No se Fede, no tengo la menor idea de cómo ocurrió, de verdad. Lo único que puedo decirte, es que sentí fuertes deseos, de que el ladrón me devolviera la cartera, y de pronto la tenía otra vez, en mis manos.-

-¿Así de sencillo? Hagamos una prueba entonces, porque no te concentras en las monedas de la fuente, y haces que vuelva una por lo menos.-

-¡Fede, déjate de hablar tonterías! No te parece suficiente, lo que pasamos hace un momento y tienes ganas ahora, de jugar a la *telekinesis.*-[31]

Tanto le insistí a Débora, que finalmente accedió, y allí estábamos como dos locos, mirando las monedas de la fuente. Luego de unos minutos, en que no ocurrió absolutamente nada, donde moneda alguna, ni siquiera se movió unos milímetros, desistimos.

Pero ya estábamos más relajados y nos tomamos el episodio con menos seriedad, hasta comenzamos a hacer bromas al respecto, recordando la cara de frustración del carterista.

En el hotel nos encontramos con Liberman y con su asistente el profesor Koby que había llegado esa tarde a Roma.

Liberman, estaba preocupado por el desmayo, que había tenido Débora en la reunión, pero le contamos, que el médico no había encontrado nada y yo le dije, medio en tono de broma, que había creído en un principio, que Débora estaba embarazada. En medio de sonrisas y reproches de mi esposa, nos fuimos a tomar un café en el bar del hotel.

31. Telekinesis: en parapsicología habilidad o poder mental, gracias al cual se pueden mover objetos o doblarlos sin contacto físico.

Allí, les contamos el incidente de la *Fontana di Trevi* y ambos se miraron un instante y luego Liberman nos dijo:

-Pensamos, que es muy coincidente, que justo en el mismo momento, que surgió ese relámpago de luz de las dos esferas, usted Débora se haya desmayado. Y ahora, nos cuentan este hecho, que para nosotros, no está para nada aislado de lo anterior.

-¿Qué es lo que quiere significar exactamente Aby, que le ocurrió a mi esposa?- Le pregunté sin rodeos.

-De acuerdo a las circunstancias y tomando en cuenta, que esa no fue la primera vez, que ambas esferas estuvieron juntas, creemos que su esposa posee una sensibilidad, muy fuera de lo común.

-¿Me está diciendo, que es la primera vez que ocurre este fenómeno y que Débora mi esposa, tuvo algo que ver en esto?

-Más aún, creemos que la *"presencia"* de su esposa, *"permitió"* que ese fenómeno se produjera- y dirigiéndose a Débora le dijo:

-Señora, pensamos luego de lo que nos han contado, que el fenómeno no fue casual y que por alguna razón desconocida para nosotros, despertó capacidades latentes en su persona, y que ahora han sido *"activadas"*, por así decirlo.

Es por esto que solicitamos, tenga a bien prestarse a ser chequeada, por nuestro equipo de profesionales en Tel Aviv, si es que además, su esposo está de acuerdo, por supuesto- Nos dijo Liberman, mirándonos expectante.

CAPÍTULO 24

Richard Campbell Jr., entró en la sala de reuniones de la espectacular oficina. Ubicada en el piso número 137, diseñada, construida y equipada con la más sofisticada tecnología del momento, era una de las torres más altas y lujosas, de la quinta avenida de la isla de Manhattan, en la ciudad de Nueva York, en los Estados Unidos de América.

Desde uno de sus enormes ventanales, podía contemplarse una vista panorámica de la isla, donde el singular edificio Chrysler, con su pirámide metálica escalonada en estilo Art Decó, se perfilaba todavía protagónico.

Richard, se sentó en una hermosa y carísima silla de estilo oriental, tapizada en terciopelo, con incrustaciones en nácar y detalles en oro a la hoja. Y arrimándose a la imponente mesa de caoba, apoyó sobre ella su maletín y extrajo un celular de última generación.

En la penumbra, sentados alrededor de la suntuosa mesa de reuniones, un pequeño grupo de tres hombres, a los que apenas se le podía ver el rostro, le esperaba.

Muy elegantemente vestidos, con lujosos trajes de corte a medida, parecían ser altos y poderosos directivos, de alguna importante empresa líder en el mercado mundial. Richard saludó brevemente, a cada uno de ellos, y luego extrajo de su celular un diminuto accesorio, aparentemente una memoria portátil electrónica.

-Veo que ha traído lo que le encargamos, "Caballero" Richard- le dijo uno de los hombres, que estaba sentado a la cabecera de la mesa, cuyo rostro parecía familiar a Richard.

-Así es "Gran Maestre", en esta memoria portátil, está el video que me pidieron- asintió Richard

-¿Y sus compañeros, pudo dejarlos al margen "Caballero" Richard?-

-No saben nada "Gran Maestre", ellos creen que regresé a pedido de la agencia.-

-¿Trajo también *"aquello"* que le pedimos, "Caballero" Richard?-

-Lamentablemente no- dijo Richard, poniendo sobre la mesa un pequeño cofre, de cuyo interior sacó un extraño cristal esférico, pulido y brillante como un diamante, en cuyo fondo dorado, flotaba algo parecido a una cruz griega.

-Parece que el instrumento que le otorgamos, no le ha sido de gran utilidad.-

-Gracias a la ayuda del cristal, pude ajustar el tiempo del video que van a ver a continuación. Me costó demasiado, despistar al Servicio Secreto Israelí. Usé varias memorias falsas, que envié por correo, con ayuda de nuestros colaboradores infiltrados en la C.I.A., con datos sin importancia. Pero esta, la que vale, la traje a la vista de todos, en mi celular.-

-Muy astuto de su parte, "Caballero" Richard Campbell. Vayamos entonces al material, por favor veamos el video- pidió el "Gran Maestre".

Richard, colocó la memoria portátil, en un equipo que había sobre un estante y en una enorme pantalla de plasma, comenzaron a verse algunas imágenes.

Se trataba de los momentos iniciales, a la apertura de la puerta, de la Cámara Subterránea en Masada.

En las imágenes, se veía a Rami Cohen, manipulando los cilindros y el diamante, hasta que se abrió la puerta y todo comenzó a distorsionarse. Los que estaban allí, comenzaron a perder el sentido, menos el arqueólogo Rami Cohen, que comenzó a entrar en el torbellino.

Fue allí, donde apareció Richard con la tercera esfera y produjo con ella, un desfase en el espacio tiempo. El tiempo entonces, comenzó a transcurrir muy lentamente, de tal manera que toda acción, casi se detuvo en la cámara subterránea, como si hubieran puesto en pausa el video.

Pero esto, no actuaba sobre Richard, quien atravesó la puerta y entró sin ninguna dificultad, al *Sancta Sanctórum* y contempló lo que había dentro, con satisfacción.

Había un cofre de acacia, revestido en oro, con una tapa de oro macizo. Montada sobre ella, habían cuatro querubines de oro, dos a cada lado enfrentados sus rostros entre sí, y sus cabezas inclinadas extendiendo sus alas.

Seguramente era el *"Arca de la Alianza"*. Más allá, otro cofre con una sustancia desconocida, que podría ser el *"Maná"* bíblico.

Pero había un instrumento, que brillaba por su ausencia, parecía ser que la famosa *"vara"*, no se encontraba allí. No obstante, tomó la esfera y comenzó a manipularla, y los objetos allí presentes, comenzaron a desaparecer a la vista, hacia un destino que solo Richard parecía conocer.

De pronto, el *Sancta Sanctórum* se iluminó todo, y una fulgurante figura se hizo presente, rugiendo con gran furia:

-"¿QUE HACES AQUÍ Y CÓMO HAS OSADO ENTRAR?"- Tronó el resplandeciente ser.

Richard, levantó la esfera y la dirigió al refulgente ser, atrapándole en un campo de energía. Y realizando, una serie de movimientos precisos, el maravilloso ser, comenzó a desvanecerse cada vez más. Antes de desaparecer, el ser de luz le dijo:

"TE CONOZCO, SE QUIÉN ERES Y SE CUÁL ES TU COMETIDO. HAS VENIDO A SABOTEAR EL PLAN DEL SUPREMO, PERO NO PODRÁS DESTRUIRME, NO PODRÁS..."

-*"Sí que puedo"*- le contestó Richard- *"ya lo ves que sí y además, nadie se va a enterar de lo que sucedió aquí, nadie"*- concluyó, mientras el luminoso ser, desaparecía completamente.

Luego, concentró su atención en Rami Cohen, detenido en el espacio tiempo. La cara, la figura, la totalidad de Rami, estaba distorsionada, como una foto fuera de foco. Tomando la esfera le dijo:

-*"Ya que me viste entrar, te enviaré para que no hables, al mismo destino de tu luminoso amigo. Por qué de aquí en adelante, serán buenos amigos, ¿No es así Rami?"*

Y levantando la esfera, Rami quedó envuelto en un campo de energía y comenzó a desvanecerse, hasta desaparecer.

-*"Está hecho, ahora a preparar el escenario"*-dijo, mirando a la cámara de video- *"y nada mejor, que un derrumbe en una cámara subterránea. Impedirá el acceso al recinto sagrado y ocultará la desaparición de Rami"*-

Allí terminó el video y Richard dirigiéndose al grupo, les dijo:

-Cómo pudieron ver señores, la *"vara"* que estamos buscando, no estaba en la cámara de Masada. Y a pesar de las investigaciones que hice, fue imposible dar con su paradero- explicó a quienes parecían ser sus superiores.

-El resto ya lo conocen, fue solo una cuestión técnica provocar el derrumbe y generar el campo de energía en la entrada de la excavación. Luego restituí las coordenadas de espacio tiempo, adelantándolas un poco y eso es todo- concluyó Richard.

-Muy bien hecho, "Caballero" Richard. Ha servido a Nuestra Orden con lealtad y gran eficacia, pero es imperativo que tengamos en nuestro poder, ese poderoso instrumento- dijo con tono exigente.

-Usted sabe muy bien, que el origen de nuestra organización secreta, se pierde en el comienzo de los tiempos. Es tan antigua, que ha sobrevivido hasta hoy, gracias a los esfuerzos denodados, de caballeros de vuestra estirpe- hizo una breve pausa.

-Pero no podemos fracasar ¿Sabe, que esto tendrá un costo, para usted?

-Además nuestros enemigos, se apoderaron del *"Vril"*, el instrumento que le fue entregado por nuestro maestro, a su mejor discípulo.

-Lo sé Gran Maestre, pero tengo una pista, que nos puede llevar a conseguir, la posesión de la *"vara"*. Todo mi equipo, está trabajando en ello. Vamos a desbaratar los planes del Grupo, no se preocupe- dijo Richard

-No estamos preocupados, no es la primera batalla que perdemos, es parte del juego. Más bien, quien debería estar preocupado, es usted señor Richard. Cumpla con dedicación lo que le hemos encomendado, y utilice todos los recursos que hemos puesto a su alcance, y no nos vuelva a fallar- finalizó el Gran Maestre, observándole con una mirada fría y amenazante.

CAPÍTULO 25

"El Templo de Jerusalén, el primero, el que fue construido por el Rey Salomón, era una réplica exacta a escala en la Tierra, del "Palacio Cristalino". Y así como el palacio, cumplía sus funciones a nivel estelar, el Templo de Jerusalén permitía, que la energía pasara por el tercer planeta, de la estrella amarilla.

De esta, forma Rádem reparaba la anomalía, que había sido agravada por el Saboteador. Ahora bien, el Templo de Jerusalén contenía también un vórtice, una puerta dimensional entre los mundos. En el Templo de Salomón este vórtice estaba en el centro.

El Templo, era una sucesión de anillos concéntricos, que aumentaban en santidad, a medida que se acercaban al centro. Porque este lugar, era el más sagrado y en él estaba el "Sancta Sanctórum", el "Santo de los Santos".

El Templo físico, es decir el edificio en sí mismo, estaba construido de una forma y medidas precisas, con materiales precisos, situado en un lugar preciso, dentro de la ciudad de Jerusalén y no otro y este lugar fue elegido por el rey David, al cual se le había ordenado fundar la ciudad santa.

Pero el edificio, por sí solo no operaba, necesitaba el elemento esencial, el instrumento fundamental, para que pudiera ser activado correctamente y operara. Para que la energía primordial, se irradiara por todo el planeta y luego pudiera enlazarse, con el resto del sistema y así reestablecer el circuito".

"Es así que ese instrumento, fue creado mucho antes, de que civilización alguna, existiera sobre el planeta. Fue elegido, un componente físico-químico similar al silicio: el carbono. Y con él, se construyó el instrumento: La Vida Orgánica.

Pero solo podía actuar, en una dimensión reducida, de tres parámetros y cinco percepciones, sumando ocho.

A pesar de estar compuesto, por elementos del planeta, su tiempo de rendimiento, era muy pequeño en relación a su mundo, en pocas palabras, tenía corta vida.

Luego de una cadena, de experimentos fallidos, con organismos que resultaron, ser de capacidad insuficiente, para poder cumplir con esta necesidad cósmica, El Supremo, nos da instrucciones, para desarrollar un instrumento, con la capacidad de superar, los límites de su mundo. Y si fuera necesario, con la capacidad también, de llegar hasta nuestro nivel dimensional y evolutivo, y aún más, con el poder de traspasarlo y ponerse por encima de nosotros.

Esta decisión, nos causó asombro y perplejidad. Ya que además de reproducirse, multiplicarse y desarrollarse, en la misma forma que lo hacían los organismos en base al carbono, desarrollados en experimentos anteriores, este ser llevaría, además dentro de sí, todos los elementos de la creación, siendo: un Microcosmos.

Con este fin el Ser Supremo, entregó un átomo de Sí Mismo, para ubicarlo en el centro de este ser: el Hombre. Este ser es dotado así, de un poder extraordinario."

"Pero es un poder potencial, porque esta capacidad, de traspasar los límites de su dimensión y que le permite, llegar hasta conocer todos los mundos y unirse en uno, con el Ser Supremo, solo lo puede realizar, bajo condiciones especiales, en situaciones ideales y en relación a una necesidad cósmica.

En estas condiciones, las capacidades ocultas. pueden entonces activarse, transformando al Hombre mismo, transmutándolo. De esta manera puede cumplir, con la tarea de reparación y ser el instrumento creador y generador, que coloca a su mundo en una dimensión superior, superando por muy lejos, la función de los cristales vivientes, del Palacio Cristalino.

Fue así, que el primer experimento exitoso en el planeta Tierra, se llevó a cabo con todo un pueblo. Todo el Pueblo de Israel fue involucrado en esta misión. Debían para ello, cumplir normas estrictas de higiene, en todos los niveles de su existencia, para así poder reparar la falla.

Toda la masa humana del pueblo, se transformaba, en un transmisor viviente de la energía primordial. La cuál, era estabilizada por los Levitas y filtrada y depurada por Los Kohanim, los sacerdotes del Templo.

Con el pasar del tiempo, la necesidad aumentó y fueron requeridas nuevas formulaciones, así es, que se originaron con éxito, otras vertientes llamadas en su mayoría, a extenderse ya no en un pueblo, sino en casi la totalidad de este mundo."

"Hasta llegar al momento actual, en el cual parecería ser, que ninguna de todas las formulaciones existentes, llega a dar una respuesta global con éxito, una respuesta definitiva, que abarque a toda la humanidad, en su conjunto."

-¡No puedo creerlo, me parece de ciencia ficción, o producto de una sesión espiritista! ¿Esto realmente lo escribió Débora, profesor Liberman?

-Sí, así es mi querido amigo. Su esposa, luego de ser auscultada, por nuestro experto equipo interdisciplinario, pidió un simple cuaderno de notas y mientras hablaba conmigo de cualquier tema, su mano izquierda en forma autónoma, escribió esto que hemos leído.

-Profesor Liberman, disculpe mi desconfianza, pero esta hoja que me ha presentado, es un impreso redactado con tipografía de computadora y no tiene nada que ver con algo escrito a mano.

-Tiene razón mi amigo, le pido disculpas. He aquí pues el original, escrito en puño y letra por su esposa- me dijo, presentándome una hoja garabateada, con símbolos ininteligibles y totalmente incomprensibles para mí.

-No entiendo nada ¿Por favor profesor, puede explicarme que son estos símbolos?

-¿Recuerda cuando estuvo en la cámara subterránea, en Masada? Bien, pues allí había una inscripción, realizada exactamente con este mismo tipo de escritura, un hebreo litúrgico muy arcaico y desconocido por nosotros hasta ahora.-

-¿Me está diciendo, que mi esposa usó un tipo de escritura desconocida, para ella y que redactó este manuscrito, sin estar consciente de ello?-

-Efectivamente, mi querido Federico y eso, nos tiene muy intrigados.-

-¿Quién es ese sujeto *"Rádem"* y quién ese otro, el *"Saboteador"*? ¿Qué significa eso de *"El Palacio Cristalino"*? Nunca escuché a Débora, hablar sobre cuestiones como estas profesor. No entiendo además, eso de *"la anomalía a corregir"*, esto me resulta muy incoherente- dije mientras lo observaba perplejo.

-Es lo que justamente, queremos averiguar, porqué a pesar de poseer toda la tecnología, experiencia y conocimientos científicos, nuestro equipo y yo, al igual que usted estamos totalmente desconcertados.

-¿Profesor, mi esposa está al tanto de todo lo que usted me cuenta?

-Si estimado amigo. Pero no es consciente de haber escrito esto y para que no entre en shock, le estamos dando apoyo psicológico. Porque evidentemente, esto afecta el sistema de creencias, de su estructura mental y puede producirle, un desequilibrio en su estabilidad psíquica.

-Ya lo creo, porque a mí también, me está produciendo un impacto tremendo, digerir esto.

-Es por esta razón, que le solicito que ambos, usted y su esposa sean asistidos por nuestro equipo, si es que usted no tiene inconveniente.-

-Profesor Liberman, cuenta también con mi autorización desde este momento- respondí aliviado, por el peso de la situación.

Salimos con Débora del moderno edificio, ubicado en la universidad de Tel Aviv. Allí tenían la base de investigación, solventada en su mayor parte por entidades privadas con fines filantrópicos, el estado contribuía con la cesión del edificio y las instalaciones.

Pero el equipo, tenía también bases de investigación fuera de Israel, en Estados Unidos y Europa y formaban una red internacional, como ya nos habíamos enterado en el Vaticano.

Ahora yo me preguntaba ¿Qué pasaba con los servicios secretos? ¿El Mossad, la CIA, el Shin Bet, no estaban al tanto de lo que ocurría? ¿Y para qué lado jugaban, si no estaban involucrados en la investigación?

-La situación los supera a todos ampliamente- me dijo Débora

Yo di un salto, porque me estaba leyendo los pensamientos.

-¿Débora, cómo hiciste para saber lo que pensaba?- Le pregunté asustado.

-No es nada extraordinario, tú estás capacitado también para hacerlo, solo que todavía no te has percatado mi amor- me contestó mirándome enigmáticamente a los ojos- ven siéntate

Nos sentamos en un café cerca de la universidad y Débora extrajo de su cartera un cristal facetado.

Parecía un simple cristal, de cuarzo rutilado y lo puso en la mesa, mirándome a los ojos de la misma forma enigmática. Su actitud me llenaba de dudas, sobre su estabilidad y su cordura, era posible que todo lo que nos había acontecido, le hubiera afectado muy fuerte y quizás se estaba volviendo loca...

-¿Fede, porque no dejas de pensar que estoy loca y miras este cristal, por favor?- Mi café cayó al suelo del golpe que le di sorprendido, la miraba atónito.

-Fede, no es una fantasía lo que ocurre, ¿Me vas a prestar la atención que te pido, mi amor?- Me miró con los mismos ojos tiernos, que hicieron que me enamorara perdidamente de ella.

-Si mi amor- le dije, concentrándome en el cuarzo- por favor te escucho.

-Antes que nada- comenzó Débora- no es un cristal de cuarzo y menos rutilado, es un cristal cuya procedencia no es de este mundo.

-¿Cómo lo obtuviste Débora y como tienes esta información?- Le pregunté ansioso y desconfiado.

-Sé que todo esto, es muy extraño y me parece lógico que desconfíes, pero si verdaderamente aún me amas, tienes que escuchar con atención lo que te voy a contar- Asentí tomándola de las manos, porque la quería mucho.

-¿Te acuerdas Fede, cuando estábamos en la cámara subterránea en Masada?- Asentí mirándola con dulzura

-Bien, antes que me desmayara, se presentó ante mí una figura tremendamente iluminada.-

-Parecía un ser celestial y sin hablarme me dio este cristal y me pidió, que lo guardara de inmediato en mi cartera-

Débora se interrumpió unos segundos, su rostro se transfiguraba, por la emoción que le provocaba, evocar este episodio y estaba más bella que nunca.

-Así lo hice- prosiguió- y volví a sentir la dulce voz de ese maravilloso ser en mi interior, en mi corazón y me dijo que este cristal, me iba a llevar a un lugar, donde estaba un objeto de vital importancia. Luego, perdí el conocimiento y cuando desperté, no recordaba nada de este suceso. Pero volvió a hacerse presente, cuando me desmayé en el Vaticano, entonces, busqué el cristal en mi cartera. Como puedes ver, no es muy grande y como se parece a esas piedras, que se venden en todas las ferias de artesanías, pensé que todo había sido una alucinación. Hasta que comenzó a brillar, muy intensamente dentro de mi cartera, con luz propia y empecé a escuchar voces en mi cabeza. Te juro que pensé, que me había vuelto loca, mi amor-

Una lágrima rodó por su mejilla y yo la sequé dándole un beso- ¿Me crees Fede?- Me preguntó acariciando mi mejilla dulcemente.

-Te creo mi vida -sinceramente le creía- ¿Qué haremos ahora mi amor?

-Tenemos que buscar el objeto, el cristal nos va a indicar el lugar-

No bien Débora terminó de pronunciar estas palabras, el cristal comenzó a brillar iluminando la mesa, en la penumbra del atardecer.

CAPÍTULO 26

JUDEA, ALREDEDOR DEL AÑO 30 E.C.

La muchedumbre huía espantada.

Un viento poderoso, comenzó a azotar las tranquilas aguas del río, levantando olas como si se tratase de un mar.

Yojanán de pie en la orilla, con su rostro azotado por el fuerte viento, observaba imperturbable lo que sucedía, mientras todos huían despavoridos buscando refugio. Pero ningún asomo de temor, se reflejaba en su semblante.

No habían pasado más de unos instantes, después que él mismo, mojara la cabeza de su maestro, sumergiéndole en las aguas del río, cumpliendo el ritual sagrado hebreo de purificación.

Luego de esto, cuidándose de que nadie lo viera, le entregó una brillante piedra. Y fue en ese preciso momento, en que Yojanán le entregó la extraña piedra, que el cielo de improviso, se pobló de densos nubarrones, cerrándose completamente.

Una potente brisa como un torbellino, descendió en un haz de luz y atrapó a Yeoshua, su maestro. Absorbiéndole en la vorágine, desapareció con él perdiéndose en el horizonte, y luego de esto, todo volvió a la calma anterior.

La muchedumbre, se había refugiado atemorizada a lo lejos, mientras contemplaba el prodigio. Yojanán, murmuró unas palabras como un rezo, y luego volviéndose, les llamó instándoles a continuar con el rito de purificación, en el rio Jordán de Judea.

El torbellino había ascendido desde el río, a una velocidad imposible de ser percibida por el ojo humano, y se dirigió con rumbo a un lugar no muy lejano de allí, donde se erguía un monte amurallado, con una fortaleza en medio del desierto.

El tiempo parecía haberse detenido y todo estaba suspendido, inmóvil, hasta los pájaros estaban como flotando, en pleno vuelo en el aire.

En realidad, Yeoshua se estaba moviendo a una velocidad, que hacía parecer como que todo alrededor estaba inmóvil, aunque todo seguía su curso habitual, pero infinitamente más lento.

En ese estado, la materia se volvía menos consistente, de tal manera que atravesando la roca, penetró en el interior del monte, llegando a una cámara celosamente oculta en su interior.

Yeoshua reconoció el lugar y sacó de sus alforjas el brillante objeto, que Yojanán le había entregado, dirigiéndose a la gran puerta de piedra, de la cámara subterránea.

Ya allí tomó la piedra, encerrándola en su puño y acto seguido pronunció el Nombre Inefable. El diamante del centro del cerrojo, comenzó a brillar muy intensamente.

Yeoshua abrió la mano y el brillo, se encontró con la brillante piedra, que en realidad era un cristal de inigualable belleza y los cilindros de oro, comenzaron a moverse y la pesada puerta de roca maciza, comenzó a abrirse lentamente.

Yeoshua penetró en el recinto y en ese mismo instante desde afuera, de improviso una voz como un trueno, le llamó de la misma forma que lo hacían sus discípulos, pero burlonamente.

-¿Rabí Yeshu, que estás haciendo aquí?

Yeoshua saliendo, le contestó

-Esto es justamente lo que yo te pregunto a ti, ya que este lugar no te corresponde ¿Qué oscuro propósito, te trajo a este lugar tan sagrado, y prohibido para tu presencia?

-Hacerte cambiar de opinión y convencerte para que abandones tu tarea. He venido a entorpecerte, obstaculizarte, a impedir que tengas éxito en lo que te propones, para que claudiques de una vez y abandones tu misión.

-¡Nunca podrás lograr, que abandone la misión que me fue encomendada!-

El extraño ser, lo arrebató en el aire y lo condujo hasta la ciudad de Jerusalén y lo depositó en la parte más alta, del Sagrado Templo y allí le dijo:

-Compartiremos el dominio de este mundo, tú en la superficie y yo en sus entrañas ¿O prefieres lanzarte al vacío, desde aquí para mostrarme quién eres? ¿Qué me contestas Yeshu?

-Que el poder que tú me ofreces, es insignificante. ¿Cómo puedes siquiera tratar de tentar, tan groseramente a tu Señor?

Tomándole de nuevo, lo condujo por los aires hasta lo más alto del monte, desde donde habían partido originalmente y le dijo:

-Yeshu, Yeshu, tú sabes bien que no es un poder insignificante.-

-Porque en este mundo aparentemente sin demasiada importancia, tan infinitamente pequeño en el conjunto del vasto universo, sin embargo, adquiere una importancia muy relevante- dijo, con indisimulada sorna.

-Porque aquí, en este mísero planeta- prosiguió- apenas un gránulo de polvo perdido en la inmensidad, justamente aquí, está la clave para muchos hechos, que afectan el desarrollo de toda la creación. ¿Es que me tomas por un tonto, Yeshu?-

-Sé muy bien que no eres ningún tonto, y que eres el *Saboteador*. Lo que no entiendo, es tu insistencia en tratar de convencerme, porque sabes que no voy a acceder nunca. ¿Por qué te tomas tanto trabajo, en algo tan inútil *Azazel*?[32]

-Te burlas de mí, y me llamas con ese mote caprino, inicuo y despectivo, sabes muy bien que apenas me describe. Me pusieron tantos nombres, pero apenas conocen mi verdadera naturaleza en este mundo, que es tan verdadera como la tuya. Porque tú sabes, la tarea que se me ha encomendado a mí y tú tienes algo que me pertenece y que necesito para realizar y completar mi obra.

-¿Te refieres a esto?- Dijo Yeshu, mostrándole la brillante piedra.

Azazel la contempló fascinado. He aquí la llave para acceder al control supremo pensó, y mirando fijamente con sus enrojecidas pupilas a Yeshu, le
ordenó:

---

32. *Azazel*: *Nombre que los hebreos daban al demonio, también conocido en hebreo como Satán.*

-¡Entrégamelo ya y sírveme a mí y te daré un poder nunca jamás visto, entrégamelo ya Yeshu, te lo ordeno!

-¡Jamás!- respondió Yeshu- solo a Uno sirvo y solo a EL me entrego, así que lo lamento mucho porque nunca, pero nunca lo tendrás.

-Eso es lo que tú crees- le contestó Azazel desvaneciéndose.

Yeshu entonces, se internó en lo profundo del monte. Estaba por entrar en la cámara, cuando esta comenzó a inundarse, con la luz de una multitud de seres, bellísimos y luminiscentes, que se materializaban de pronto. Y formando un círculo alrededor suyo, rindieron le honores de la misma forma, en que los altos dignatarios de la corte, lo realizan con su rey.

Yeshu, cumplía estrictamente con los preceptos de la Torá y la Ley de Moisés y como todo rabino, estaba casado y había formado una familia. Su esposa *Miriam Hamigdalit*[33], ejercía una gran influencia sobre él y su prédica, al punto que algunos de sus discípulos la detestaban. Volvió Yeshu y se enteró que *Yojanán Amatbil*[34], había sido hecho preso. Decidió entonces, retirarse con su esposa y sus hijos a la Galilea, a la aldea de *Kfar Naum*, que está situada en la orilla norte del *Iam Kineret*, el Mar de la Galilea.

33. *Miriam Hamigdalit*: *Nombre hebreo de María Magdalena. Hay numerosas investigaciones, que apuntan a que podría haber sido su esposa, con la cual habría tenido descendencia.*

34. *Yojanán Amatbil*: *Nombre hebreo de Juan el Bautista.*

Allí, había hecho muchos partidarios y era respetado y admirado por muchos, debido a sus enseñanzas, ya que no hacía distinciones entre sus seguidores, por su posición social, económica o cultural.

Gustaba de caminar por la orilla del mar, para meditar sobre las enseñanzas, que había recibido de su maestro.

Su maestro al que todos llamaban, el *Amable Hillel*[35], le había enseñado con verdadero amor, todos los secretos de los antiguos, porque había percibido en él un rasgo especial de realeza, y Yeshu había hecho suya la máxima de Hillel. Le parecía estar escuchándole decir:

"NO HAGAS A LOS DEMÁS, LO QUE NO QUIERAS QUE TE HAGAN A TI "

Mientras caminaba por la costa, sus seguidores en su mayoría pescadores galileos, cuando lo vieron pasar hicieron un alto en sus tareas y acudieron para escucharlo. Ese día se acercaron a él como siempre lo solían hacer, Shimon Bar Yoná y su hermano Andreas, cuyo nombre no era hebreo, sino griego. Y esto era un signo, de la importancia que había adquirido, la influencia de la cultura griega en la zona, a tal punto que muchos judíos, abandonaban la tradición de darles a sus hijos, el nombre de sus ancestros.

35. **Hillel**: *Nombre de uno de los más famosos rabinos de esa época, que probablemente fue maestro de Jesús, ya que hay una similitud muy grande entre sus enseñanzas.*

Hasta Yeshu, había recibido un nombre griego de sus seguidores, que le llamaban *"Chrestos"*, que en griego significa *"El simple"*, por la simpleza con que impartía sus enseñanzas. Aunque Yeshu en realidad no era un hombre tan simple. Era ya un conocido y notorio rabino fariseo, cuyo liderazgo crecía, desafiando el poder de Roma.

Utilizaba astutamente en su prédica un lenguaje, aparentemente simple, pero contundente y efectivo. De tal forma, que lograba una comunicación extraordinaria con la gente, atrayéndola a su causa. Esto se evidenciaba, en que contaba también entre sus seguidores, con gente muy rica y poderosa, no solamente judíos, también romanos, griegos, fenicios, babilonios entre otros.

Les dijo, que comenzaba una nueva etapa en su obra y les preguntó, si estaban dispuestos a seguirle. Hacía tiempo, que esperaban el llamado de Rabí Yeoshua, por lo tanto no dudaron y le siguieron. Así ocurrió con otros dos hermanos, Yaacob y Yojanán ben Zabdías[36], que estaban reparando las redes, en la barca con su padre a quienes llamó.

36. ***Nombres hebreos de los apóstoles de Jesús****: 1-Shimón Bar Yoná, es Simón Pedro; 2-Andreas Bar Yoná, es Andrés(nombre griego); 3-Yaacob Ben Zabdías es Santiago el Mayor; 4-Yojanán ben Zabdías, es Juan Evangelista; 5-Natanael Cnaaní, es Bartolomé de Caná; 6-Felipe de Betsaida (nombre griego); 7-Yehuda Tau'má, es Tomás; 8-Matitiahu Leví Bar Alfeo, es Mateo; 9-Yaacob Ben Alfeo, es Santiago el Menor; 10-Yehuda ben Yaacob, es Judas Tadeo; 11-Shimon Akanaí, es Simón el Zelote; 12-Yehuda Ishkraiot, es Judas Iscariote. Yeoshua era el nombre hebreo de Jesús, que significa Salvador; también en hebreo se lo conocía como Yeshu.*

Ellos abandonaron la barca y a su padre y lo siguieron. Luego se reunieron al grupo, Felipe de Betsaida, Natanael Cnaaní, Yehuda Tau'má (en arameo: gemelo), Matitiahu Levi Bar Alfeo, Yaacob Ben Alfeo, Yehuda (Tadeo) Ben Yaacob, Shimon el Zelote y Yehuda Ishkraiot, y así Yeshu reunió a sus doce discípulos.

Luego de cierto tiempo, Yeshu fue a la región de *Cesárea de Filipo*[37], que se halla al pie del monte Hermón y que había sido restaurada por el Tetrarca Filipo, hermano de Herodes, que le puso *Cesárea* en honor a *Cesar* y *Filipo* para diferenciarla de las otras cesáreas.

Su influencia y su prédica, se habían extendido por toda la región y ahora ya tenía también poderosos enemigos, que buscaban su destrucción y algunos, estaban infiltrados en sus filas.

Era una época, de mucha turbulencia y habían muchos agitadores, pero su estilo penetrante, comenzaba a disgustar enormemente, a ciertos sectores de la sociedad de ese momento.

La sociedad judía de esa época, estaba dividida en varios grupos. Los más destacables eran los *Zadokím* (Saduceos o Partidarios de Zadok, el Kohen Gadol que ungió al Rey Salomón), que componían el partido de los sacerdotes y de los aristócratas. Controlaban el Templo y el poder político, y tejían todo tipo de alianzas, con los poderes de turno.

---

37. **Cesárea de Filipo**: *Hoy se llama Banias y está situada al norte de Israel, al pie del monte Hermón, en las alturas del Golán.*

No aceptaban la Tradición Oral, el Talmud, ni creían en la inmortalidad del alma. Su doctrina, se desprendía de la aplicación directa, de la letra de la Torá: el Pentateuco, los cinco Libros de Moisés. Por lo tanto, para los Saduceos el judaísmo, no podía existir sin el Templo.

Los *Perushím* o "apartados", eran los *Fariseos*.[38] Estaban separados de las demás sectas y también del pueblo, mantenían sin embargo con él los lazos más vivos, extrayendo de su masa a sus miembros, la élite esclarecida, depositaria del verdadero destino colectivo, de la nación judía. Entre sus miembros, se contaban la mayor parte de los seguidores de Yeshu, como José de Arimatea y Nicodemo entre otros.

Los *Kanaím o Zelotes,* "Celosos de la Fe", partido nacional religioso, eran un grupo guerrillero extremista, que se oponía violentamente a la ocupación romana. Una facción zelote, denominada *"Los Sicarios"*: los hombres daga, adoptaron una resistencia violentamente virulenta y agresiva, asesinando romanos y judíos notables. que promovían la cooperación con la autoridad de Roma.

Los *Esenios*, eran ascetas místicos que parecían estar ausentes, de los conflictos ideológicos de la época, eran santos al margen de la ciudad. Yojanán Amatbil parece que era uno de ellos.

---

38. **Fariseos**: *Cuando Jesús critica a los fariseos, en realidad lo que hace es criticar a los fariseos hipócritas, que se escudaron en la apariencia de la observancia, más que en el contenido espiritual.*

Y por último el *Sanedrín*, que era un tribunal supremo nacional, compuesto por 71 miembros y que funcionaba como un cuerpo judicial. En este contexto, se movían Yeshu y sus seguidores y él estaba interesado en saber, qué efecto había tenido el trabajo de sus discípulos al extender las redes, ya no para pescar, sino para diseminar la idea de su prédica.

Estaban sentados, reunidos alrededor del fuego y Yeshu les preguntó a sus discípulos ¿Qué opinaba la gente de él? ¿Qué pensaban de sus ideas?

Algunos, le contestaron que la gente, tenía ideas diversas y que respondían a su educación, a lo que conocían, o juzgaban deseable.

Otros, le dijeron que lo identificaban, con distintos personajes de la historia judía, como el profeta Elías, o el profeta Jeremías. Entonces, Shimon Bar Yoná se acercó y le dijo:

-Yo sé, quién eres en realidad, Rabí Yeshu- mirándole a los ojos

-¿Y quién crees que soy, Shimon?- Yeshu lo miró fijamente.

-Tu eres el *Enviado*[39] para realizar el *Tikún*[40]. Un desajuste existe en este mundo, desde el comienzo de los tiempos, y sé que si no logras tener éxito en repararlo, este mundo y todo lo que contiene, con nosotros incluido, será destruido y esto tendrá efectos nefastos, en el equilibrio de todo el universo.-

39. *Enviado*: *Sheliaj en hebreo, que significa enviado.*
40. *Tikún*: *Reparación en hebreo.*

-Así es Shimon y porqué tu sabes lo que los demás no pudieron, te entregaré la llave para atravesar los mundos, que usarás cuando ya no tenga que estar junto a ustedes-

Y hablando así, aparto se del grupo hasta una distancia, desde la cual los demás no podían ver y entonces, sacó de su alforja la brillante piedra.

Todos los discípulos, quedaron hipnotizados al ver el fulgurante cristal, brillar en la noche.

Shimón Bar Yoná contempló la extraordinaria gema, apenas pudiendo ahogar un grito de asombro en sus labios y mirando a su maestro le dijo, que jamás había visto en su vida, una joya de tal naturaleza.

-Shimon- dijo Yeshu- debes saber que esta piedra, ha sido traída por los primeros enviados, cuando ningún signo de vida, latía sobre este mundo aún. Pero no cumplieron su misión como debían, uno de ellos, se atribuyó más facultades de las que debía y saboteó la Obra del Supremo, por lo cual fue castigado, pero supo ocultarse, mimetizarse y ahora actúa libremente.-

-¿Y qué haremos para detenerlo Rabí? -Preguntó Shimón.

-Debemos conseguir la mayor cantidad de seguidores. Porque el Sagrado Templo, ya no está siendo utilizado correctamente y el poder que emana, no es suficiente para corregir la anomalía.

-Pero si conseguimos reunir las suficientes personas -les dijo observándoles- en un único sentimiento de unidad y amor, podremos tener éxito en generar un potencial, que reestablecerá el equilibrio.-

-Es muy importante además- dijo dirigiéndose a todos- que estas personas voluntariamente, sin ninguna coacción de ninguna clase y desde su interior, sientan la necesidad y el deseo de participar y formar parte del Plan.-

-¿Cómo haremos para evitar el acoso de los romanos y de nuestros enemigos internos?- preguntó Shimón -Ellos no tienen ninguna conciencia de lo que sucede, lo único que les interesa, es mantener a toda costa, su mísero poder mundanal.-

-Y nos vigilan en todo momento, hay espías por todos lados, controlan nuestros movimientos y escuchan nuestras conversaciones.-

-No te preocupes Shimon- dijo dirigiéndose al resto de sus discípulos- el *"Propósito"* y quién soy en realidad, ya les ha sido revelados a ustedes. Recuerden que es necesario, *"darle carne a los hombres y leche a los niños"*. Los que puedan comprender, comprenderán y los que no, comprenderán lo que puedan. Es inevitable, el que es ciego en su corazón, no puede ver la Luz.-

Yeshu se quedó mirando a Shimón de una forma extraña.

-Rabí ¿Por qué me miras de esa manera?- preguntó, mientras la esfera del cristal más hermoso jamás visto, comenzaba a brillar con una luz intensa.

-Porque tú serás como esta piedra, y sobre ti *Kefá*[41], edificaré mi *Kehilá*[42]-

41. **Kefá**: *Piedra en arameo.*
42. **Kehilá**: *En hebreo, comunidad.*

Y entonces, todos pudieron contemplar, en el interior de la esfera, algo como una cruz griega que aparecía flotando, sobre un bellísimo fondo dorado.

CAPÍTULO 27

Verdaderamente, no sabíamos por dónde empezar y no sabíamos, cómo el cristal nos podía guiar hasta el lugar, donde la supuesta *vara* se encontraba. Era todo un dilema y a mí me seguía pareciendo una locura.

-Aún sigues dudando de mi historia- dijo Débora- mirándome ofuscada a los ojos- si quieres quédate, lo puedo hacer yo sola- y salió de la habitación del hotel, dando un portazo.

Corrí detrás de ella hasta alcanzarla, me abrazó y me dio un beso pidiéndome disculpas. Me dijo que quizás tenía yo razón, porque ella ya no sabía distinguir, entre la ficción y lo real.

Estaba muy abatida, se sentía muy presionada por la situación y me confesó que a veces, tenía ganas de arrojar el cristal bien lejos y olvidarse de todo.

-Fede mi amor, esta situación me desborda. Ya no duermo bien de noche, nos está alterando la vida como pareja. Además: ¿Cuánto hace que no vemos a nuestros hijos?

-¡No sabes cómo extraño a Elizabeth y Fredy, nuestros niños!-

La miré con mucho amor, era una madre excelente. Elizabeth era la mayor y se encontraba en plena adolescencia. Con sus 16 años, se llevaba el mundo por delante y sin embargo Débora, sabía cómo comunicarse con ella, de una forma maravillosa.

En cambio yo, no tenía la misma paciencia, y Fredy dos años menor, me desconcertaba con sus preguntas tan

233

sarcásticas y agudas, que conseguía hacerme sentir anacrónico, desactualizado, en fin un padre antiguo fuera de onda.

Nos sentamos en una cafetería y ordenamos algo fresco para beber, porque el calor de agosto era insoportable. Nos quedamos esperando, tomados de la mano, mirándonos como recién enamorados.

Consulté la hora en mi reloj y murmuré que ya faltaba poco.

-¿Falta poco para qué?- Me preguntó Débora.

-¿Qué pasó con tus dotes telepáticas, mi amor?- Le contesté en tono de broma.

-Fede por favor, no estoy de ánimo para ese tipo de bromas...

Sus quejas de pronto, se interrumpieron y en su rostro, apareció una ancha sonrisa de alegría. Se levantó como un resorte y corrió a la puerta.

Allí hacían su entrada precisamente, Elizabeth y Fredy. El encuentro fue muy emotivo, la familia estaba reunida nuevamente y la felicidad se adueñaba de nosotros.

-¡Qué hermosa sorpresa Fede! Eres único mi amor, no sabes cuánto te lo agradezco- me dijo, mientras todo nos abrazábamos efusivamente.

Luego de un largo rato, me preguntó que íbamos a hacer con la búsqueda.

-Nos merecemos una verdaderas vacaciones familiares ¿No te parece Débora? Aprovechemos que los chicos están con vacaciones en sus estudios y disfrutemos un tiempo en familia, ¿Si es que no te opones?- Le pregunté.

234

-Mi amor, ahora sé porque estoy tan enamorada de ti- y me cerró la boca de un beso, dejándome como siempre sin aliento.

A partir de aquel día, Débora volvió a ser la misma de siempre. Estaba muy feliz, de que estuviéramos todos juntos y para los chicos era toda una novedad, ya que era la primera vez que venían a Israel.

Fuimos a recorrer el pequeño país y comenzamos en Jerusalén, que es una de las ciudades más antiguas del mundo. Habitada por los *Jebuseos*, hasta que según la leyenda, 1.300 años A.E.C. llegaron las tribus hebreas y la ciudad fue conquistada por el *rey David*, alrededor del 1.004 A.E.C. convirtiéndola en su capital, después de unificar a todas las tribus en una sola nación.

La leyenda cuenta, que sus muros eran inexpugnables y no había forma de penetrar tal fortaleza. Pero el ingenio de los hebreos pudo más, porque los pozos de agua de la ciudad, eran alimentados por un río subterráneo que penetraba Jerusalén. Por allí entraron los hebreos y sorprendieron a los *jebuseos*, conquistando la ciudad. Pero el *rey David*, les perdonó la vida y se integraron al Pueblo Hebreo.

Como todas la ciudades antiguas, Jerusalén está construida sobre colinas. Una de las colinas más importante es el *Monte Sion*, donde se encuentra el barrio judío y la otra el *Monte Moriá*, donde según la tradición, está la roca donde Abraham iba a sacrificar a su hijo Isaac, en holocausto a Dios.

Ese lugar fue elegido también, por el rey David para emplazar el primer Templo, porque era fácil de defender ante cualquier ataque, ya que siempre las miradas se dirigían hacia esa dirección, en cada ocasión de rezo.

Cuando fue la expansión del Islam, el califa Omar conquistó estas tierras y ordenó adquirir para el Islam esos lugares, donde estaba el Templo de Jerusalén. Y ordenó construir allí dos santuarios, uno la mezquita de *Al-Aqsa* con una cúpula de plata y el otro el *Domo de la Roca*, donde se encontraba el *Sancta Sanctórum*, el lugar más sagrado del *Templo de Salomón*.

Según una leyenda del Islam, *Mahoma* habría sido arrebatado, como en un sueño nocturno y habría cabalgado en el *"buraq"*, un caballo alado, hacia Jerusalén.

Una vez allí, habría descendido en donde hoy se encuentra, la mezquita de *Al-Aqsa*. Allí el *"buraq"* bebió y pastó, para luego levantar vuelo con *Mahoma* montado sobre él. Al hacerlo, el *"buraq"* pateó con uno de sus cascos, el *Muro Occidental del Templo*. Los musulmanes aducen que por esta razón, no destruyeron el lugar más sagrado de los judíos. Luego ya sobre el *Domo de la Roca*, Mahoma habría ascendido a los cielos.

La cúpula está recubierta por laminillas de oro. Los musulmanes, intentaron *"activar"* para el Islam la energía que emana del *"Sancta Sanctórum"*, que se encontraría justo debajo, pero no tuvieron éxito. Para los musulmanes allí está la piedra original donde se creó el mundo.

Recorrimos los sitios sagrados de las tres grandes religiones monoteístas, en la ciudad vieja, donde cada paso estaba cargado de historia. Subimos al *Monte de los Olivos*, donde está la *Iglesia de la Ascensión* que marcaría el lugar, según la tradición cristiana, donde *Jesús* ascendió a los cielos.

Transitamos *"El Calvario"*, donde en cada parada hay una capilla, que concluye en la *"Iglesia de La Crucifixión"* y en la *"Iglesia del Santo Sepulcro"*. Allí debimos realizar una larga cola, para entrar unos segundos en el Santo Sepulcro.

Luego fuimos al *Muro Occidental*, único resto del segundo Templo de Jerusalén para el judaísmo, que es llamado vulgarmente *"Muro de los Lamentos"*. Es algo extraño reflexioné, pero los judíos son una de las pocas culturas, que tienen como lugar más sagrado, una ruina.

Débora y los niños, como todos los judíos, cumplieron con el rito de rezar, ante el vestigio más sagrado de su credo y les acompañe como uno más.

Entre las hendijas repletas de papelitos, pusimos cada uno el tradicional mensaje escrito, que ubicamos cuidadosamente entre las piedras del muro.

Finalmente salimos, hacia la parte moderna de Jerusalén.

El contraste era enorme, porque era otra ciudad. Paseamos por la moderna y céntrica calle peatonal : *Ben Yehuda*, denominada así en honor al fundador del hebreo moderno: *Eliezer ben Yehuda*. Allí, uno puede encontrar, tiendas de indumentaria de las mejores marcas, del mundo y restaurantes, bares y pubs, con todos los estilos de comida, bebidas y entremeses, de cualquier parte del planeta.

Llevé a mi familia, a una clásica parrillada argentina, para que probaran el famoso plato argentino: *"Asado criollo con chorizos"*. Que consiste en carne asada en un estilo especial, que solo los uruguayos y los argentinos saben hacer, y que se debe comer con una salsa argentina típica: el *"chimichurri"*. Todo acompañado con un buen vino *"malbec"* argentino, considerado el mejor del mundo. Lo interesante es que todo era *"Kosher"*.

Al día siguiente fuimos a la Galilea y paseamos por el *"Iam Kineret"*, el Mar de la Galilea.

Seguimos luego hacia el Mar Muerto, que en Israel lo llaman *"Iam Hamelaj"* (Mar Salado), porque la concentración salina de sus aguas es tal, que no es posible la vida marina.

Flotábamos como corchos, sobre sus aguas sin poder hundirnos, a pesar de nuestros esfuerzos y además, es el punto más bajo del mundo.

Estuvimos en las tiendas de los beduinos, que quisieron comprar a mi hija y a mi mujer por un par de camellos, pero me ofrecieron menos de lo que pensaba y no llegamos a un acuerdo. Mientras mi mujer y mi hija, juraban en medio de las risas tomar venganza por la humillación, los beduinos sonreían, acostumbrados a esto, que era un rito para ellos.

En Tel Aviv, nos encontramos con una ciudad modernísima, con grandes torres de cristal y bulevares llenos de verde y turistas, de todos los rincones del mundo. Pero el broche de oro, fueron las playas, con sus bares frente al mediterráneo.

La ciudad, da mucho para contar y además ofrece gran cantidad y diversidad de actividades culturales. Entre muchos lugares, se destaca el super moderno *Complejo Cultural "Habima"*.

Y los paseos, caminamos el viernes por la mañana, por la atestada y bulliciosa calle *Sheinkin*, que confluye con la *Avenida King George* y la *Avenida Allenby*, en la *plaza Maguen David*.

Allí está situado, en pleno corazón de Tel Aviv, el popular *"Shuk HaCarmel"*, un mercado muy famoso y peculiar en estilo bien oriental y al lado, *"Nahalat Biniamín"*, una calle donde los artistas exponen sus hermosas artesanías.

Luego tomamos un vuelo hacia el extremo sur, donde se encuentra Eilat, un centro turístico internacional sorprendente, y nos pudimos bañar en la míticas aguas del Mar Rojo, un tanto frías para mi gusto.

Pero los chicos y Débora querían ir a El Cairo, para encontrarse con las famosas pirámides, esos inmensos y colosales monumentos de piedra, que desafiaron al tiempo por milenios.

Yo quería más bien, hacer una excursión desde *Abu Simbel*, monumento construido por *Ramses II* en el siglo XIII A.E.C., celebrando la victoria sobre los *Hititas* y que además, tenía la particularidad de haber sido trasladado hacia una colina artificial, en un emprendimiento internacional en 1968.

Esto se hizo, para evitar que esas reliquias históricas, quedaran sumergidos bajo el agua, tras la construcción de la represa de *Asuán*.

Pero a pesar de mi insistencia, mi idea no tuvo éxito. Además Débora argumentó, que el viaje atravesando Egipto en una *Land Rover*, iba a dejarnos exhaustos, aunque no tanto a los chicos.

Finalmente, la fascinación de la pirámides, se impuso y de Eilat, tomamos un vuelo directo a El Cairo. Una vez allí, alquilamos un auto todo terreno, de 7 asientos. Contratamos un guía y un custodio armado egipcio, para que nos sirvieran, uno como guardaespaldas y el otro como conductor experto hacia lugares, fuera de un itinerario turístico regular y rutinario.

CAPÍTULO 28

Yehuda Ishkraiot, había observado atentamente la escena, cuando su maestro les reveló quién era y prometió entregarle a Shimon, ahora *Kefá*, lo que simbólicamente denominó *"Llave del Reino de los Cielos"*.

Yehuda amaba profundamente a su maestro y era capaz de dar su vida por él. Pero sabía que no era necesario, porque como todos en el grupo, había comprobado que Yeshu tenía un poder del cuál hacía uso, solo en ciertas ocasiones, cuando él consideraba necesario y que por lo tanto actuaba según un *"Plan"* del cual todos solo conocían fragmentos, en piezas de un rompecabezas, que no llegaban a encajar completamente en sus mentes.

Por lo tanto, los unía además del amor, la fe en su maestro. Porque la mayor parte de las veces, no alcanzaban a comprender algunas, de sus misteriosas y contradictorias actitudes, como su postura política, a veces declaradamente belicosa y otras deliberadamente pasiva, tolerante y demasiado abierta.

Esa actitud, había traído a sus filas gentes de toda clase, desde prostitutas, ladrones, herejes, asesinos, hasta fariseos ricos e ilustres, altos dignatarios del clero, importantes funcionarios cercanos a Herodes y como si fuera poco, su influencia se había extendido atrayendo también seguidores no judíos, entre los dignatarios y militares romanos, sin contar a los ricos mercaderes fenicios y babilonios y a los griegos, que veían en su ideología, una grandeza solo comparable con la de Alejandro el Grande.

El mismo, se sorprendía de estar entre sus discípulos preferidos, porque como la mayoría de ellos odiaba y detestaba la ocupación romana. El celo que tenía por su fe lo había llevado antes de conocer a Yeshu, a enrolarse con el Partido Nacional de los Zelotes, y se había convertido en un guerrillero *"sicario"*.

Esos extremistas, que silenciosamente en la noche, llevaban a cabo sus atentados, emboscando a sus objetivos, romanos o traidores judíos, degollándoles con sus pequeñas, pero muy afiladas dagas curvas, llamadas por los romanos *"sica"*.

Eran asesinos fríos y premeditados, sin ninguna piedad, porque su causa les absolvía de toda culpa o remordimiento y su tarea los ennoblecía. Ya que se consideraban instrumento de la voluntad divina, y se veían a sí mismos como, ángeles exterminadores, y con una guía infalible, que los conduciría a la liberación del invasor, impío e idólatra, que mancillaba la santa tierra de sus ancestros.

Desde aquél día, fue conocido como Yehuda Hasicarii, (Judá el Sicario), pero cuando conoció a Rabí Yeoshua ben Yoseph, todo cambió para él, su vida sufrió una transformación profunda, porque él le dio un sentido completamente nuevo.

Se arrepintió de su vida anterior y entonces Yeshu a partir de aquél día, le llamó: Ish-kraiot (Iscariote) que significa, *"hombre de las ciudades"* y allí le mando a predicar su mensaje.

Toda la energía que había puesto en destruir la carne de los enemigos, ahora la dirigía para conquistar sus almas envilecidas, por las cosas del mundo. Su maestro le enseñó que si le pegaban en la mejilla, que pusiera también la otra.

Al principio este aspecto de su doctrina, le pareció absurdo y fruto de una debilidad y falta de total convicción en la causa, que conduciría a una rendición incondicional a Roma y a su dominio.

Pero luego, comprendió que la respuesta que su maestro le mostraba era muy poderosa, mucho más de lo que había imaginado, porque el hecho de no responder a la violencia con más violencia, le llevó a conocerse a sí mismo, de una forma que nunca había experimentado antes.

Así pudo ver dentro de sí, actuar a los oscuros demonios que conducen a la humanidad ciega y autómata, en un ciclo interminable de guerras y destrucción, y a sentir un maravilloso poder que trascendía este mundo.

De pronto, los hombres aparecían ante sus ojos como marionetas llevados por sus pasiones, por sus deseos, sus ambiciones, creyendo en su ilusión que eran dueños de su destino y que manejaban sus vidas. Cuando en realidad, cada uno actuaba de acuerdo a su naturaleza sin poder impedirlo, pobres ilusos, estaban tan ciegos que no podían siquiera vislumbrar su situación real en el mundo.

Y ahora, debía encontrarse en secreto con Rabí Yeoshua a expreso pedido de él, porque le dijo que necesitaba de su ayuda. Yehuda pensó, *"¿para qué su maestro podría necesitarlo a él?* "No obstante acudió rápidamente al encuentro.

Yeshu al verlo, le dio un abrazo y le pidió que se sentara.

-Yehuda- le dijo- no falta mucho para *"Pesaj"*[43] y para que vayamos a reunirnos en Jerusalén.

Pero antes te he elegido a ti de entre todos, para una delicada misión- dijo misteriosamente Yeshu-

-Dime Rabí, que es lo que necesitas, yo complaceré con gusto tu pedido.-

Mirándole muy fijamente a los ojos, Yeshu sin más preámbulos le dijo:

-Yehuda Ishkraiot, necesito que me traiciones-

El semblante de Yehuda Ishkraiot cambió repentinamente de expresión y su color ahora se había tornado pálido y trémulo. Porque el inconcebible pedido de su maestro, lo había trastocado y turbado en grande.

-¿Rabí, porqué me pides esto, porqué debo traicionarte, no entiendo?-

-Yehuda, el *"Saboteador"* está a punto de tener éxito, está a punto de hacer fracasar mi misión y tú eres el único capaz, por tu temple y experiencia, para poder llevar a cabo lo que te pido y sé que los convencerás.-

-Rabí Yeshu ¿Te das cuenta de lo que me pides? Quieres que yo te abra el camino a la muerte, porque eso es lo que va a suceder y me pides a mí, justo a mí que estoy dispuesto a morir ya mismo por ti. Porque ya nada me importa en el mundo desde que te conocí, y quieres nada más que te ponga en las manos de tus enemigos-

43. **Pesaj**: *Nombre de la Pascua judía.*

Las lágrimas caían de los ojos, de quién había sido un fiero asesino -no Rabí, no lo puedo hacer, no puedo entregarte, pídeme cualquier otra cosa, pero no esto, por favor- suplicó besándole las manos.

-¿Prefieres entonces que fracase, porque tu amor egoísta te impide realizar la tarea que te asigno? ¡No has aprendido nada Yehuda Ishkraiot, todos somos instrumento!

-¿O acaso consideras que es demasiado innoble para ti y temes por tu reputación?- Le fustigó duramente Yeshu

-¿Qué dices Rabí? Si tú estás dispuesto a dar tu vida, perder mi honor es nada en comparación a tu sacrificio. Perdona mi debilidad maestro, dime por favor que es lo que debo hacer- respondió parándose erguido, ya repuesto.

Yeshu le reveló entonces que el *"Saboteador"*, quiere apoderarse de la piedra, porque su objetivo es cambiar el destino de este mundo. Generando confusión, llevará entonces a la humanidad a un nivel evolutivo muy bajo, logrando así que el hombre funcione a un nivel tan inferior, casi animal que provocará un descenso y retroceso tal, que romperá el equilibrio del universo, y le permitirá adquirir más poder.

-El problema para el *"Saboteador"* - le dijo- radica en que la única forma en que podría obtener un éxito duradero y no momentáneo, como ya ha sucedido en varias ocasiones, es si logra apoderarse de la piedra-

Para lograr este propósito, el *"Saboteador"* había conseguido aliados entre los Zadokim y entre algunos Fariseos ávidos de poder, que conocían la existencia de la piedra, y que habían creído estaba en poder de Yojanán.

-Tú sabes que este cristal le fue entregado a los primeros enviados, pero uno de ellos hizo un mal uso de él para sabotear el Plan del Supremo, este hecho generó la *anomalía*. Como castigo se le prohibió el uso de este instrumento, pero él aprovechó la confusión desatada y supo encubrir astutamente su verdadera identidad, y de esta forma actuando en la oscuridad, sabotea desde el comienzo el proceso evolutivo de este mundo.

-Adán y Eva- prosiguió Yeshu- quienes serían el prototipo de la pareja perfecta, fueron seducidos a desviarse del Plan. Una vez contaminada la humanidad, fue necesario periódicamente el envío de guías o maestros para corregir y mantener el rumbo.

-Según la tradición- continuó Yeshu- *Raziel*[44] entregó después la piedra a Adán y Eva, luego la recibió *Enoch*[45], en sucesión paso a manos de *Noé*, y más tarde entró en Egipto a través de *Yaacob*, hasta llegar a *Salomón* y desde allí se perdió su rastro, porque fue celosamente guardada en secreto por los antecesores de los *Esenios*.

-Y los *Esenios* se la entregaron a Yojanán conocido como el Bautista.

44. **Raziel**: *En hebreo, "El secreto de Dios". Es el ángel que guarda todos los secretos celestiales.*

45. **Enoch**: *En hebreo, "Mortal, Humano". Es el séptimo descendiente de Adán y Eva, quien según la leyenda tradicional fue convertido por Dios en el ángel "Metatrón". Es asimilado a Hermes Trismegisto por los griegos y a Idries por los musulmanes.*

-Herodes Antipas[46] fue advertido entonces de que Yojanán era poseedor del cristal. y ordenó apresarlo, usando como excusa las duras críticas del Bautista contra él, censurando su matrimonio. Pero a pesar de todas las torturas y castigos, no pudieron sacarle a Yojanán una palabra sobre la piedra. Y entonces ordenó su ejecución y ahora están detrás de mí, porque saben gracias al *"Saboteador"*, que la piedra está en mi poder- concluyó Yeshu.

-Mi maestro, perdóname pero no logro entender la relación, entre lo que me revelas y tu pedido, para que te entregue a manos de tus enemigos.-

-Yehuda, lo que te pido es que les confirmes, que la piedra está en mi poder y que es posible que puedan obtenerla, voluntariamente de mi parte.-

-Pero Rabí, la mayoría no forma parte de la confabulación y muchos te respetan y hasta te siguen ¿Cómo voy a poder convencerlos a todos contra ti, que argumento puede llegar a persuadirlos?-

-Les dirás que me he proclamado el Mesías, por lo tanto soy el Rey de Israel y enemigo del poder de Roma.-

-Esto es un secreto a voces, ya muchos lo saben y esperan que se cumpla y que los liberes de Roma y que llegue el momento esperado de la redención. Seguramente te van a apoyar hasta con sus vidas y estallará una rebelión en toda Judea cuando te apresen.-

46. *Herodes Antipas: (21 AC- 39 DC), Tetrarca de Galilea y de Perea, hijo de Herodes el Grande.*

-Yehuda, tú sabes que no he venido para eso, conoces mi verdadero propósito. Así que irás a ellos y les dirás que yo declaro ser el: *"Hijo del Dios Viviente"*, y les dirás que soy: *"Dios mismo hecho carne a través de Su Hijo"*.-

-¡Rabí, lo que dices es una herejía! ¿Cómo pretendes que yo esparza entre ellos esta blasfemia? Pensarán que has enloquecido irremediablemente y todos te darán la espalda. Porque nadie aceptará esto que dices, y sabes bien que si rigiera la Ley de Israel y no la de Roma, serías condenado a morir lapidado. ¿Qué es lo que te propones, que te crucifiquen los romanos?-

-Es justamente lo que deseo, les doy motivo para que me apresen y para que me puedan condenar a muerte.

-De esta manera no solo el *"Saboteador"* no logrará su objetivo, sino que por el contrario, el sacrificio de mi vida producirá un impacto espiritual de tal magnitud, que generará una concentración energética, que se propagará como una onda expansiva de muy altísimo poder y desbloqueará la *anomalía*, reparándola por un tiempo.-

-Rabí ¿Partirás de este mundo de esta forma tan cruel?-

-Yehuda, tres días después de mi muerte volveré, porque la piedra tiene poderes curativos increíbles y me restituirá, luego partiré definitivamente; pero hay algo que debes saber ahora Yehuda Ishkraiot...-

-Por favor maestro dime- le miró expectante Yehuda.

-Cuando regrese no estarás en este mundo, habrás muerto por *"suicidio"* y dirán que fue al no soportar la culpa de traicionar a tu maestro. Pero en realidad te matarán por haberles engañado y lo encubrirán de esa manera.-

248

Pero... hay algo peor Yehuda, que debes saber también...-

Yehuda Ishkraiot, estaba preparado para lo peor, él había sido un feroz combatiente guerrillero, así que como un guerrero pronto para la lucha, dirigió su mirada sin un parpadeo de temor a los ojos de Yeshu esperando.

-Yehuda Ishkraiot, debes saber que te odiaran por generaciones, que tu nombre será aborrecido y maldito en este mundo y que será símbolo de la peor traición. Hasta que un día remoto, se sabrá quién fuiste en realidad y cuál fue tu sacrificio.

Pero permitirá que la Verdad que fue revelada en el Sinaí, se expanda y llegue así a otros pueblos, a otras naciones, como otras religiones y en otras formas muy variadas, que influirán en la conciencia de la humanidad y permitirá que el Plan del Supremo continúe y se desarrolle más y más, a pesar de todos los intentos en contra del Saboteador-

Yehuda miró a su maestro con devoción y le dijo:

-Rabí Yeshu yo creo en ti, y mi vida y mi honor no son nada si logro alcanzar la gloria eterna a tu lado-

Yehuda Ishkraiot y Yeshu se abrazaron emotivamente, y un largo rato estuvieron así. Luego Yeshu le dijo:

-Anda, date prisa y ve a realizar la tarea que te he encomendado.-

CAPÍTULO 29

Débora, los chicos y yo ya estábamos en el valle de Guiza, acompañados por el guía y el custodio egipcios. Mirábamos fascinados la imponencia de las tres principales pirámides, Keops, Kefrén y Mikerinos y más allá la misteriosa Esfinge.

La más grande de las tres pirámides, corresponde al faraón Keops, que tiene 146 metros de alto, con una base de 230 metros por lado, y como hecho destacable, cabe agregar que en su cuadratura se cometieron apenas errores milimétricos, toda una hazaña de precisión de ingeniería geométrica.

Se utilizaron para construirla, dos millones de gigantescos bloques de piedra, con un peso aproximado de seis millones de toneladas, una obra titánica que se cree fue realizada hace cuatro mil quinientos años. Hasta hoy su fecha y los métodos empleados para construirla, están envueltos en el misterio.

A mí me pareció siempre absurdo y carente de sentido común, el concepto de que eran simples tumbas, moles de esa característica, construidas solo con el afán de satisfacer el ego de un hombre, que pretendía pervivir como un dios inmortal, a través de un monumento funerario de esa naturaleza.

Tenía que haber algo más, pero rozaba la ciencia ficción, a pesar de todas la pruebas y excavaciones, algunas hasta dirigidas por el propio Zahi Hawass, uno de los más célebres egiptólogos del mundo.

Y de la realización de exploraciones internas, recorriendo los estrechos pasadizos, utilizando en varios casos mini robots, de alta tecnología dotados de cámaras.

Y a pesar de contar con el patrocinio de universidades como la de Manchester, Hong Kong y Singapur, nunca se había podido encontrar nada concluyente.

Lo más significativo, fue el hallazgo cerca de las pirámides, de un sarcófago con un esqueleto, de 2500 años de antigüedad.

Además, en numerosas oportunidades, las propias autoridades egipcias interrumpieron las investigaciones, en momentos claves de las mismas, como para intentar impedir resolver el misterio.

Se tejieron también muchas hipótesis, algunas con fundamento científico que resultaban interesantes, por las pruebas que aportaban para soportar dichas hipótesis, fruto de investigaciones en la estructuración de las pirámides.

Entre ellas sobresalen, la de *Robert Bauval*[47], que informaba sobre la teoría de *Correlación de Orión* y la *pirámide de Keops*. *Bauval* descubre en la *pirámide de Keops*, que el Canal Sur de la denominada *"Cámara de la Reina"*, está orientado hacia la estrella *Sirio*.

Bauval además, encuentra características similares notables, entre las tres estrellas del *Cinturón de Orión* (*Zeta, Épsilon* y *Delta Orionis*), con las tres pirámides, demostrando que existe una conexión estelar y astronómica.

---

47. ***Robert Bauval****: Escritor y egiptólogo, coautor junto a Adrián Gilbert y Graham Hancock de "El Misterio de Orión" y "Guardián del Génesis" respectivamente, y autor del libro "La Cámara Secreta".*

Su sorprendente hipótesis, no carente de fundamento, es que las tres pirámides, imitan exactamente a las tres estrellas citadas.

Y los *Dres. Virginia Trimble*[48] y *Alexander Badawi*[49], demuestran que el Canal Sur de la denominada *"Cámara del Rey"*, está orientado hacia el *Cinturón de Orión…*

-¿Fede, que te parece si vamos a ver de cerca la *pirámide de Keops*?-

-Si papá, vamos apúrate- me apuraron los chicos, mientras yo tomaba fotos y filmaba todo con la cámara digital.

-¿Sabían- nos preguntó Débora- que la gran pirámide, tenía en su cúspide una estructura que la coronaba?-

-¿De veras mamá, y cómo era, que forma tenía?- Preguntó Elizabeth.

-Era como un cono o pirámide y toda la pirámide era como su soporte-

-¿Y para que servía, porque ponían eso?- Preguntó ahora Fredy

-Hay muchas teorías, los egiptólogos opinan que el *"Piramidión"*, así es como lo llaman, era un objeto ritual. En el museo de El Cairo, hay uno que perteneció al faraón *Amenemhat lll*, que vivió 1800 años antes de nuestra era.-

48. **Virginia Trimble**: *Astrónoma especializada en la estructura y evolución de las estrellas y galaxias y en la Historia de la Astronomía.*

49. **Alexander Badawi**: *Egiptólogo egipcio. Fue profesor emérito de la UCLA y cuando se retiró, fundó una cátedra en la prestigiosa Universidad Johns Hopkins en 1985.*

Fue el sexto faraón de la Xll dinastía del Imperio Medio, se lo conocía también con el nombre de *Nymaatra* y su reinado fue excelente.

-¿Y que decía en el *Piramidión*?- Pregunté yo intrigado

-Decía en escritura jeroglífica, que era la escritura de los antiguos egipcios, que el espíritu del faraón ascendía hacia *Orión*, pero la descripción que hace del espíritu se parece mucho a la descripción de un vehículo estelar-

-¿A una nave, mamá?- Preguntó Fredy

-Podría ser, además el ritual funerario era muy complejo y duraba 273 días, justo 9 meses, que es el tiempo del embarazo. Así que los egipcios creían que el faraón nacía otra vez-

-O también puede ser, una metáfora del tiempo que tardaban en llegar sus naves, a *Orión*- replicó triunfante Elizabeth.

-A mí se me ocurre, que el famoso *Piramidión* era una especie de antena- dije -como un faro que guiaba a las naves, y toda la pirámide funcionaba como una máquina. La forma, la orientación según los puntos cardinales, y la ubicación de la Cámara del Faraón, formaban un sistema para acumular una energía, que quizás servía para conectar al planeta, con otros mundos. Y se han hecho experimentos científicos con lo de la energía, y con resultados concretos-

No pude con mi ego, de poner mi cuota sensacional, me reproche a mí mismo. Débora, se quedó mirando cómo había atrapado, la atención de los chicos y como me acosaban a preguntas, a pesar de que ella, era una experta en el tema.

Le guiñé un ojo, porqué estaba furiosa y en lugar de calmarse, me sacó la cámara y se puso a fotografiarme, desde ángulos extraños, para hacerme sentir ridículo.

Así estábamos jugando, cuando de improviso se detuvo de una frenada al lado nuestro, chirriando sus neumáticos sobre el suelo, una furgoneta negra cerrada y cuatro hombres, encapuchados y armados, descendieron velozmente y nos apuntaron con sus armas automáticas.

El custodio egipcio sacó su arma y no llegó siquiera a apuntar, porque de varios certeros balazos en la cabeza, los asesinos le fulminaron implacablemente. Su cuerpo inerte, se desplomó desparramando masa encefálica en su caída, ante la mirada horrorizada de los turistas, que huían chillando despavoridos.

Nuestro guía escapó aullando y no llegó muy lejos, porque de un disparo certero cayó muerto. Ante la sorpresa sin pensarlo un segundo, acudí a mi entrenamiento en *"Krav Magá"*, mientras Débora con los chicos corrían hacia nuestro vehículo.

Al primero, le asesté un fuerte golpe de canto con mi mano derecha en la tráquea, quien se quedó sin aliento. Y girando velozmente, al segundo le asesté una violenta patada en la cara, rompiéndole la nariz.

El tercero, corría a los tiros detrás de Débora y los niños. Y el cuarto, me atacó disparándome con su ametralladora, mientras todavía sujetaba al segundo.

Rápidamente, lo puse delante de mí y lo usé de escudo, recibiendo el infeliz toda la metralla en su cuerpo.

Sin pestañear siquiera, saqué la pistola de la cartuchera del cuerpo, ya inerte y vacié el cargador sobre mi atacante, que cayó sin vida por los múltiples impactos.

Me di vuelta y corrí hacia Débora y los chicos, que todavía eran perseguidos por el misterioso atacante. Comprendí que los querían con vida, porque corrían a campo descubierto y el agresor disparaba al aire. Sin pensarlo, lo derribé de una ráfaga con la metralleta que había atrapado y cayó inerte.

Débora había subido a los niños al auto. estaba encendiendo el motor y yo me encontraba ya a pocos pasos. De pronto, se cruzan en el camino dos furgonetas más, idénticas a la anterior, una le cierra el paso a Débora y la otra se detiene frente a mí.

Un grupo indeterminado de encapuchados armados, sale de ellas, me había quedado sin munición, y me rodean. Al primero que se acerca, le tomo la mano derecha y mientras grita por el dolor, le rompo los dedos, de pronto siento un fuerte golpe en la cabeza y caigo inconsciente.

Cuando recupero el conocimiento, siento un fuerte dolor en la nuca por el golpe, supuestamente un culatazo y veo que estamos maniatados de manos y pies y amordazados, dentro de una furgoneta cerrada, que se dirige hacia un destino desconocido.

Dos encapuchados nos custodian, uno de ellos se acerca a mí, al ver que recuperé el conocimiento. Era al que le rompí los dedos de una mano y con un fuerte acento árabe, me dice en inglés:

-¿Recuperaste ya el conocimiento? Veremos ahora, si podrás mantenerte por mucho tiempo más así. Comenzaré con tu mano derecha y luego mi compañero te degollará, mientras violamos a tu mujer, delante de tus hijos- dijo riendo.

Mientras Débora y los chicos se retorcían dentro de sus ligaduras y gemían amordazados, el individuo apoyó mi mano derecha en un objeto sólido y con un hacha, se aprestó a cercenarme los dedos de un golpe.

Repentinamente, todos fuimos arrojados hacia adelante, el vehículo había chocado violentamente con algo. Los secuestradores habían perdido el equilibrio, pero el del hacha se levantó y vino directo a asestarme un golpe mortal.

Estirando mis piernas con toda mi fuerza, lo lancé contra un travesaño y se fracturó la cabeza. Pero el otro, logró golpearme y como pude me defendí.

En ese momento comienza un tiroteo, algunos proyectiles impactan en el secuestrador y siento que impactan en el vehículo, que está con la puerta corrediza abierta.

Me desespero por sacarme las ligaduras, pensando en Débora y los chicos, hasta que unos desconocidos nos desatan y gritan en inglés que salgamos rápido del vehículo y nos conducen velozmente a otro. En el trayecto veo el cuerpo del conductor sin vida con un arma en una mano.

Cuando entro al automóvil de nuestros salvadores, veo a los niños y a Débora dentro estremecidos, pero bien, y sentí alivio. Nos alejamos rápidamente de la escena, pero una violenta explosión nos hace girar la cabeza y observamos desde la luneta trasera del automóvil, como el vehículo de nuestros secuestradores, es devorado por las llamas.

Nuestros liberadores, nos condujeron a una hermosa residencia, ubicada en una isla llamada *Gezira* en pleno corazón de El Cairo, en el suntuoso barrio de *Zamalek*, cerca del *Hotel Marriot*.

Estábamos sorprendidos por el lujo, nos hicieron pasar a un salón finamente decorado, con una mezcla de estilo oriental y europeo clásico, parecía el palacio de un príncipe.

Una puerta de pronto se abrió y apareció un árabe de edad madura, muy elegantemente vestido, acompañado de otros dos pero más jóvenes, que se dedicaron suavemente a solicitarnos en inglés, que nos pusiéramos cómodos.

-Por favor, tomen asiento- nos dijo, nuestro extraño anfitrión, en perfecto inglés británico- disculpen la forma brusca de mis sirvientes, en traerlos aquí-

Mientras hablaba, nos trajeron bandejas con exóticos manjares y bebidas, que dispusieron en una mesa exquisitamente preparada para nosotros.

El susto ya se nos había pasado y la sonrisa afable de nuestro anfitrión, nos ayudó a bajar la tensión que nos provocó el brutal incidente.

Los niños, nos miraban como pidiendo permiso, para comer o tomar algo. Pero concretamente estábamos allí contra nuestra voluntad, así que lo primero que atiné a decir fue:

-Mi amigo, usted parece ser muy amable, pero lamentablemente no sabemos ante quién estamos y porque razón nos ayudó trayéndonos ante usted, con el uso de la fuerza y de métodos violentos.-

-Puedo entender vuestra desconfianza, pero si no hubiéramos actuado de esta forma, nos habría resultado muy difícil liberarlos- me respondió enigmáticamente

-Disculpe, pero me resulta a mí, muy difícil creer lo que usted dice- dijo Débora

-Los estamos vigilando desde que entraron a Egipto señora-

-¿Qué dice gran bastardo?¿Que nos vienen espiando?- Salté del mullido sofá totalmente exaltado, y tomé al delgado y frágil sujeto por el cuello.

-¡Tranquilo Federico! Vamos a aclarar todo ya- Esa voz que escuché a mis espaldas, me resultaba muy familiar y me di vuelta enseguida, para poder ver si era quien yo pensaba.

CAPÍTULO 30

Sí efectivamente se trataba de la persona, su voz ya nos era inconfundible.

-¡Profesor Liberman, que sorpresa nos da!- exclamó Débora asombrada

-Profesor, por favor explíquenos que está sucediendo- supliqué mientras nos estrechábamos en un abrazo.

-Mis queridos amigos antes que nada, quiero presentarles a mi gran amigo: el Dr. Abdel Alí Al Hadi, que además de ser un prestigioso artista, historiador y egiptólogo, es un gran *Maestro Sufi* de la *"Orden Naqshbandi"*, una de las órdenes sufis más grandes del Islam, conocida también como la *Orden de los Pintores*.

-Fue él- continuó el profesor- quién me llamó, pidiendo que viniera de inmediato a El Cairo, cuando se enteró que ustedes estaban aquí, en el valle de Guiza y parece que llegué justo a tiempo, por lo que veo-

Me sentí muy mal al escuchar al profesor, y le pedí sinceras disculpas a nuestro anfitrión, quien sonriendo humildemente, me pidió por favor que olvidara el incidente.

Los chicos, sin más trámites, atacaron los manjares en la mesa y luego se fueron al salón contiguo, donde nuestro anfitrión, tenía una colección de videos de todo género y allí se quedaron, entretenidos explorando la colección.

-Los estábamos vigilando- continuó Liberman- pero ese ataque no lo esperábamos. Fue gracias a una misteriosa llamada anónima, que nos alertó del peligro que corrían, que pudimos actuar tan rápido para rescatarlos y traerlos aquí secretamente, logrando que ustedes se esfumaran de Egipto. Porque vuestros secuestradores, les estaban siguiendo muy de cerca los pasos y son mercenarios de la poderosa organización siniestra, SO-

-Realmente, no nos percatamos de nada de lo que cuenta profesor. Por favor prosiga, porque queremos saber de qué se trata- Débora asintió conmigo.

-Bien, deben saber que son muy astutos y no pertenecen a ningún gobierno, en particular. Pero están infiltrados, en todo el mundo y poseen una vasta red de conexiones y ramificaciones.

Se ocultan bajo todo tipo de fachadas legales, como ser: políticas, comerciales, económicas, industriales, científicas, culturales, en fin en todo lo que se pueda imaginar. Y según nuestras investigaciones, esta sociedad es muy antigua y se habría corporizado, de acuerdo a nuestros registros, en la antigua Persia dos mil años A.E.C.-

-Hubo un grupo en la época de Zoroastro, que se opuso a su doctrina y que fueron llamados *"Seguidores de Ahrimán"*- interrumpió Débora

-Así es y a través de la historia, ha tomado diferentes nombres y formas. En la Biblia se los cita como *"Los hijos de Amalec"*, el adversario de Israel y en el Libro del Apocalipsis es representada como uno de los cuatro jinetes, que colabora con el *"Anticristo"*- nos siguió informando el profesor. -Silenciosamente, se ha infiltrado en numerosas órdenes de caballería medieval, principalmente en la de los *"Caballeros Templarios"*, así como en la orden de los *"Caballeros Teutones"*.-

-Y a fines del siglo XIX en Alemania, los volvemos a encontrar con el nombre de la *"Sociedad del Vril"*. Y en el siglo XX aparecen, con el nombre de *la "Sociedad de Tule"*. Pero la forma más abierta y poderosa conocida, la conforman con las SS de Hitler, donde públicamente manifiestan su doctrina secreta sin ningún reparo.-

-Profesor lo que cuenta es realmente terrorífico, nos pone los pelos de punta.-

-Y no es para menos mi estimado amigo, si hubieran quedado en sus manos, algo muy terrible hubiera ocurrido con ustedes. Ellos deben estar pensando ahora que otra organización está interesada en ustedes y los secuestró.

Perdonen que los hayan trasladado así, sin darles una explicación de lo que estaba sucediendo. Pero fue esencial para actuar con rapidez y salir de la zona con la mayor premura posible, para ponerlos a salvo- se disculpó el profesor.

-Varios vehículos de los secuestradores- agregó Liberman- persiguieron encarnizadamente a vuestro automóvil. Y hubieran podido darle alcance, sino hubieran sido despistado, gracias al uso de otros cuatro automóviles idénticos, al que les rescató a ustedes.

Pues entonces, tenemos ahora algo de tiempo para pensar nuestra táctica a seguir, antes de que descubran el engaño y nuestro paradero, porque no van tardar mucho en hacerlo- concluyó Liberman

-¿Pero qué es lo que quieren, porqué están tan interesados en nosotros?- Preguntó Débora

-Estimada señora, para que pueda responder cabalmente a su pregunta, antes debo revelarles algunos secretos.

-¿Se acuerdan cuando en el Vaticano les dije que había una tercera esfera?-Asentimos y Liberman continuó

-Bien, en ella debe haber una cruz griega.

Todos escuchamos hablar del *"Santo Grial"* y la *"Leyenda del Rey Arturo"* y la búsqueda del *"Sagrado Cáliz"*, y aquí viene algo que los dejara perplejos. Así que les recomiendo ponerse cómodos, antes de que escuchen lo que voy a revelarles-

Débora y yo nos sentamos juntos expectantes, esperando con ansia, el nuevo misterio que el Profesor Liberman nos estaba por revelar.

CAPÍTULO 31

Los frustrados secuestradores abandonaron la persecución y se dirigieron con sus furgonetas, a un barrio bajo de El Cairo y entraron con los vehículos a un amplio garaje, que rápidamente bajó su cortina, para ocultarlos de los curiosos.

El líder del grupo, un beduino de gran contextura física, descendió del vehículo y se dirigió al interior del edificio, los demás le siguieron. En una sala, le esperaba un árabe ricamente ataviado como un sultán, con una cicatriz que atravesaba toda su mejilla izquierda. Sentado en un sillón rodeado de mujeres, le servían deliciosos manjares, mientras saboreaba una exquisita taza de té.

-¿Dónde están los prisioneros?- fue lo primero que preguntó el Sheikh.

-Otro grupo muy preparado nos interceptó, nos estaban esperando- le contestó el líder del grupo.

-Les ordené imperiosamente capturarlos- dijo arrojando furiosamente lejos la taza.

-Nos emboscaron amo, son gente que conoce la ciudad. Murieron tres de los nuestros en el tiroteo y no pudimos identificar, en que automóvil fugaron. Todos eran idénticos y tomaron distintos caminos- dijo el beduino.

-No podemos cometer ninguna otra falla, has sido muy irresponsable- dijo el Sheikh acercándose al beduino y sacando velozmente una daga le degolló.

Limpiando la sangre en la ropa del infortunado, clavó los ojos en el resto del grupo y mirando con fiereza a uno de ellos, le preguntó:

-¿Serás tú capaz de completar esta misión Said, o correrás la misma suerte que Adel?- Said se arrodilló atemorizado delante de los otros beduinos.

-¡Mmmmm!- se escuchó una queja. Y de entre las cortinas, surgió un hombre con una impecable camisa blanca.

-No es necesaria tanta impaciencia- le ordenó al árabe- sabemos que una organización rival los rescató. Solo nos queda seguirles la pista y ellos mismos nos llevarán hasta lo que buscamos- dijo, mientras tomaba un *dátil* de la brillante bandeja.

El árabe, se inclinó ante el hombre de impecable camisa blanca, en un gesto de respeto y asintió sin ningún reparo. Ordenó a las mujeres, que se reunieran de nuevo con el grupo y que le sirvieran al hombre occidental, todo lo que quisiera.

Todos se relajaron y comenzó una orgía, de órdago oriental. El hombre de impecable camisa blanca, no venía solo, estaba acompañado de un grupo de asalto, con armamento muy moderno igual a las fuerzas especiales. Les hizo una seña y se levantó de la silla, rechazando a las mujeres que le daban a comer manjares en la boca. Miró con indisimulado enojo a todo el grupo de beduinos, y centrándose en el árabe, que inmutable festejaba con desenfreno, repentinamente alzó la voz preguntando:

-¿Qué estamos festejando, acaso el terrible fracaso de unos mediocres malhechores?- ante esto, el festejo se interrumpió bruscamente.

El Sheikh árabe ricamente ataviado, le miró a los ojos y le adivinó la intención.

-¿Qué va a hacer Mr. Richard? Le diría que lo piense mejor, provengo de una familia poderosa y muy vengativa- amenazó el Sheikh

-Sí, lo sé- dijo Richard- pero yo provengo de una organización, que está muy, pero muy por encima de su poderosa familia, y sus intenciones de venganza, son de cartón para mis superiores-

Y ante la mirada de espanto de todos los beduinos, del Sheikh árabe y las mujeres, dio media vuelta hacia la puerta y haciéndole un guiño, le dijo a uno de sus hombres:

-¡Ricky, mátalos a todos! Que no quede ningún testigo- dijo sonriendo macabramente.

Afuera, la muchedumbre huía espantada al tronar de la ametralladoras, que agujereaban todo el local, alcanzando mortalmente en su camino, a algunos desapercibidos transeúntes.

CAPÍTULO 32

-La tercera esfera- comenzó el Profesor- fue entregada a Jesús por Juan el Bautista, luego Jesús se la entregó a Pedro, y simbólicamente se la denominó como la *"Llave del Reino de Los Cielos"*.

Pero también se la conocía con otro nombre: *"Grâl"*, palabra supuestamente de origen persa y en latín conocida luego, como *"Lapis Exillis"*: *La piedra humilde* que guarda una relación con la *Eucaristía*, ya que en el Viernes Santo según la tradición cristiana, descendería sobre ella el Espíritu Santo, en forma de paloma renovando sus poderes.

El origen de esta piedra se remontaría al comienzo del mundo, cuando la piedra fue traída a la tierra, por los primeros ángeles y habría sido mal utilizada según la leyenda, por *Lucifer* para alterar el Plan Divino. Esto mitológicamente, provoca la lucha del *Arcángel Miguel,* contra *Satanás* derrotándole y confinándole a las profundidades de la tierra

A continuación, la custodia de la piedra o *"Grial"*, es dada a un grupo iniciático, que la pasa de generación en generación, hasta quedar en poder de los Esenios, quienes se la entregan a Jesús.

Pero para confundir a los inescrupulosos, se la identifica luego con otro objeto totalmente distinto: *"El Cáliz de la Última Cena"*, la copa con el vino de pascua, mediante la cual simbólicamente, Jesús dio de beber su sangre a sus discípulos.-

-Hecho que nunca pudo haber ocurrido, porque no tiene ninguna relación, con la tradición de la *Pascua judía* o *Pesaj*, que es lo que celebraban Jesús y sus discípulos.

Es más bien, la introducción y adaptación posterior, de un rito pagano griego, aceptable a los ojos de los nuevos conversos a la fe, de origen griego: los *Ritos de Eleusis* en honor a *Dionisio*, dios de la vegetación y del vino. Ritos que se celebraban en primavera, cuando la fuerza de la naturaleza renacía, como *Dionisio* resucitado y sus acólitos lo celebraban, bebiendo la sangre del dios, simbolizada con el vino. Y después para complicar aún más la cosa, se dijo que el *Grial*, era la copa con la cuál José de Arimatea, habría recogido la sangre de Jesús en la cruz.

Se la vinculó también, con la *Piedra filosofal* de los alquimistas, la piedra prodigiosa que irradia juventud, que solo puede ser vista por los puros y fieles. Con estos argumentos hábilmente utilizados, consiguieron durante siglos, confundir al mundo de cuál era la verdadera naturaleza, de ese misterioso objeto llamado *"Grial"*: un ser sobrenatural de otro mundo, en la apariencia de una gema maravillosa por su belleza y poderes, instrumento de entidades superiores, llamadas por nosotros *"ángeles"*, enviados aquí para cumplir una misión.-

-¿Profesor, nos está diciendo que el *Santo Grial* es la tercera esfera?- Pregunté conmocionado, porque alteraba todas mis creencias cristianas.

-Lo lamento mi amigo, pero así es y eso no es lo peor. Los *Caballeros Templarios*, comprendieron el secreto de la naturaleza de tal objeto.-

-Que encontraron luego de infructuosas búsquedas y el *Santo Grial*, es decir la piedra milagrosa, les dio un poder inmenso. Toda la intriga que se tejió luego contra ellos, fue para apoderarse de la *piedra*. Pero de alguna forma el cristal fue salvaguardado y llegó a manos de *"La Compañía de Jesús"*, una de las mayores órdenes religiosas de la Iglesia Católica.

Los llamados comúnmente *"Jesuitas"*, también llegaron a tener un inmenso poder, y ello les proporcionó la enemistad de varios monarcas europeos, al punto que en 1773 el Papa ordenó su supresión. Por ello fueron atacadas y destruidas sus Misiones en Sudamérica, además porque se creía que habían ocultado la piedra allí, la cual no pudo ser encontrada por sus enemigos.

El cristal, no se sabe cómo, llegó a las incipientes colonias inglesas, que luego se convertirían en los Estados Unidos de América, pasando este poder a manos de las fuerzas revolucionarias de George Washington, que luchaban para lograr la independencia de las colonias. La posesión de este poder, les convirtió en la nación más poderosa de la tierra y esto explica el carácter místico y masónico de los fundadores de la nación. Lo que se expresa claramente, en los símbolos esotéricos incluidos, en el billete de *un dólar americano*[50]. Esos hombres liderados por George Washington, estaban realmente inspirados en crear una sociedad justa y libre.

Pero luego de la guerra civil en los Estados Unidos en 1865, se pierde el rastro de la piedra. Parece que finalmente cayó en manos de la siniestra sociedad que la usa para crear todo tipo de conspiraciones: el Ku Klux Klan, el asesinato de Kennedy, Martin Luther King, Las Torres gemelas de Nueva York, etc.

COMENTARIO ESPECIAL:

*50. **El billete de un dólar americano**: Si observamos atentamente el lado posterior de un billete de un dólar americano, veremos que está lleno de símbolos mitológicos y de la masonería.*

A la izquierda vemos una pirámide de cuatro lados. Son los cuatro puntos cardinales y en la cima hay un ojo, es el ojo de Dios. Este es el punto que el hombre debe alcanzar, sino se encuentra en un lado o en otro y así sucesivamente, pero cuando llega a la cima se abre el ojo de Dios y todos los puntos se unen en uno solo.

Luego si contamos la cantidad de pisos de la pirámide nos da el número 13. En el zócalo inferior hay una inscripción en números romanos: es 1776, que fue la fecha cuando los 13 Estados proclamaron la independencia.

Si sumamos los dígitos nos da 21, número enigmático que es el sexto número triangular, es decir un número que se puede recomponer en un triángulo equilátero de 21 puntos y es el octavo término de la Sucesión de Fibonacci, matemático italiano (1170-1250) y son los días en que tarda en empollar un huevo, entre otras cosas.

También hay una inscripción en latín: "Novus Ordo Seclorum" y arriba otra inscripción en latín: "Anuit Coeptis"
(Él ha sonreído con nuestros logros). Es decir el Poder Divino ha sonreído sobre nuestros hechos. Luego sí miramos más allá de la pirámide hay un desierto. Pero si vemos delante, hay vegetación que crece, una nueva vida que florece para el hombre que ha comprendido y que simboliza también el Nuevo Orden Secular.

Luego en el centro leemos: "In God we trust"(en Dios confiamos) y debajo la palabra "One", una clara referencia a Dios como el "Uno". A la derecha del billete, está el águila calva, que representa al poder divino descendiendo al mundo de la dualidad.

Por esta razón en su pata izquierda el águila sostiene 13 flechas, el principio de la guerra y en la derecha una rama de laurel con 13 hojas, el principio de la paz y la diplomacia y el águila mira en esta dirección, mientras que el águila nazi mira hacia la izquierda.

En la cola tiene 9 plumas, es el número del descenso del poder divino y sobre la cabeza tiene un símbolo compuesto por 13 estrellas que forman la Estrella de David y observamos que cada triángulo es una Tetratkys griega, es decir un triángulo formado por 9 puntos y el punto número10 está en el centro.

CAPÍTULO 33

-Parece que le dieron un nuevo y terrible uso en Masada. Y creemos que tienen especial interés en ustedes, porque estaban allí cuando sucedió.-

-¿Y qué podemos hacer, es que no hay forma de detenerlos?- preguntó Débora, conmocionada por el relato, el cual había escuchado con mucha atención.

Mientras hablaba, en su mano derecha sostenía el cristal, que le había sido dado por el misterioso y lumínico ser, en la cámara subterránea de Masada, unos minutos antes de desmayarse.

Abdel, observó extrañado el cristal, que sostenía la mano de Débora y se acercó más, para escudriñarlo detenidamente y exclamó:

-¡Es increíble! Aby ven a ver esto-

En el cristal que Débora sostenía en su mano, se veía algo. Muy difusamente, flotando sobre un fondo azul y blanco, como en un cielo surcado por claras nubes, parecía verse algo semejante a una...¡Estrella de David dorada!

Una nueva incógnita aparecía y se agregaba ahora, como para confundirnos aún más, en el intrincado misterio, que envolvía todos los sucesos acaecidos, a partir de que la puerta de la cámara subterránea en Masada, fuera abierta.

Y lo que más me sorprendía, es que Débora y yo, no habíamos visto nunca, esa figura que se asemejaba, a una estrella de David. Era como si hubiera aparecido ahora, aunque se veía muy difusa.

El más sorprendido, era el profesor Liberman, quien nos reprochó por ocultarle, nuestra posesión de tan extraño cristal. Tuvimos que explicarle, que estábamos al límite con el tema, y que justamente nos tomamos esas vacaciones con nuestros hijos, violentamente interrumpidas, porque queríamos evadirnos de toda esta historia.

Pero parecía que era imposible, permanecíamos atrapados en la telaraña y no sabíamos cómo salir. Abdel, seguía minuciosamente observando la nueva incógnita, que había aparecido en escena. Liberman le preguntó, que había encontrado en ella.

-Creo que lo que están buscando, es esto y por eso estaban, detrás de ellos- dijo Abdel, señalando el cristal.

Luego mirando la piedra con suma atención, comenzó a realizar una serie de cavilaciones, en voz alta.

-Se sabe muy poco o casi nada, sobre el origen de la llamada *"Estrella de David"*, conocida en hebreo como *"Maguen David"*, que significa *"El escudo de David"*. Por lo tanto, es uno de los símbolos más misteriosos, aunque hoy se encuentra muy identificado con el Pueblo Judío y es el símbolo central, en la bandera del Estado de Israel. En la tradición rabínica, no se encuentran referencias a ella, así que según mi opinión, su procedencia y origen es muy antiguo y es anterior al pueblo hebreo- dijo, sin quitar sus ojos del cristal.

-Parece ser -prosiguió Abdel- que ya se utilizaba en la Edad de Bronce, tal vez como un adorno, o símbolo con propiedades mágicas, en civilizaciones y regiones tan distantes, como Mesopotamia y Gran Bretaña.-

276

-Se la encuentra también, en la Edad de Hierro de la India y de la península Ibérica, antes de la conquista romana. Pero el ejemplo indiscutible más antiguo, se encuentra en un sello del siglo VII A.E.C., encontrado en la ciudad fenicia de *Sidón,* perteneciente a un tal, *Yeoshua Ben Asayahu.*

En el período del segundo Templo, el hexagrama era usado con frecuencia por judíos y no judíos, así como el Pentagrama, la estrella de cinco puntas o pentáculo. Y como dato curioso, en la sinagoga de Kfar Naum, en Israel siglo II o III E.C., junto a la *Estrella de David* se encuentra en un friso, el *Pentagrama* y la *Esvástica,* aunque parezca increíble. Porque no tenía en ese entonces, la connotación que le imprimió el nazismo- Abdel hizo una pausa y Liberman aprovechó la pausa, para tomar la palabra.

-Así es Abdel, pero tú también sabes que es además, un símbolo muy relacionado con los pitagóricos. Porque si tomamos los puntos de intersección, de los dos triángulos equiláteros, tenemos que cada triángulo es una *"Tetratkys Griega",* es decir un triángulo formado, por 9 puntos y el décimo punto, está en el centro.

Esto da una correspondencia muy grande, con las 10 *Sefirot Kabalísticas,* donde *Keter* es el punto del centro, la *Corona* desde donde descienden los 9 poderes celestiales. Luego al entrelazarse los triángulos entre sí, obtenemos sumando los puntos de intersección y los vértices, el número 12. Esto corresponde con las 12 tribus de Israel, los 12 tipos de hombre perfecto, los 12 signos del zodíaco, etc., y con el punto del centro, obtenemos el número 13.-

-Lo interesante, es que en hebreo la palabra Uno, es *"Ejad"* (אחד), y si sumamos el valor numérico cabalístico de cada una de sus letras: *Alef*, א = 1, *Jet*, ח = 8, *Dalet*, ד = 4; la suma de 1+8+4 da como resultado el número: 13.

Es decir, que el número 13, simboliza conceptualmente el Uno. Y es por esta razón que allí, en el centro de la Estrella de David, los judíos escriben el *Tetragrámaton hebreo*, el nombre impronunciable del Dios Único y Viviente- Liberman le dio nuevamente la palabra, a Abdel.

-Mis queridos amigos, se han hecho todo tipo de especulaciones, científicas, esotéricas, cabalísticas, etc., sobre los dos triángulos equiláteros entrelazados, pero ninguna es concluyente sobre su significado, que termina en el terreno de la leyenda- A lo cual Liberman contestó:

-Mi hipótesis es que todos los símbolos, ya sea la cruz cristiana, la esvástica y la estrella de David, son parte de un lenguaje codificado. Síntesis de un conocimiento o fuente de información, a la que solo unos pocos pudieron acceder. Y que al no tener, una relación directa con nuestra cultura, fueron adoptados confiriéndoles un sentido mítico, emocional, o trascendente que no es, el que originalmente tenían- Liberman se detuvo pensativo y luego continuó:

-Creo, que el sentido original era puramente técnico, y cumplía una o varias funciones específicas. Se me ocurre, como ejemplo para ilustrar lo que expongo, la muy conocida fórmula de *Einstein*, para la transformación de la materia: $(e = m.c^2)$, *Energía* es igual a la *Masa*, por la *Velocidad de la luz al cuadrado*.-

-Supónganos entonces, que esta fórmula se transforma en un objeto de adoración mística, al haberse perdido el conocimiento, de su utilidad técnica físico-matemática, y el caudal de información que de por sí conlleva. Y que sea adoptada por una cultura, como su emblema y que encuentra, en su diseño gráfico un simbolismo trascendente, con el cuál se identifica.

Además, en el terreno puramente científico, como las matemáticas o la física-cuántica, para tomar solo dos ejemplos, se descubren cada vez más, verdades paradójicas que rozan la esfera de lo mitológico, que aparecen como la reconciliación de dos polos dialécticamente opuestos: Logos y Mythos.-

-Resumiendo entonces señores- intervine yo - cada símbolo, y no me refiero solamente a los símbolos de los cristales, serían entonces piezas claves de un complicado puzzle o rompecabezas.

Piezas, que durante una buena parte de la historia de la humanidad, tuvieron que actuar en forma independiente y diferenciada- continué ante la mirada atenta de todos.

-Pero, según como están aconteciendo los hechos en el mundo, creo firmemente, que ha llegado el momento histórico para la humanidad, de completar ese rompecabezas y ensamblarlo en una unidad definitiva. En un concepto único, que nos concierne a todos, más allá de todas nuestras divisiones, y que hoy podríamos denominarlo: *El Mito Global*. O en otras palabras: todas las historias míticas y religiosas de la humanidad, son en esencia la misma, pero contada de diferente forma. -

Abdel y Liberman, estuvieron de acuerdo con mi comentario, porque también ellos consideraban, que de seguir el proceso lógico, de desarrollo de todas las culturas de la Tierra, deberían en algún momento histórico, coincidir en un solo concepto, que sintetizaría la unión de todas las historias, en una sola.

Débora, que hasta ese momento se había mantenido como ausente, observando el cristal que sostenía en la palma de una mano, se introdujo de pronto en la conversación, realizando un comentario de por sí muy enigmático.

-Permítanme acotarles algo amigos. Que por ser indudablemente tan obvio, se me ocurre sea la razón por la cual haya escapado, a la aguda percepción de vuestros intelectos -dijo sosteniendo el misterio por unos segundos.

-Porque es evidente, que luego de escuchar sus brillantes y eruditas exposiciones, puedo constatar que una posibilidad muy elemental, se ha escapado a vuestra consideración del tema que nos ocupa-

-¿A qué se refiere exactamente, mi querida señora? ¿Tendría usted la amabilidad de explicarnos, cuál aspecto imperceptible, estuvo ausente en nuestras cavilaciones?- Solicitó muy intrigado Liberman

-La posibilidad que el cristal, que en este momento sostengo en la mano derecha, pueda ser el legendario *"Sello del rey Salomón"*?-

Nos dijo, clavando sus hermosos ojos negros en cada uno de nosotros, con un indisimulado gesto triunfal, observando atentamente como nos quedábamos mudos de asombro, ante su inesperada intervención.

280

-¡Es sorprendente lo que afirma, señora!- dijo Abdel- porque de ser cierto, esta piedra sería por lo tanto, la mítica piedra que según la leyenda, el Rey Salomón llevaba engarzada en un anillo anular, y que le confería poder sobre las fuerzas sobrenaturales, al punto que podía someterlas.-

-Aún más- intervino el profesor Liberman- sería el único instrumento, según la misma leyenda, con el cual podría someterse a las fuerzas, que actúan en contra del Plan Divino.-

-¡Brillante deducción profesor!- exclamó Débora- porqué justamente, este es el único instrumento por su capacidad y poder, que puede llegar a detener al *Saboteador*, en su denodado y continuo intento durante siglos, ¡qué digo! milenios, de perpetuar la *anomalía*, impidiendo su reparación definitiva. Hecho que de ocurrir, llevaría a nuestro mundo y a toda la humanidad, a un estadio evolutivo superior, como fue anunciado por los profetas, en las escrituras bíblicas-

Concluyó Débora, en la misma forma enigmática en que había comenzado. Dejándonos en un denso interrogante, que se apoderaba de nuestras mentes, surgiendo en ellas, la consabida pregunta de rigor:

¿Quién era ese *Saboteador*? ¿Y a qué *anomalía* se refería Débora, que debía ser reparada?

CAPÍTULO 34

Feven estaba aprisionado en una dimensión mundo neutra. Sus capacidades allí no actuaban, por lo tanto estaba completamente impedido de intentar, siquiera escapar de allí.

Vagaba solitario por un paisaje, que parecía ser como un desierto, con un sol quemante sobre él. Ya había perdido la cuenta, de cuánto tiempo hacía que estaba allí. Además él sabía, que el tiempo era un concepto, que dependía de ciertas condiciones y que no transcurría, ni operaba del mismo modo, en las diferentes dimensiones.

Así que no sabía claramente, cuál era su situación. Y por si fuera poco, además parecía encontrarse completamente solo, nada había a su alrededor. Sin embargo, él no se daba por vencido, un guerrero de su altura no podía claudicar, así nomás.

A lo lejos, divisó algo como una montañas, parecía que el desierto terminaba. Aceleró su marcha.

A medida que se aproximaba, le pareció ver·un brillo sobre una ladera, y hacia allí se dirigió a toda prisa.

Lo que encontró era algo sorprendente, todo estaba cubierto de piedras pequeñas, de diferentes colores y él no sabía qué hacer con ellas. Pero había en el montón, una especial que llamó su atención y la recogió para examinarla.

¡No podía dar crédito a lo que estaba viendo! La piedra era un cristal viviente, el instrumento que funciona como un potenciador, permitiendo abrir puertas dimensionales, una esfera como la que había arrojado a Ictro.

¿Qué hacía un objeto de tal poder allí, como había llegado? se preguntó.

De pronto a su contacto, el cristal comenzó a brillar intensamente y de una forma muy extraña, parecía como que quería comunicarle algo. Feven accedió a recibir el mensaje y la esfera se soltó de su mano y comenzó a realizar unos extraños dibujos en el aire. Sistemáticamente el cristal repetía los dibujos, una, dos, tres....cincuenta veces, hasta que finalmente todo el paisaje, comenzó a cambiar.

Feven se dio cuenta, que estaba saliendo de su prisión, pero no sabía adonde la esfera lo llevaba. La velocidad de transferencia comenzó a disminuir, hasta que finalmente se detuvo, en una dimensión mundo, mucho más densa que la anterior, en la cual había estado prisionero. Y la esfera sin previo aviso, salió lanzada como un proyectil, hacia un objetivo que no podía alcanzar a percibir.

Pero el cristal había dejado un rastro tras de sí, un hilo de luz, que indicaba el camino que había recorrido, así que Feven comenzó a seguirlo. No podía quedarse en esa dimensión, era mucho peor que la prisión, en la cual había estado. Aunque comprendió, que el cristal lo guiaba a encontrarse, con algo muy significativo, y por cierto no tenía otra elección. Sin más dilaciones, se encaminó resuelto a encontrarse con lo que fuera, el temor no existía para él.

Luego de una marcha que pareció interminable, llegó a un lugar donde había enormes bloques de hielo, todo parecía congelado, inerte, sin un átomo de energía.

Sintió, cómo su propia energía era absorbida por el lugar y comenzó a debilitarse cada vez más. Su luz era devorada brutalmente y sus movimientos se hacían más lentos.

Comprendió que podía ser destruido, aniquilado. Concentró entonces, toda su atención y la poca energía que le quedaba, en encontrar la esfera y con un supremo esfuerzo, logró terminar de recorrer el sendero lumínico, y allí estaba el cristal.

Al entrar en contacto con él, este formó un escudo protector, con un canal que atravesaba ese mundo y un poderoso rayo de energía pura y lumínica, tocó a Feven y le restituyó todo su poder.

Fue allí, donde se percató que varios de los bloques helados, escondían algo en su interior. Sin perder un instante más, dirigió con la ayuda del cristal la energía lumínica, hacia los bloques helados disolviéndolos, y luego cubrió los objetos con un halo protector, para poder examinarlos.

Su sorpresa fue mayúscula, junto a unos instrumentos estaba Argón y a su lado un *"ser de carbono"*, desconocido para él.

Sin demora Feven, se dedicó a la tarea de restituir a Argón a su estado normal. Le ubicó en el centro del canal lumínico, poniéndole en contacto directo con el poderoso rayo de energía y comenzó a observar su notable, e inmediata recuperación.

Al volver en sí Argón, agradeció enormemente a Feven, por lo que había hecho y le contó, cómo es que había caído en ese estado, por culpa de un secuaz del artero *Saboteador*.

La alarma había sonado en el Palacio Cristalino, detectando la apertura de una puerta dimensional, en el tercer planeta de la estrella amarilla, y Argón resolvió acudir al lugar, para verificar lo que estaba ocurriendo.

El vórtice, lo llevó a una cámara escondida, en el interior de un monte, donde se encontró con un secuaz del *Saboteador,* en el preciso momento que manipulaba, uno de los cristales que los nueve misioneros habían llevado, al descender a ese mundo en su primer viaje.

A pesar de su poder, Argón no pudo impedir ser neutralizado por el secuaz.

-Estaba bien instruido y manipulaba con total destreza el cristal viviente, que respondía prestamente a sus requerimientos, impidiendo totalmente detener la acción desestabilizadora. El intruso, logró arrojar al *ser de carbono*, los objetos que contenía el lugar, y a él mismo, a la dimensión oscura e inerte, donde Feven lo había encontrado.

Ahora debían alertar al Supremo, del peligro que corría el grupo que trabajaba en secreto, en ese mundo que los *seres de carbono* llamados hombres, denominan Tierra.

Y era imperativo desenmascarar al *Saboteador*, que no solo impedía reparar el desajuste producido en este mundo, sino que además estaba alterando todo el orden cósmico, que ya manifestaba sus efectos negativos, en todo el sistema de la estrella amarilla, denominada Sol.

Se les presentaba también un problema adicional: debían restituir al *ser de carbono*, quien se encontraba con sus funciones vitales suspendidas, como en un sueño profundo.

Debían decidir, si le despertaban allí o le restituían directamente a su mundo. Convinieron que la decisión final, le correspondía al Supremo, porqué el hombre posee un Átomo de su Infinitud y hacia EL, acudieron de inmediato.

CAPÍTULO 35

El aeropuerto se encuentra situado, a unos 24 km al noreste, de la residencia de nuestro anfitrión, Abdel Alí Al-Hadi, ubicada en el lujoso barrio residencial de Zamalek, situado en la isla Gezira en el corazón de El Cairo, Egipto.

Tres puentes conectan la isla, con las dos orillas del río; otros dos puentes adicionales, la unen a la isla de Al-Roda, en el sur; y al norte, se encuentra un último puente de carreteras y vías ferroviarias, que canaliza el tráfico a través del Nilo y hacia allí, queríamos dirigirnos para salir de Egipto, antes que pudieran encontrar nuestro rastro.

Esa misma tarde, Abdel nos dijo, que ya estaba todo preparado para nuestra partida y que él mismo nos acompañaría, ya que el destino de nuestro viaje, era Turquía. No sabíamos a qué parte de Turquía nos dirigíamos, hasta que Liberman nos dijo que íbamos a Estambul, donde Abdel Alí tenía amigos que querían conocernos y además allí, ,podríamos estar muy bien protegidos.

Estambul pensé, antes Constantinopla la capital del Imperio Bizantino, luego la gran metrópolis del Imperio Turco Otomano, el puente entre dos continentes, Asia y Europa, dividida por un angosto estrecho de 2 km promedio de ancho, denominado *Bósforo*[51], que conecta dos mundos.

*51. **Bósforo***: *El nombre deriva de la antigua mitología griega relacionada con Ío. La doncella amante de Zeus, que transformada en ternera por Zeus, para protegerla de los celos de Hera su esposa, atravesó el estrecho a nado.*

Aterrizamos en el aeropuerto internacional *Atatürk,* que se encuentra en el lado europeo de Estambul. Y nos dirigimos al barrio residencial de Beyoglu, aproximadamente a unos 15 km de distancia.

Pasamos cerca del "Cuerno de Oro" que es la parte más antigua de Estambul, donde están la *Iglesia de Santa Sofía, la Mezquita Azul* y el *Palacio de los Sultanes "Topkapi"*, la *Mezquita de Solimán* y del *Gran Bazaar.*

Luego, atravesamos el puente llamado Atatürk Koprusu, que nos permitió llegar a la Torre de Gálata y de allí al barrio Beyoglu, que es uno de los más modernos y punto comercial más importante de la ciudad, con un estilo de vida muy europeo.

La calle Istiklal Caddesi, es la calle principal del barrio, centro comercial, turístico y lugar preferido de muchas embajadas. Esta arteria tiene su origen en la Plaza Taksim, desde donde se puede ver el *Centro Cultural de Atatürk,* el *Hotel de Marmará* y la estación del metro.

Muy cerca de esta Plaza, nuestro vehículo se detuvo, frente a una residencia muy moderna y suntuosa. Allí nos esperaba un caballero, alto y delgado, de grueso bigote cano, gafas oscuras y sombrero, vestido con una chaqueta clara, un pañuelo de seda anudado al cuello y una amplia sonrisa en su rostro.

Abdel nos presentó a nuestro anfitrión y supimos que su nombre era *Pir Qutb*, pero nos dijo que todos, lo llamaban *"Agha"*.

Luego del almuerzo para nada turco, donde no faltaron hamburguesas para los chicos, Agha nos dijo que Abdel y él eran cófrades de la misma orden sufí y así nos fuimos enterando que también, era un importante maestro sufí afgano.

Su personalidad carismática, nos fue atrapando poco a poco, ya que irradiaba un magnetismo muy especial y a pesar de su forma sencilla de expresarse, nos daba la sensación de encontrarnos frente a alguien de la estirpe de la realeza.

Agha nos dijo que si lo deseábamos, esa noche nos invitaba a presenciar, la Ceremonia de los derviches giradores *"Mevlevis"*, de la Orden creada por *Jalaludín Rumi*. Nos quedamos fascinados con la propuesta y aceptamos sin vacilar la invitación, porque sabíamos muy bien de que se trataba, tanto Débora como yo.

Rumi, cuyo nombre completo era *Mevlana Jalaludín Rumi*, nació en Afganistán en Balj a comienzos del siglo XIII y fue el fundador de la *Orden de los Derviches Danzantes*. Su tumba se encuentra en Konya, Turquía y es lugar de peregrinación.

Siendo uno de los grandes maestros de la mística islámica, fue a veces acusado de cristianizar o de aliarse con los infieles, ya que admitía en su escuela discípulos cristianos y judíos.

Su obra maestra es el "Masnavi" (Versos Espirituales), cuyos poemas al recitarlos dicen, que producen un efecto muy profundo en la consciencia de quien lo escucha. Para Rumi, es el Amor el que puede llevar al hombre y por consiguiente a toda la humanidad a la perfección :

"La humanidad tiene una carencia, un deseo y lucha por conseguirlo con toda clase de empresas y ambiciones. Pero solo puede hallar la perfección en el Amor" .

Esa noche llegamos a la *Tekkia*, lugar de reunión de los derviches, en Karagumruk en el barrio Fatih.

Nos descalzamos y entramos silenciosamente en un amplio recinto octogonal en penumbras, escasamente iluminado por la luz de unas velas, donde ya se encontraba numerosa gente sentada y algunos en posición de meditación.

Entramos en dirección contraria a las manecillas del reloj, porque esa es la forma adecuada de entrar a una Tekkia nos dijo Agha, y nos ubicamos. Agha y Abdel llevaban puesto una extraña indumentaria, algo así como una bata, cubierta de parches de distintos colores.

Liberman nos dijo que esa "bata", era nada menos que la *"Kirka"*, el famoso manto de los derviches y los parches según el color y la cantidad, tenían relación con el nivel de desarrollo en la Orden, porque en el sufismo no existen jerarquías y los antiguos son solo amigos, con más experiencia en el camino.

Observé que muchos asistentes, llevaban en sus manos el *Tashbi*, el rosario de meditación musulmán. Lo usaban, pasando las cuentas una por una entre sus dedos y según dicen, en cada cuenta del rosario, estaría inscripto uno de los *"Noventa y Nueve Nombres Hermosos de Dios"*.

Y en la descarga, la cuenta número cien, más larga y con forma de huso que simboliza el *"Alif"*, la primera letra del alfabeto árabe, estaría el nombre oculto de Dios, ese que no se pronuncia.

Comenzó a sonar una música deliciosa, producida por un instrumento tradicional sufí, la flauta *ney*, ejecutada por un músico evidentemente experto. Su sonido flotaba en el aire, realizando hipnóticos arabescos, que nos iban lentamente sumiendo, en un estado de relajación muy dulce y agradable.

Al finalizar, un derviche que estaba en cuclillas sobre una alfombra pequeña, comenzó a recitar el verso *"Fatiha"* (apertura, victoria en árabe), y las *"suras"* que se usan en el Islam para iniciar una ceremonia de índole espiritual o religiosa, donde se invoca la ayuda y protección de *Allah*.

Luego, se hizo un profundo silencio y después de unos minutos, comenzaron todos a recitar en conjunto distintas *suras*, que son los capítulos en los cuales se divide el Corán.

Nuevamente al finalizar, hubo un profundo silencio, el cuál fue interrumpido por la entrada de ocho derviches giradores, cubiertos con capas negras y sus altos bonetes, que ocuparon el centro de la *Tekkia* formando un círculo, con los brazos cruzados apoyando sus palmas, en los hombros.

Uno de ellos de pronto, comenzó un singular ejercicio: pronunciando un *dhikr,* que consiste en la repetición de una palabra, que puede ser un nombre o un atributo de Dios.

Girando su cabeza hacia la derecha, pasó la palabra, al que estaba inmediatamente a su lado, y este hizo lo mismo a su vez, y así la palabra siguió el círculo derviche, en dirección anti horaria hasta que completó los 360 grados, volviendo al que la originó.

Y en ese momento, todos al unísono comenzaron a repetir el *dhikr*, con un ritmo que iba *"in crescendo"*, en volumen y velocidad durante quince minutos aproximados, hasta llegar a un punto a partir del cual, comenzó a decrecer lentamente, transformándose en un susurro y de pronto finalizó.

Los derviches se quitaron las capas negras, dejando al descubierto sus atuendos blancos y una música de flauta y percusión rítmica, comenzó a sonar.

Lentamente, se desplegaron por el centro y comenzaron a realizar el *Sama*, ejercicio que consiste en girar sobre sí mismo en sentido antihorario, levantando el brazo derecho con la palma de la mano hacia arriba, para recibir la *Baraka* (Gracia Divina) y con el brazo izquierdo hacia abajo, dirigiendo la palma hacia el público presente, para derramar la Gracia al mundo.

Los giros fueron haciéndose cada vez, más rápidos, y más rápidos, y sus vestiduras con los giros, se desplegaban desde la cintura, formando una campana blanca, que rotaba al ritmo, de la cadencia hipnótica de la música.

Y entonces, algo inexplicable comenzó a ocurrirme, porque de improviso me veo a mí mismo, levantándome como en trance de mi lugar.

Y veo, que voy hacia el centro de la Tekkia y no sé cómo, comienzo a participar de la ceremonia, y me uno a los derviches, girando con ellos. Y ellos, me dejan ocupar el centro y giran conmigo, me acompañan y yo entonces, comienzo a girar con más intensidad, y mis giros son, cada vez más veloces.

Y la danza se apodera de mí, y siento, que una energía poderosa me traspasa y el vértigo aumenta más, y giro aún más, y más, y más...

-¡Eleazar, Eleazar, despierta!- una voz me hizo despertar y vi que estaba en la sinagoga- Mi amor, comprendo tu cansancio, te quedaste dormido en medio de la plegaria- me dijo mi mujer.

Me levanté aturdido, acomodé mis ropas y salí al exterior, mi mujer salió conmigo. Levanté la vista y vi el movimiento febril de la ciudadela, los hombres corrían de un lado a otro de la Fortaleza.

La catapulta era cargada con munición, y acto seguido era descargada sobre el campamento romano occidental. Todos se detenían para observar el impacto, luego saltos de júbilo acompañaban los gritos, alabando la puntería.

Los invasores romanos habían instalado, ocho campamentos con sus legiones rodeando el monte, y habían concentrado unos ocho mil soldados, en total.

Luego, construyeron una imponente rampa de tierra, reforzada con vigas de madera, en la falda occidental y varias veces su torre de asalto con el ariete, derrumbó e incendió el muro reconstruido por nosotros, con mucho esfuerzo.

Me acerqué y miré hacia abajo, lo que vi me reafirmó aún más, en la terrible decisión que venía girando en mi mente, como producto de una inspiración divina.

Dentro de unos días, los romanos podrían fácilmente penetrar, la puerta occidental de nuestra Fortaleza sobre el monte Masada.

Nuestra larga resistencia estaba llegando a su fin. Flavio Silva, el comandante de la X legión romana, pronto iba a ver sus esfuerzos coronados por el éxito. Debía inmediatamente reunir, a todos mis *zelotes sicarios*. En el camino, me crucé con el líder de los esenios que nos acompañaban, me tomó del brazo y llevándome aparte me dijo:

-Eleazar ben Yair, tú sabes el tremendo secreto que guarda esta Fortaleza, y sabes que no puede bajo ningún punto de vista, llegar a conocimiento de los salvajes romanos.

Por ahora, Silva piensa que son supersticiones, fábulas creadas por un pueblo derrotado, que no puede renunciar a sus sueños de grandeza. Pero si nos atrapa vivos, y ese es su objetivo, para exhibirnos como trofeo ante Roma Invicta, la tortura y el suplicio conseguirán sin lugar a dudas, liberar la lengua de cualquiera de nosotros, por más resistente que sea, y habremos fracasado en la misión, que nos fue encomendada desde lo alto.-

-Certeras son tus palabras, mi querido Shimon ben Yehuda, y es por esto que he llegado a una decisión extrema. Porque los romanos, no deben saber el poder que se oculta, en el interior del monte. Hemos sellado la entrada a la *Cámara Santa* con rocas, de tal manera que no pueda ser fácilmente encontrada, sin información precisa. Pero considero como tú, que lo que hemos hecho a pesar de todo, no es suficiente.-

-¿Y a qué decisión has llegado, noble guerrero?-

-Todos los que sabemos este secreto, debemos hacer un sacrificio extremo.-

-¿Estás pensando lo mismo que yo, Eleazar?-

-Así es, mi querido amigo, y creo que es el designio de Dios. Así que nos queda como el mejor camino, ofrecer nuestras vidas como sacrificio al Eterno: seremos nosotros voluntariamente, el *Korbán*[52] de este *Pesaj*. Es necesario entonces, que nos reunamos con los demás, para preguntarles si están de acuerdo y apoyan libremente esta decisión.

Les diremos, que podemos elegir morir heroicamente como hombres libres, o elegir ser trofeo de guerra de los romanos.

Que podemos elegir salvaguardar la carne de nuestras esposas, antes que verlas profanadas brutalmente ante nuestros ojos.

Que podemos elegir poner a nuestros hijos, lejos del alcance del futuro de esclavitud e ignominia, que les espera con los romanos.

Todos vamos a morir algún día, pero hoy Dios nos permite elegir el día para morir sin dolor, cumpliendo en secreto con la misión que nos fue encomendada. Y quién quiera, podrá libremente elegir acompañarnos en este destino o preferir caer víctima de los romanos y de sus atrocidades, ya bien conocidas por nosotros en Jerusalén.

52. ***Korbán de Pesaj****: El sacrificio del cordero, en la pascua judía o Pesaj en hebreo.*

-No podía esperar otra propuesta de ti, tan extraordinariamente elevada y tan de acuerdo a nuestra situación real. Así que cuentas con mi total respaldo y ayuda, querido Eleazar ben Yair.-

-Es una decisión terrible, pero es la mejor. Porque además con esta elección extrema, mi querido Shimon ben Yehuda, les arrebataremos la victoria y les privaremos del botín de pillaje a los conquistadores romanos, que como todos los necios mortales se creen dioses invencibles. Y por esta acción tan dura, seguramente nos recordarán por siempre, ya que les llenará de consternación y confusión. Porqué les será muy difícil asimilar, que hayamos elegido morir así, voluntariamente como hombres libres, junto a todos nuestros seres amados, antes que caer esclavizados en sus viles manos-

Shimon al escuchar mis palabras, me abrazó emocionado y me besó en la frente como un padre a su hijo. Luego este hombre santo, me dio su bendición colocando su diestra sobre mi cabeza, e invocando al Todopoderoso le solicitó fuerza y entereza, para mí y para mis hombres, custodios del secreto por el cual, estábamos dispuestos a entregar nuestras vidas en ofrenda, para que tan inmenso poder, no cayera en manos profanas.

Besé su mano y me fui entonces a reunir a mis hombres, para poner en marcha el plan, que hacía tiempo habíamos elaborado previendo este final:

Cada hombre sacrificaría a su familia y luego elegiríamos diez, que sacrificarían al resto y finalmente al último, que sacrificaría a los demás y a sí mismo.

Pero este último, antes de sacrificarse, prendería fuego a la fortaleza, dejando intacto el depósito de provisiones, como señal para los romanos, de que no actuábamos por desesperación, sino por libre decisión. Me recomendaron además, que dejara algunos testigos vivos, para que relataran los hechos a los romanos. Decidimos pues, dejar a dos mujeres, una anciana y la otra pariente mía con sus cinco hijos, porque ignoraban el secreto que ocultaba el monte.

Reuní a mis guerreros en el palacio, todos hombres diestros en el manejo del cuchillo, certeros en aplicar el golpe exacto con la daga, para producir la muerte más rápida y menos dolorosa.

Mis sicarios, eran verdaderos maestros en el arte de degollar al enemigo y a los traidores, pero hoy el pulso nos temblaba a todos. Esta misión, tenía un objetivo totalmente inédito para nosotros, y pude ver los rostros de estos bravos combatientes, surcados por las lágrimas, mientras echábamos las suertes..

En los trozos de las vasijas de arcilla, donde habíamos bebido tantas veces, vasijas que rompimos como un acto expiatorio, inscribimos nuestros nombres y los mezclamos, formando un montón confuso.

Luego uno de nosotros, extrajo al azar, lentamente los diez pedazos de arcilla, mientras leía en voz alta, el nombre que estaba escrito en cada uno. Y en esta forma, los diez fueron elegidos de entre todos nosotros.

Volvimos a echar suertes de entre los diez, y finalmente supimos quién sería de entre todos nosotros, el último en ejecutar el *Korbán*, de este fatídico *Pesaj* en Masada.

CAPÍTULO 36

"Rámi debes saber antes de regresar a tu mundo, que la Vida excede el marco, de lo que se conoce como vida orgánica en la Tierra. El hombre, es introducido en la realidad de su mundo, con total desconocimiento de cuál es, su situación real. Entonces se adecúa al contexto, en el cuál se desarrollará su breve existencia, conducido por las fuerzas ciegas, que hacen posible la vida.

Como no se conoce, no sabe cómo funciona realmente, no sabe qué es lo que lo lleva a ser, y actuar sobre la faz de su mundo, de la manera en que lo hace, como un animal entrenado. Partiendo de hipótesis basadas en su conocimiento fragmentado, y sumamente limitado de sí mismo, de sus posibilidades reales y del mundo en el cual se desarrolla, elabora múltiples concepciones, teorías, constructos, producto de su emotividad, de su mente condicionada, para intentar encontrar el sentido, al misterio de su existencia

Basándose en su experiencia subjetiva, acepta automáticamente las reglas del juego, que le impone el mundo, y establece cuál es el camino deseable. Llevado por las fuerzas abrumadoras del mundo, va hacia un destino que ignora, creyendo que tiene el control, sin tener en cuenta los imponderables. No es dueño de sus emociones, no controla sus pensamientos, no puede ver los hilos que lo sujetan y lo mueven como una marioneta, y por lo tanto, esto lo vuelve incapaz de descorrer, el velo de la Verdad".

"Si pudiera aunque sea, por un infinitésimo instante, descorrer este velo y contemplar aunque fuera, una sola pizca de la Verdad, el impacto que su sistema no estabilizado recibiría, podría llegar a destruirlo. Porque la humanidad en general, no está preparada para comprender este misterio. No existe un concepto del bien y del mal absoluto, como piensa el hombre. Existe una necesidad cósmica real y esa necesidad cósmica, supera ampliamente los supuestos, en los cuáles el hombre construye sus principios, de justicia, orden, etc. A escala universal el hombre, no es siquiera una mota de polvo. Pero en su arrogante ignorancia, llega a creer que es como un dios, con el poder de manejar su destino y el de los demás. No sabe que apenas es un trebejo muy pequeño, en el complicado tablero de la creación.

El único camino que le queda al hombre, si realmente quiere en su interior alcanzar la eternidad, es renunciar al mundo y a la esclavitud de una vida miserable, aferrado a sus afanes materiales, para satisfacer los deseos de su ego y de su cuerpo. Debe comprender que él, es un instrumento del Más Grande Amor que Existe. Al hacerlo, su actitud hacia la vida cambia, y puede mejorarse como persona, e influir sobre los demás, cumpliendo el propósito para el cual fue puesto sobre la tierra: derramar sobre el mundo, Amor Gratis. El hombre entonces, se encuentra con su parte verdadera, con el átomo de eternidad que porta consigo, con la partícula que lo une y que lo fusiona con el Todo. En este sentido, el hombre vuelve a su fuente, retorna a su origen, regresa a casa"

Rami Cohen había regresado. Milagrosamente, fue hallado por el equipo de rescate, en un sector de la cámara oculta en Masada, donde el derrumbe dejó al descubierto, un pequeño hueco. Producido con unas enormes rocas, colocadas por los zelotes, con el propósito de ocultar a los romanos, el acceso a la cámara.

Esas rocas se habían desplazado, con el sismo producido por el fenómeno al abrir la puerta, dejando un espacio suficiente, como para que Rami no muriera aplastado, pero había recibido algunos golpes y estaba magullado.

Cuando volvió en sí, había pasado casi un mes sepultado, y los perros del equipo de rescate, que continuaba la búsqueda con la esperanza de encontrar su cadáver, detectaron su presencia y el equipo se movilizó rápidamente, para despejar el área hasta, que lograron encontrarlo vivo.

Era un verdadero milagro y nadie podía entender como sobrevivió tanto tiempo, con tan poco aire, sin agua, ni comida. Las autoridades estaban perplejas y todos los medios de comunicación, incluida la prensa publicaron la noticia con cierta reticencia.

Argüían que probablemente, el prestigioso arqueólogo Rami Cohen habría sido encontrado, con anterioridad. Y que por cuestiones de seguridad, los funcionarios del estado no habrían declarado su aparición, hasta que consideraron conveniente hacerlo, en ese momento. Y que se ignoraban por el momento, las razones de tan extraño proceder.

Rami fue hospitalizado, en un centro médico de alta complejidad de las fuerzas armadas.

Fue sujeto a toda clase de chequeos médicos y psíquicos, e interrogatorios por parte de los servicios secretos, para comprobar que su estado general era normal e idóneo y para intentar extraerle alguna información, sobre el extraño suceso de su repentina aparición, en un sector que los perros ya habían rastreado sin éxito.

Recostado en la habitación, donde casi se sentía como prisionero por la custodia que le habían puesto, Rami recordaba las palabras del luminoso ser, que sin hablar habían vibrado como una música celestial en su mente, un poco confusa ahora, por la increíble experiencia que le había tocado vivir.

Recordaba muy bien también, la traición de Richard y le urgía ponerse en contacto con su amigo, el físico cuántico Profesor Abraham Liberman, para alertarlo sobre este peligroso sujeto y el daño que había producido. Además sabía que su vida estaba en serio peligro, porque la noticia de su aparición había corrido como reguero de pólvora. Y así, como seguramente sus amigos se habían enterado, era obvio que lo mismo habría ocurrido con sus enemigos.

Su mente estaba muy ocupada en estos pensamientos, y no se percató que en la habitación donde estaba internado, se había hecho presente una visita. Una amplia sonrisa ensanchó su cara. Yaakob Asher el asistente de Liberman y también amigo suyo, había acudido a verlo apenas se enteró de la noticia. Y luego de atravesar numerosos filtros de seguridad, finalmente estaba junto a Rami.

Koby estaba exultante de alegría y emoción de encontrar a su querido amigo vivo, y estrechó fuertemente las manos de Rami.

Estuvieron un largo rato en silencio, disfrutando del reencuentro intercambiando sonrisas. Hasta que Rami guiñándole un ojo y haciéndole una seña evidente de que eran observados, le preguntó por el profesor Liberman.

Koby le contó que estaba con Débora, Federico y sus hijos, realizando un paseo por Turquía. Rami sin disimular su ansiedad volvió a preguntarle, pero ahora por Richard y si estaba con nosotros. Koby notando la agitación de su amigo, le contó que Richard había partido después del derrumbe, a Nueva York y no habían sabido más de él.

Rami entonces nerviosamente, tomó una pequeña hoja y anotando algo en ella, se la dio a su amigo, quien guardó el papel en un bolsillo y se fue al toilette de la habitación, para leer el mensaje secreto. Cuando salió, su cara estaba demudada, y Rami haciendo un gesto para que se tranquilice, le dijo que en un par de días, le daban el alta, y que le gustaría mucho reunirse con los amigos.

Koby entendió todo el mensaje, se despidió de su amigo con un abrazo, y salió de la habitación en dirección a los ascensores.

Estaba en la puerta de salida del centro médico militar, cuando dos oficiales le interceptaron el paso y le invitaron a tomar un café.

Koby rehusó la invitación, diciéndoles que tenía asuntos pendientes que le esperaban. Entonces uno de los oficiales hizo una seña y un grupo armado lo rodeó y le condujo a una habitación. Allí le registraron sin encontrarle nada, porque Koby había tenido la precaución, de tirar el papel por el inodoro del toilette.

Los oficiales, estaban sumamente interesados en saber, que le había escrito Rami en el papel y no iban a dejar que Koby se fuera, hasta que les dijera, cual había sido su contenido. De pronto, la puerta se abrió y entró un personaje de cabello corto y estilo muy marcial, vestido con jeans y camisa muy informal, acompañado de tres hombres muy fornidos, que eran evidentemente comandos de élite, de alguna división militar de las fuerzas especiales.

Los dos oficiales se cuadraron inmediatamente ante él, haciéndole el correspondiente saludo de respeto, que se efectúa ante un superior militar de alto rango.

El extraño personaje se acercó a Koby y se abrazaron efusivamente, como dos viejos amigos.

-¡Eitan que placer volver a verte y en este preciso momento!- Dijo Koby

-Me enteré de lo de Rami y volví inmediatamente de una misión en el exterior. Recién acabo de salir de su habitación, y me dijo que tu habías estado, hace unos minutos y corrí para ver, si te pescaba en el estacionamiento. Al no verte, le pregunté al soldado de guardia y me trajo hasta aquí -y mirando a los oficiales les ordenó- pueden retirarse señores.-

-¡Sí mi General!- contestaron al unísono y se fueron con indisimulado desgano.

-Eitan, que sorpresa me das, porque vienes cuando más te necesitamos -

El general Eitan Doron era uno de los altos jefes del temible *Mossad*, el servicio de Inteligencia Israelí.

Poseía además fuertes conexiones políticas y militares de alto nivel no solo en Israel, sino también en Washington, en Londres, Moscú y también en China, y en una centena de países más incluyendo Europa, y Latinoamérica.

Además formaba parte del Grupo de Koby y Liberman y sabía que en todas las áreas de poder se habían infiltrado agentes de SO. Que lenta y silenciosamente, estaban socavando los esfuerzos dirigidos, para poder lograr un nivel de armonía y convivencia en tolerancia en el mundo en general. Y por supuesto, también se habían infiltrado en el Mossad, donde habían logrado una posición política de influencia fuerte, y habían generado una puja interna, para adquirir más poder.

Ellos habían enviado a su gente, para vigilar a Rami y controlar sus movimientos. Y el general Doron se apresuró a volver, para darle la protección debida a su amigo, ante el peligro que seguramente corría.

Eitan volvió junto con Koby a la habitación de Rami, para trasladar a su amigo hacia un lugar seguro: la clínica de un miembro del Grupo, donde Rami recibiría la debida atención médica hasta que se recuperara, quedándose para custodiarlo dos de los comandos del cuerpo de élite del general.

CAPÍTULO 37

Lo que me ocurrió, similar a una sesión de hipnosis regresiva, había tenido la virtud de abrir otra puerta dimensional. Pero esta vez había sido en mi mente y la conmoción que produjo, el encontrarme con esta respuesta tan inesperada, sacudió todo mi sistema y mi cerebro parecía a punto de colapsar.

La cabeza me dolía en una forma insoportable, mi materia no estaba lo suficientemente preparada para recibir este caudal de información y energía. Era demasiada la sobrecarga y los circuitos de mi mente habían hecho saltar todos los fusibles.

¡Ese ángel era yo! Mi doble en otra dimensión mucho más profunda, lejana e inaccesible, mi alma inmortal, trascendente, atemporal, la esencia de mi ser.

Mientras yo aquí en este mundo era apenas una proyección elemental, un engendro de carne, hueso y sangre, un *golem* minúsculo, aprisionado por el tiempo y el deseo, una entelequia dotada de una vida mezquina, diminuta, efímera, evanescente.

No podía entender todavía, cómo yo podía ser ese portento. Cómo era posible que pudiera estar aquí y vivir al mismo tiempo en otro mundo, en otra dimensión, siendo allí un ser tan excepcional. Mientras aquí en este mundo era un prisionero de mi materia, de mi cuerpo, de esta envoltura carnal que me impedía ser libre, que me ataba a las condiciones de este mundo, que me limitaba en mi accionar y pensar, desatando sentimientos tan contradictorios.

¡Qué fragmentado me sentía! Ahora comprendía el misterio de la vida, las puertas de toda la sabiduría se habían abierto para mí, ningún libro secreto me era inaccesible. Cualquier tecnología por más sofisticada me parecía ínfima, carente de interés, producto de la mente de seres, que vana e infructuosamente, trataban de liberarse de la prisión, en la cual caían cada vez más profundamente.

El hombre no podía acceder a la clave, que le llevaría a resolver el misterio de los misterios, porque el mundo en sí es un laberinto lleno de trampas y mentiras, para que el hombre se pierda en el intento.

Además el Saboteador con sus huestes, se había encargado de que así fuera. Había hecho un trabajo de siglos, para que la Verdad permaneciera sumergida, sepultada, tan evidente, tan cercana y transparente que se había convertido en invisible para la humanidad, que se debatía en una espiral de decadencia cada vez mayor y que la llevaba tan cerca del fracaso y el auto aniquilamiento.

Sentado en una silla, escuchaba en *"off"* las recomendaciones de un psicoterapeuta, estaba ausente del lugar. Su consultorio, su asistente, parecían estar en un lugar remoto. Una suave caricia en mi rostro me hizo regresar instantáneamente, reconocía esas manos, suaves y delicadas.

Ese psiquiatra me entregó un pequeño frasco que contenía unas pastillas, que según él, iban a ayudar a estabilizarme en un corto tiempo. Me dijo que la experiencia había sido muy fuerte para mí, pero que no me alarmara porque lo que me había ocurrido era un fenómeno común, denominado en psiquiatría *"Síndrome de identificación mística"*.

A muchas personas, ante lugares o situaciones de contenido místico o religioso, les sucedía. Produciéndoles un clic emocional, que les impulsaba a identificarse con la situación o el lugar, sintiéndose repentinamente depositarios de una revelación divina, actuando en consecuencia, en forma inusual y extravagante. Al reestablecerse los pacientes, por lo general sentían luego mucha vergüenza por lo ocurrido.

Pero yo, estaba muy lejos de creer lo que ese médico me diagnosticaba, porque algo en lo profundo de mi ser me decía que esta experiencia era verdadera. Y veía al facultativo como una máquina expendedora de psicofármacos, que no llegaba a comprender en este caso, la esencia extraordinaria de lo que había experimentado. Porque se encontraba totalmente fuera del alcance de su ciencia, diminuta y miope, circunscripta a este contexto, a este lugar y a esta gente.

-Mi amor, podemos ya retirarnos- esa voz muy dulce, produjo una fuerte sacudida en mi mente. ¡Era mi esposa!.

Me levanté, estreché la mano del médico agradeciendo sus servicios y salí de su consultorio de la mano de mi esposa. Afuera nos esperaban nuestros niños, que corrieron a abrazarme. Débora mi mujer, me dijo que no debía mortificarme, por lo que había ocurrido la otra noche.

Yo seguía como en un punto lejano y su voz me venía como de muy lejos ¿Me habrían suministrado algún tipo de sedante? Porqué me sentía muy extraño, y de pronto ya no me acordaba de nada. ¡Mi mente se quedó en blanco!.

Recuerdo, que estaba girando frenéticamente en la *Tekkia*, y luego...nada más. Tenía la sensación de que algo se me olvidaba, algo muy importante. ¡Qué extraña sensación!.

-No te preocupes mi amor- me dijo mi mujer- yo te comprendo y ya hablaremos luego. Lo importante ahora es que estemos bien junto a los chicos, porque en unos días regresan a Miami a nuestra casa. Ya están por comenzar las clases en la escuela nuevamente y tus padres, se ofrecieron a esperarlos en el aeropuerto, para darles una gran bienvenida a sus nietitos.

-¿Le contaste a mis padres nuestra aventura?- Pregunté saliendo de lo que parecía un sopor.

-No exactamente, les dije que estábamos con mucho trabajo y que por ahora no podíamos volver. Quédate tranquilo, porque no le conté a tu madre nada de lo que pasó. Pero tu padre creo que sospecha algo, porque leyó las noticias sobre la aparición de Rami con vida, después de que lo daban por muerto-

-¿Rami fue encontrado con vida? No recuerdo nada de esta noticia ¿Cuándo te enteraste? ¿Qué me pasó en la *Tekkia* que no me acuerdo de nada?-

-Cálmate mi amor, vamos paso a paso, regresemos a la casa de Agha y en el camino te cuento los detalles ¿Estás de acuerdo?-

Llegamos a la casa de nuestro anfitrión y allí estaban el profesor Liberman, Abdel y Agha, esperándonos con una inocultable sonrisa de alegría en sus rostros.

Ese día lo ocupamos en descansar. La residencia de Agha era muy amplia, tenía varios pisos de altura y un hermoso jardín con una fuente, donde nos sentamos a tomar un poco de aire fresco, a la sombra.

Mañana llevaríamos a los niños al aeropuerto, pero no viajarían solos, unos amigos de Agha que viajaban a Miami, acomodaron su fecha de salida a pedido de nuestro anfitrión, para que nuestros chicos tuvieran compañía durante el vuelo.

Débora no se despegaba de ellos. Como toda madre sufría por la despedida, así que estuvimos todo el tiempo juntos y en familia. Agha nos llevó al aeropuerto de Estambul y allí despedimos a los chicos. Débora, como buena madre judía que era, los atiborraba a recomendaciones y desparramaba pañuelos cubiertos de lágrimas por todo el trayecto.

Nos encontramos con los amigos de Agha, con quienes nos saludamos en el pre embarque. Eran un matrimonio de estudiantes de su escuela sufí, que regresaban a los Estados Unidos. Esto nos dio un gran alivio, conversamos con ellos, hasta que llegó el momento de pasar los controles de vuelo.

Nos fuimos hacia el estacionamiento y Débora me apretaba el brazo todavía emocionada, cuando de pronto escucho que me llaman por mi nombre en inglés. Me doy vuelta para ver quién es ¡Y no puedo creer con quién nos encontramos!

-¿Peter, qué haces tan lejos de tu casa?- Le dije, mientras estrechaba su mano.

-Eso es lo mismo que yo les pregunto a ustedes, porque es increíble que nos hayamos encontrado aquí, en el aeropuerto de Estambul-

Le contamos que habíamos traído a los chicos, que regresaban a casa y que estábamos paseando con unos amigos, por el medio oriente.

Peter Moore, este era su nombre completo, era dueño de un restaurante en Miami Beach, donde solíamos ir a cenar con frecuencia. Nos hicimos muy amigos debido a sus excentricidades, sobre todo en la preparación de ciertos platos exóticos, ya que su hobby preferido era la cocina siendo un excelente y creativo *"chef"*.

Además vivía cerca de nuestra casa en *Sunny Isles*, Miami y su casa era una biblioteca llena de libros, textos y códices antiguos que fue recolectando por todo el mundo. Fue allí que nos enteramos, que además de ser un excelente *"chef"*, tenía un doctorado en literatura medieval y era un experto en el arte de la esgrima con espada.

Muchas veces, nos reuníamos largas horas para charlar, sobre distintos tópicos en los cuales él, estaba muy versado.

Peter además, era un soltero empedernido. Tenía sus romances de vez en cuando, pero no se decidía a sentar cabeza y ya pisaba los cuarenta. Habíamos perdido la cuenta de todas las candidatas que Débora le había presentado. Y lo peor era que todas se quedaban fascinadas por su personalidad y cultura además de otras cosas, como ser su capacidad de seducción. Pero él las abandonaba a medio camino y ellas luego desfilaban en caravana por casa, para llorar desconsoladas su desencanto, sobre el hombro de Débora, y a mí eso me resultaba insoportable.

Fue por esto, que le pedí por favor a mi mujer, que cesara con su obsesión de casamentera. Porque él, era lo suficientemente hábil para escurrirse como anguila y al fin y al cabo, el amor le iba a llegar, cuando menos se lo esperara.

Y allí estaba Peter, con su look habitual de eterno playboy adolescente y bohemio: barba un poco crecida, cabello castaño muy claro, casi rubio, de corte descuidado cayendo un mechón sobre su rostro bronceado por el sol. Jeans gastados, t-shirt bien a la moda, dejando a la vista sus brazos musculosos. Delgado pero de complexión atlética y estatura más bien alta, calzaba un par de finos zapatos italianos de cuero con hebillas y de punta estrecha. Y exudaba un exquisito perfume, que embriagaba a las mujeres jóvenes y no tanto, con su fragancia. Y como no podía ser de otra forma, con sus movimientos felinos al andar, atraía la mirada de todas las jovencitas que pasaban.

Íbamos a llevarlo al hotel donde había reservado su hospedaje, pero Agha dijo que si todos estábamos de acuerdo sería un gran placer hospedarle en su casa, ya que había suficientes habitaciones vacías. Además a mí, me hacía muy bien su presencia, porque me despejaba un poco, de todos los últimos acontecimientos vividos y creo que Agha se daba cuenta y por eso había tenido la delicadeza de invitarlo.

Peter no tuvo ningún inconveniente, al contrario se mostró sumamente complacido y halagado. Más al enterarse de que Agha era un maestro sufi auténtico, ya que él era conocedor de obras literarias de muchos maestros sufis medievales.

Como el extraordinario *Ibn El-Arabi* nacido en Murcia, España un 7 de agosto de 1165. Así que sin más demora, llamó al hotel y canceló la reserva, aceptando gustosamente la hospitalidad de nuestro anfitrión.

En el camino, Agha nos contó que tenía estudiantes de todos los confines de la tierra, y que los hospedaba en su casa, que por ese motivo contaba con tantas habitaciones. A Peter, se le ocurrió preguntarle su nombre y Agha le dijo que se llamaba Pir Qutb.

Al escucharle decir su nombre Peter, hizo un gesto de mucho asombro y nos preguntó si teníamos idea de cuál era su significado, y ante quién nos encontrábamos.

Débora obviamente, sabía de qué estaba hablando y yo tenía alguna idea, pero por respeto nunca mostramos nuestra curiosidad. Porque Agha era un maestro espiritualmente muy alto, a pesar de su humilde y sencilla apariencia y su nombre en realidad era la síntesis de su desarrollo, dignidad y conocimiento.

Sencillamente, esperábamos que en algún momento él mismo nos diera alguna referencia, cuando lo considerara oportuno. Mientras tanto, Agha sonreía al escuchar los comentarios entusiastas de Peter y le contestó que no era para tanto, y luego mirándonos con mucha simpatía le dijo a Peter:

-Mi querido amigo, permítame sin embargo decirle, que yo también estoy seguro y para su asombro, que usted no tiene la más mínima idea de quienes son en realidad estos queridos amigos- dijo señalándonos- esta hermosa pareja que está aquí, en este momento, compartiendo este viaje con nosotros. Y hasta me atrevo también, a incluirlo a usted mismo en la lista y afirmar que vuestro encuentro no es casual- concluyó sorprendiéndonos a todos con esta enigmática y misteriosa aseveración.

CAPÍTULO 38

PRAGA, MARZO 1939

Ese día, iba caminando mucho más rápido que de costumbre, por la estrecha calle vacía que lo conducía a su casa. Casi corría, porque la noticia se había esparcido por toda la ciudad.

Abrió la puerta y se encontró con su mujer y su hija, que yendo de un lado a otro, sin un criterio lógico, abrían los armarios y tiraban la ropa en las valijas, sin acomodar nada, vaciando cajones y arrojando lo que había dentro en el piso, para separar nerviosamente lo que consideraban útil, tirándolo luego al azar al interior de cualquier valija.

Leibele su joven discípulo, le estaba esperando y saludó a su maestro, con el debido respeto. Le dijo al rabino que todo estaba preparado para su partida, sus padres hacía una semana, que habían literalmente escapado de la ciudad, ante las noticias de la inminente invasión alemana. Metódicamente habían preparado la huida, enviando dinero, ropas, muebles a Palestina donde sus tíos estaban instalados desde 1920.

Pero el rabino seguía en su calma inmutable, que crispaba los nervios de su mujer y llenaba de admiración a su joven discípulo. Su maestro era un personaje ilustre en la comunidad judía de Praga. Era descendiente del famoso *Rabí Yehuda ben Betzalel Loeb* (1525-1609), el gran cabalista que había vivido bajo el reinado del *Emperador Rodolfo II* en la segunda mitad del siglo XVI.

La leyenda le atribuía a su antepasado la creación de ese ser mítico y fabuloso conocido como el *Golem*[53] y de innumerables proezas milagrosas que atrajeron la simpatía del emperador el cuál se declaró en protector de los judíos.

Pero su descendiente no se quedaba atrás, porque también le atribuían poderes especiales.

Le llamaban *Zadik*, que es el título que los judíos piadosos, le otorgan a los hombres justos, que han llegado a un nivel de evolución muy alto, en el cumplimiento de los mandamientos divinos.

Se rumoreaba, que una vez el rabino había salido a pasear por la campiña, y se encontró con una familia sentada a la vera del camino, que lloraba desconsolada.

El rabino les preguntó, cuál era la causa por la que se estaban lamentando de ese modo, y el hombre, secándose las lágrimas, le contó que un grupo de vándalos partidarios del nazismo, les habían incendiado la casa, quemado las cosechas y les habían robado los animales.

Y que no satisfechos, casi habían matado a golpes a su hijo mayor cuando intentaba defenderles, quién ahora debido a esa violencia injustificada, estaba internado en el hospital de la ciudad.

---

*53. **Golem**: La palabra figura ya en la Biblia, en el Viejo Testamento, donde significa "germen, embrión". Se utiliza en la Kábala para designar a un autómata, creado con arcilla, que carecía de alma y que cobraba vida cuando el Rabí Yehuda Loeb le introducía un papel con el nombre de Dios en la boca.*

Su hija, le comentaron entre sollozos, se salvó de ser violada, porque justo se encontraba en casa de unos parientes.

Cuentan, que el rabino se llevó a toda la familia entera a su casa, y los alojó allí por varios días, proporcionándoles comida y abrigo hasta que sù hijo se recuperó.

Una noche, mientras la esposa del rabino les atendía sirviéndoles la cena, vieron después de comer, como el Rabí abría un enorme libro, donde estaba escrito con grandes letras en hebreo *"Sefer Yetzirá"*[54]. Lo hojeaba como buscando un párrafo específico y luego cayó ensimismado en su lectura, durante varias horas antes de irse a dormir.

A la mañana siguiente, les envió de regreso a su granja. La pobre gente le preguntó para qué, si todo estaba destruido y además, temían volver por miedo de encontrarse con sus agresores, nuevamente.

El rabí les exhortó amablemente, a que volvieran sin ningún temor y les dio un libro de salmos, para que leyeran por el camino.

Al otro día, se corrió la noticia por toda Praga, que la familia había encontrado su casa y su granja intacta, como si nunca hubiera ocurrido ningún daño. Llorando de alegría, entraron a la sinagoga y le besaron las manos al Rabí, quien se enojó mucho y ordenó que los desalojaran, por interrumpir la plegaria matutina.

---

54. ***Sefer Yetzirá***: *"Libro de la Creación", también llamado "Libro de Abraham". Junto con el "Zohar" es la principal fuente de la Kábala.*

Pero a los agresores este acontecimiento, les infundió más odio y deseaban ajustar cuentas con el rabino brujo, así lo llamaban, mientras esperaban el momento propicio para hacerlo. Y parecía que ese momento había llegado, los alemanes ya estaban muy cerca de Praga y a pesar de la protección de sus vecinos, algunas piedras ya habían roto varios vidrios de sus ventanas.

Tenían que irse de inmediato, le reclamaba su mujer cerrando las valijas repletas. Un automóvil ya los esperaba en la puerta para cruzar la frontera.

Leibele comenzó a cargar las valijas en el auto y el rabí se dirigió a su escritorio, abrió un cajón cerrado con llave y de allí extrajo una extraordinaria gema.

Su padre se la había dado, quién a su vez la había recibido también de su padre, es decir de su abuelo y así en sucesión hasta llegar a su antepasado el Rabino Loeb y era un misterio como había llegado a sus manos. Se tejían todo tipo de hipótesis en la familia que rozaban lo mítico y fantástico. Como que el mismísimo profeta Elías le había entregado la gema, o que un ángel se le había aparecido y se la había entregado en custodia.

Pero la más increíble, era la que afirmaba que se trataba de la piedra, que llevaba engarzada el *rey Salomón*, en el anillo de su dedo anular derecho. Y la lógica de este razonamiento, se apoyaba en que difusamente se veía en el cristal, una *estrella de David* dorada flotando sobre un fondo azul y blanco. El Rabino colocó la piedra en una bolsita de terciopelo, que colgó de su cuello y se dirigió al auto donde lo esperaban, para partir inmediatamente.

Pasaron sin problemas la frontera y se embarcaron hacia Palestina. En el viaje, su discípulo Leibele y muchos judíos que viajaban con ellos, le pidieron que les contara historias de Rabí Loeb y el Golem.

Sentados en la cubierta, mecidos por el balanceo del barco y bajo las estrellas de una noche clara, el rabino comenzó lentamente a contarles las historias tradicionales, atrapando la atención de sus amigos que como él, abandonaban todo para comenzar una nueva vida en Palestina.

Pero por su mente desfilaban otras historias, contadas por su abuelo y por su padre, que muy pocos conocían, leyendas que contaban:

"En la víspera de un Shabat, que caía justo en el Día de la Expiación, es decir en Iom Kipur, su antepasado Yehuda Loeb ben Betzalel estaba en la puerta de la sinagoga unos minutos antes de que comenzara el "Kol Nidré", que es la plegaria fundamental por la que se anulan todas las promesas concedidas. Cuando se da cuenta que llevaba el cristal consigo, habiéndose olvidado de esconderlo en su casa.

Era una transgresión enorme, porque se trataba nada menos que de una joya y además como acto de humildad, no debía cargar ningún objeto, que no estuviera exclusivamente dedicado a adorar a Dios.

Así es, que regresó corriendo frenéticamente a su casa, que no se encontraba muy lejos del lugar, en medio de una lluvia tempestuosa que se había desatado."

"Era tal la prisa con que iba, que ya frente a la puerta un segundo antes de entrar, apoya su mano derecha sobre la mezuzá[55] para besarla. Pero inesperadamente, resbala con el primer escalón muy mojado por la lluvia, perdiendo el equilibrio, cayendo de tal forma que sin querer arranca el estuche con la mezuzá.

En la caída, el estuche se parte, y de su interior se desprende el pergamino sagrado, desplegándose sobre el suelo lluvioso. Este se encuentra con el cristal, que debido a la sacudida se suelta de su engarce, cayendo justo en el lugar donde estaba escrito el sagrado nombre de Dios, y a su contacto, un pequeño fragmento del cristal se desprende.

Cuentan que el Rabí, rápidamente recogió el pergamino para que no se borrara ninguna letra y entró a su casa, para dejarlo en un lugar seguro y seco. Luego de esto, se quedó unos segundos mirando el fragmento, porque conocía la dureza del cristal y sabía que era prácticamente indestructible.

Tiempo después, luego de reflexionar sobre lo acontecido se le revela el misterio. Y dicen que fue con este fragmento de la gema y no con arcilla como se cree, que Rabí Loeb de Praga, combinándolo con el nombre de Dios creó el Golem, imitando al Creador."

55. **Mezuzá**: *Pergamino dónde está escrito el Nombre de Dios y que contiene además un versículo del Pentateuco. Los judíos lo enrollan y colocan dentro de un estuche y lo fijan en los marcos de las puertas y portones, obedeciendo un precepto bíblico, que Dios a través de Moisés, le comunica al pueblo judío.*

"Pero se trataba de un autómata, un robot que no tenía posibilidades de elegir y por lo tanto de decidir, una máquina sin alma. Esto le llevó a comprender profundamente la distancia que existe entre los hombres y su Creador. La misma distancia, que existía entre ese engendro de una tecnología desconocida y él mismo, un ser humano dotado de alma y libre albedrío".

Ya en Palestina, el rabino se instala en Jerusalén junto con su familia. Un día junto con sus amigos deciden viajar a Ein Guedi a 48 km al sureste de Jerusalén. Allí escalan un monte por la ladera oriental, subiendo por un camino, que en la antigüedad y hasta hoy, es conocido como *"La subida de la serpiente"*.

Sus amigos, le dicen que se trata de Masada y conocen algo de la historia del lugar, por haber leído a *Flavio Josefo*. La noche los sorprende en la cima de la meseta y acampan para pasar la noche en el lugar.

El Rabí tiene un sueño muy extraño esa noche, un ángel muy luminoso se le aparece y le pide que le entregue el cristal, porque ya cumplió su misión dentro de su familia y debe ser restituido a su lugar. Le dice también, que lamentablemente debido a que no tiene un sucesor varón, la cadena de rabinos se cortará con él.

Cuando despierta el rabino, se da cuenta que el cristal ha desaparecido, y piensa que quizás se lo robaron los árabes que les sirven como guías.

Comienza a registrar entonces su mochila y lo que encuentra, le produce un impacto tan fuerte que le lleva instantáneamente, a comprender la naturaleza de lo que le ha acontecido. Porque en su interior, descubre nada menos que el estuche roto de una *mezuzá*, que misteriosamente se encuentra allí. Toma en sus manos el estuche y lo examina muy sorprendido, porque el pergamino dentro de ella sobresale, como si tuviera algo dentro. Lo desenrolla para ver qué es y en el lugar donde está escrito el nombre de Dios, encuentra un pequeño y brillante fragmento del cristal maravilloso. Idéntico al fragmento, que su antepasado el Rabí Yehuda Loeb ben Bezalel de Praga, usó para formar el Golem.

CAPÍTULO 39

Habíamos cedido finalmente a pesar del peligro, a los insistentes pedidos de nuestro amigo Peter, para que lo acompañáramos en su gira de turismo e investigación.

El profesor Liberman regresaba a Israel, al enterarse de la noticia, de la aparición con vida de Rami y acudía urgente, a encontrarse con su amigo.

Mientras nosotros, nos encontrábamos en España paseando por *Málaga*, la ciudad capital de *Andalucía*, llamada también, la capital de la *Costa del Sol* y la sexta ciudad más poblada, de la península Ibérica.

Esta ciudad, centro destacado comercial, cuna del famoso pintor y escultor *Pablo Picasso,* fue fundada por los fenicios mil doscientos años antes de nuestra era, poniéndole el nombre de *"Malaka"*. Aunque la raíz del nombre, también puede haber sido hebrea, derivando de la palabra *Malaj* que significa ángel o de la palabra *Malká* que significa reina.

En esa época, los hebreos navegaban junto a los fenicios y el idioma de ambos pueblos, tiene una raíz semítica común. Pero no estábamos en Andalucía, para disfrutar solamente de sus hermosas playas, como ser, *Torremolinos, Benalmádena, Fuengirola* o *Marbella*. Con Peter de guía, el interés principal de la ciudad, estaba dirigido a conocer el lugar de nacimiento de un filósofo, poeta y astrólogo judío, de los más ilustres del medioevo español, *Salomón Ben Yehuda Ibn Gabirol* (1021-1058), conocido también como *Avicebrón.*

Sin embargo no fue mucho lo que encontramos allí, salvo nuestra breve visita a la *Plaza de Toros*, donde había una corrida tradicional. Pero nos retiramos a las primeras heridas, recibidas por el toro. No podíamos soportar lo que nos parecía, una masacre de un ser inocente. Aunque Débora nos explicó, que el arte y práctica de la *Tauromaquia*, es muy antiguo y se remonta a la antigua *Creta,* de la *Civilización Minoica*. En frescos pintados en muros, se puede apreciar la lidia de toros, alrededor de mil quinientos años antes de nuestra era. Y como dato curioso, los protagonistas eran audaces mujeres jóvenes, que realizaban proezas de verdadera acrobacia, ante la enérgica embestida taurina.

-Sin ir más lejos- nos explicó Débora- la leyenda de *Teseo y el Minotauro*[56], se refiere probablemente a una cultura cretense dominante, que fue atacada y destruida por otra cultura griega, probablemente micénica. Como casi todas las culturas primitivas agrícolas pastoriles del mediterráneo, ejercía culto simultáneo a dos deidades, a la tierra personificada como la diosa madre, principio femenino y procreador, y al toro como principio masculino y generador.

56. **Minotauro**: *Monstruo en la mitología griega, con cabeza de toro y cuerpo de hombre, encerrado en un laberinto construido por Dédalo, a pedido de Minos rey de Creta. Según la leyenda, Minos exigía como tributo de Atenas, víctimas humanas jóvenes, para alimentar en sacrificio al engendro. Teseo hijo de Egeo rey de Atenas, se ofrece voluntariamente como víctima y mata al Minotauro con la ayuda de Ariadna hija de Minos, que enamorada de Teseo le había dado un ovillo para poder salir del laberinto.*

-Fíjense que la raíz etimológica de la palabra *"El"* en hebreo y *"Allah"* en árabe es la misma y significa: *Toro*. Lo que hicieron los diseñadores de la religión, fue sincréticamente darle un valor nuevo y espiritual, más de acuerdo al nuevo rol que comenzaba a ejercer la deidad.

-Es por esto- proseguí yo- que quizás en la religión católica, se sustituye sincréticamente el culto primitivo a la diosa madre, presente en casi todas las culturas prehistóricas, por el culto a la *Virgen María*, cuya adoración en muchos casos, supera a la del mismo *Jesús*.-

-Según mis investigaciones- dijo ahora Peter –parecería ser que en Jerusalén, junto al *Templo de Salomón*, había otro dedicado a la *diosa*, producto de la alianza con los fenicios. En Babilonia se la llamaba *Ishtar*, que es el equivalente a la *Venus Afrodita*, de la cultura grecorromana.

Según *Heródoto*[57], existía en Babilonia una tradición que le produjo escándalo, que consistía en la práctica de la prostitución, a la que debían entregarse las mujeres casadas o no, por lo menos una vez en la vida, en honor al culto de la diosa *Ishtar*. Parece entonces que el culto a la diosa, no solo ponía en duda la hegemonía del patriarcado, sino que además distraía a los fieles. Es posible que por esa razón, mucho antes que *Heródoto*, el rey *Salomón* haya ordenado destruir su templo.-

57. **Heródoto**: *Fue un historiador y geógrafo griego que vivió entre el 484 y el 425 A.E.C.*

-Esa es una teoría, pero yo tengo otra- dijo Débora- Mi punto de vista es que, el *rey Salomón* se dio cuenta que el *culto a la diosa*, que encarnaba a las fuerzas de la tierra, servía de alimento a esas fuerzas. Porque en la antigüedad la Tierra era considerado un organismo vivo, como comienza a considerarse ahora de nuevo, pero libre de implicancias mitológicas. Mientras que el foco de interés, tenía que ser puesto más allá de nuestro planeta, más allá de los astros y del sol, porque:

"No había nada nuevo bajo el sol".

-El objetivo era ahora cósmico, y el concepto de la deidad debía responder a ese criterio, al criterio del principio creador y generador masculino. Mientras el pueblo todo de Israel, ocuparía ahora el lugar de la diosa, convirtiéndose metafóricamente en la esposa anhelante, en matrimonio sagrado con Dios- concluyó Débora

-Realmente muy interesante tu teoría Débora- comentó Peter- porque de ser así, esto habría ayudado mucho al *rey Salomón*, para conservar bajo su gobierno, la unificación del reino fundado por el *rey David*, su padre. Ya que en la época, comenzaron las disensiones por su política de grandes cargas impositivas, de lujo y fastuosidad exageradas, que llevarían tras su muerte a la división-

El tema daba para mucho más, pero Peter quería que fuéramos a *Granada,* que nos quedaba cerca, porque estaba particularmente interesado, en la *Alhambra* y sus jardines.

Habíamos rentado un automóvil para trasladarnos, desde una localidad a la otra, así que los hermosos paisajes españoles, desfilaban ante nosotros sin pausa.

-La vida de Gabirol no fue muy placentera - nos comentó Peter- sus padres huían de Córdoba y murieron dejándole huérfano, siendo casi un niño. Sin embargo, el demostró una capacidad extraordinaria en el arte de la poesía, escribiendo a temprana edad versos como estos:

"Yo soy la poesía y la poesía es mi esclava
Para poetas y músicos soy un arpa
Mis poemas son como coronas de reyes
Tiaras en la cabeza de los magnates
Aquí me veis tengo dieciséis años
Más mi mente comprende
Como un octogenario"

-Además, padecía de una enfermedad de la piel, que lo llevó a morir joven.-

-Por lo que sé- comentó Débora- era un hombre de carácter difícil y eso lo llevaba a ser solitario. Porqué aunque vivía rodeado de gente rica y poderosa, no estaban a la altura espiritual que él aspiraba. Y esa actitud de crítica áspera, lo llevó muchas veces a vivir, sumido en la pobreza.-

-Sí, así fue, porque llegó a alturas consideradas de nivel místico superior y a pesar de no ser un religioso, compuso poemas litúrgicos, que se usan en las ceremonias judías y en especial en Iom Kipur o Día de la Expiación –agregué.

-¡Muy bien Fede!- me felicitó Peter -a pesar de ser católico sabes bastante sobre Gabirol, por lo que veo.-

-Es la ventaja, de estar casado con una experta y bella mujer judía- dije, recibiendo un cálido beso de Débora, por el espontáneo cumplido de mi parte.

-Lo que me gustaría saber Peter, es que nos comentaras el porqué de tu interés específico en Gabirol, cosa que hace rato estamos por preguntarte. A pesar de que sabemos, que eres un erudito en todo lo relacionado con el medioevo- inquirí con marcado interés.

-Bueno Fede, lo que sucede es que Gabirol fue un filósofo de una gran importancia, no del todo comprendida o aceptada por sus contemporáneos. Porque su influencia superó los límites del judaísmo formal, a tal punto que los musulmanes y los cristianos lo confundían con uno de los suyos. Una de sus obras, *"Mekor Jaim"* que significa en hebreo *Fuente de Vida*, es un diálogo neoplatónico que escribió en árabe y que luego fue traducido al latín como *"Fons Vitae"*. No solo el Islam, sino también el cristianismo, a través de la *Escuela Franciscana*, recibió una fuerte influencia de su obra, llegando esta hasta *Giordano Bruno* y *Spinoza* entre otros. Fue solo después de mucho tiempo, a mediados del siglo XIX, que se supo que *Avicebrón*, nombre con el cuál era conocido entre los cristianos, había sido el poeta y filósofo medieval judeo español, *Shlomo Ibn Gabirol*.- Peter hizo una pausa, mientras sacaba un texto de su carpeta.

-Además, hay algo muy interesante que quiero mostrarles.
-dijo alargándonos el texto de un poema de Gabirol.

"Ven, amigo mío,
Compañero de las luminarias,
Ven conmigo
Y pernoctemos entre las alheñas;
Ya ves que ha pasado el invierno
Y se oye en nuestra tierra
El alboroto de golondrinas y tórtolas;
Durmamos bajo el dosel
De granados, palmeras,
Manzanos y variados naranjos;
Caminemos a la sombra de las parras,
Con deseos de ver rostros radiantes
En ese palacio más alto que cuanto le rodea,
Construido con valiosas piedras;
Lo han asentado sobre seguro, con cimientos
Y muros fortificados como torreones;
Se ha allanado una terraza en derredor,
Con arriates que embellecen todos los patios.
Las dependencias están construidas
Y adornadas con atauriques calados
Y enmarcados, pavimentadas
Con losas esmeraldinas y mármol,
Con tantas puertas que contar no puedo;
Sus hojas son como las de los palacios de marfil,
Enrojecidas con sándalo de templos;

Con ventanas translúcidas arriba,
Cual soles, en las que
Hay puestas luminarias.
La cubierta,
Como el baldaquino de Salomón
Colgada de los relieves de las cámaras,
Girando y cambiando de aspecto con reflejos
De cristales, zafiros y nácares.
Así es de día, que al atardecer se asemeja
Al cielo con sus estrellas ordenadas en la noche;
Con ella se solaza el corazón
Del apenado e Indigente,
Olvida su miseria el humilde y amargado.
Al verla no recuerdo mi fatiga,
Se consuela mi corazón en su quebranto".

"Hay un estanque rebosante,
Parecido al mar de Salomón,
Aunque no descansa sobre toros.
La actitud de los leones en su orilla
Es como la de cachorros
Rugiendo a la presa,
Derraman sus entrañas
Como manantiales, vierten agua
Por su boca como ríos".

-¡Es bellísimo Peter!- Exclamó Débora

-Y me resulta sorprendente la última estrofa, que está separada deliberadamente, porque parece describir la Fuente de Los Leones, sí es que no me equivoco.-

-¡Excelente Débora! Lo has descubierto- dijo Peter entusiasmado- este poema fue escrito en honor y alabanza a *Samuel Ibn Yosef Nagrella*, hombre rico y encumbrado, poeta, filósofo y político poderoso, quién fue su amigo y protector en Granada. En este panegírico, hace una descripción del *Palacio de la Alhambra*, doscientos años antes de que fuera construido. Y pone especial hincapié en la fuente, que evidentemente no es otra, que la famosa *Fuente de los Leones*-

Entrábamos en Granada, ciudad fundada por los árabes en el siglo VIII, capital de la provincia del mismo nombre. Dos ríos confluyen sobre la ciudad, que es el centro comercial y turístico, de toda la comarca agrícola de La Vega, El *Genil* principal afluente del *Guadalquivir* y el *Darro*.

Situada también en la comunidad autónoma de Andalucía, al pie de la Sierra Nevada, macizo montañoso donde se encuentra el *Mulhacén*, que con sus 3.477 metros de altura, es el cerro más elevado de la península Ibérica. Nos dirigimos al *Palacio de la Alhambra*, que se encuentra justo en una colina sobre el río *Darro*.

-El nombre del palacio procede del color rojizo de sus muros, en árabe *Al-Hamra*, construidos con la arcilla del lugar- nos comentó Peter.

El Palacio nos deslumbró con su belleza. Yo conocía bastante sobre él, porque soy un especialista doctorado en arte, aunque confieso que nunca antes, lo había observado desde la óptica que Peter nos sugería.

Llegamos hasta el *Patio de los Arrayanes*, obra emblemática de la arquitectura *Nazarí*[58], con los setos mirtáceos flanqueando la alberca, cuyas aguas reflejan los soportes de la *Sala de La Barca*, y en uno de sus extremos se alza la monumental *Torre de Comares*. A la derecha de este patio, está el *Patio de Los Leones*, considerada una de las obras culminantes del arte islámico, construido por *Muhammad V*, simbolizando el paraíso ansiado por los fieles musulmanes.

Fascinados nos quedamos contemplando la *Fuente de Los Leones*, situada en el centro del patio rectangular, desde donde fluyen cuatro canales hacia los recintos o salas que rodean el patio: la *"Sala de los Abencerrajes"*, de las *"Dos Hermanas"*, de *"Los Reyes"* y de los *"Mocárabes"*.

Describir la belleza de ornamentación y la organización de los espacios y sus columnatas, es un intento inútil de competir con el ojo humano, para captar este escenario.

De pronto, Peter nos sorprendió con una de sus teorías.

58. **Nazarí**: *El reino de Granada fundado por Muhammad I (1237-1273), pertenecía a la familia árabe de los Banu Nasr (de allí deriva Nazarí) y se constituyó tras el hundimiento del imperio Almohade.*

-¿Sabían quiénes eran los mejores artesanos de esa época?- nos preguntó y luego prosiguió con la respuesta- Eran judíos, la mejor mano de obra, los mejores ebanistas, escultores, pintores, etc., tesoros que en gran medida pierde España al ordenar Isabel I en 1492, su expulsión de la España unificada bajo la égida católica-

-Y ahora viene la otra pregunta ¿No les parece raro una fuente con figuras de leones en un edificio musulmán?-

-Tienes razón Peter, resulta de los más extraño, porque en el Islam está prohibida la representación figurativa- dijo Débora

-Me acuerdo del poema que nos diste a leer de Gabirol, esta fuente está inspirada en ese poema y quizás todo el palacio- argüí.

-Efectivamente mis amigos, esta obra está inspirada en la Kábala Judía. El simbolismo es muy elocuente, la fuente dodecágona, es la *Fuente de Vida,* es el símbolo de la *Gracia Divina*, que se derrama sobre los cuatro rincones del mundo, a través de las doce tribus de Israel, que son los doce leones. Hay además, una fuerte evocación del *Templo de Salomón*, si recordamos el poema de *Gabirol* y creo que los artífices de esta obra, eran maestros artesanos judíos, muy versados y conocedores profundos de los misterios de la Kábala, que dejaron su impronta indeleble en todo el palacio.-

-Es evidente que los constructores siguieron las indicaciones de *Gabirol*, es probable incluso que hasta hayan sido discípulos suyos- aventuré

-Sí mi querido Fede, es muy acertada tu aseveración, porque su doctrina, ejerció una influencia poderosa y se centraba en tres puntos: 1. El conocimiento de sí mismo, 2. El conocimiento del mundo, 3. El conocimiento de Dios, es decir de su Voluntad, comprensión a la que se llega, al descubrir su acción sobre uno mismo y el mundo fenoménico-

Débora nos observaba, esperando pacientemente con varios interrogantes, asomando en sus labios

-¿Cuál es el sentido de esta obra, entonces? ¿Por qué los musulmanes construirían una obra así, inspirada en la Kábala Judía? Hay algo, que escapa a mi comprensión en todo esto- concluyó expectante.

-Intentaré responder a tu pregunta- le dijo Peter a Débora- Como tú sabes en España hubo un momento de gran unión entre las tres religiones, existía la idea de la unidad en la creencia en el mismo Dios. Nacieron entonces, grupos en cada comunidad, que propiciaban la colaboración interreligiosa en la búsqueda de la Verdad. Esto llevó a un intercambio e influencia muy fuerte, a tal nivel que los intereses políticos y estratégicos, pasaron a segundo plano, generando alarma en los sectores conservadores, acusándoles de traición. Para poder continuar colaborando entre sí, se organizaron sociedades secretas, siguiendo el modelo de la antiguas cofradías, que se remontan a la época de Alejandro Magno y más atrás aún a la época de Moisés.-

-Considerando muchos que estas sociedades secretas, existen desde el mismo origen de la humanidad, en la tribus primitivas existía un grupo selecto, transmisor de un conocimiento que les había sido entregado por la deidad.

En resumen, esta obra sería entonces un ejemplo de esta colaboración interreligiosa y de allí la introducción de elementos figurativos y de simbolización cabalística o cristiana ajenos al Islam-

Mientras Peter se explayaba en sus interesantes teorías, alguno que otro integrante, de los grupos de turistas que recorrían el palacio, se detenía un momento para escucharlo y luego de unos minutos, continuaba su camino.

Pero una muchacha muy atractiva, que andaría rondando los treinta, ya hacía un rato que permanecía a cierta distancia, mirándole con cierto escepticismo, mientras Peter hablaba gesticulando ampulosamente, como era su costumbre para reafirmar cada concepto.

Un tanto molesto, por lo que consideraba una actitud, de intromisión crítica y burlona de parte de la muchacha, Peter imprevistamente, gira hacia ella inquiriéndole si tenía algo para agregar. Lejos de turbarse, la joven se acerca y le dice que sí, ya que él se lo está pidiendo.

-Me parece que hay un detalle, que pasa desapercibido para usted- le puntualiza la muchacha, en un inglés con marcado acento español.

-¿Podría pues usted ilustrarme cuál es?- Le ruega Peter.

-Según algunas investigaciones, la fuente procedería del palacio de *Ibn Nagrella* que habría sido *Visir de Granada*, la cuál habría sido regalada al sultán, por su familia.-

-Esto echaría por tierra, algunas especulaciones que usted ha hecho, porque quizás el palacio que describía *Gabirol* en su panegírico, era el palacio de su amigo y no el de la *Alhambra*- sonrió triunfante la muchacha.

¡Nunca lo habíamos visto titubear y turbarse de esa manera a Peter! Y nos mirábamos con Débora disimuladamente, conteniéndonos para no estallar de risa frente a él, evitando dejarlo en ridículo.

-De todos modos, continuó la muchacha, la introducción de un elemento de esta índole en un palacio musulmán, no solo es indicador de la influencia cultural judía, sino también de la decadencia en la cual estaba sumido el reino Nazarí de Granada, sometido al vasallaje castellano, que le obligaba al pago de tributos para poder mantenerse independiente. Tal es así, que podemos ver el blasón del Rey de Castilla, tallado en casi todos los muros del palacio- dijo la muchacha señalando uno de los muros profusamente decorado, en donde podía verse el escudo castellano, en medio de los arabescos.

-Permítame decirle querida señorita, que la concepción del palacio de la Alhambra- arremetió Peter- por su armonía de proporciones y el juego equilibrado de los espacios conjugados con los volúmenes arquitectónicos, los exquisitos jardines y los espejos de agua, más el aditamento de la exquisita decoración mocárabe, lo definen como una de las obras culminantes del arte hispano musulmán. En donde también, están presentes los conceptos místicos de Gabirol, la búsqueda del amor como la fuerza unificadora, donde el intelecto y las emociones, encuentran su síntesis en una forma superior de comprensión de la realidad, materializada en esta obra extraordinaria.-

-Tengo que admitir- contestó la muchacha- que la influencia de Gabirol está sin ninguna duda, presente en todo el medioevo europeo y aún más tarde también. Su obra, expresa la lucha interna en el hombre como microcosmos, de querer ascender a un plano superior de existencia. Para él, el objetivo último de la existencia, es que el alma se una al mundo superior, al cual pertenece y por lo tanto....-

La muchacha y Peter, estaban tan absortos en su plática, que ni advirtieron que nosotros nos fuimos, para poder continuar el recorrido, acercándonos especialmente para observar de cerca la famosa fuente.

Cuando nos acercamos a los leones, observamos que dos tenían tallados un triángulo, que simbolizaban a las tribus de Leví y Judá respectivamente. Pero al pasar al lado, del que correspondía a la tribu de Leví, Débora comenzó a experimentar un fuerte dolor de cabeza. Abrió pues su cartera, para extraer la botellita de agua mineral y tomar un poco de agua, porque hacía mucho calor y quizás estaba deshidratada.

Pero su actitud me resultó muy curiosa, ya que levantó lentamente la cabeza y se me quedó mirando, con los ojos muy abiertos. Sin esperar más, tomé su cartera y miré al interior, y allí estaba otra vez el misterioso cristal brillando, pero con una inusual potencia.

Algo o alguna energía desconocida en la fuente, lo hacía brillar así y no sabíamos cuál era su origen, ni su propósito.

CAPÍTULO 40

Liberman, Rami y Koby no podían dar crédito, al material de información clasificado como de alto secreto, contenido en la carpeta que Eitan, les había puesto sobre la mesa de su oficina, donde él los había citado.

El general los observaba impaciente esperando sus comentarios, mientras los expedientes pasaban entre las manos de sus amigos.

Allí habían fotos, análisis de huellas dactilares y de marcas de calzado en el piso, muestras de terreno, pruebas de laboratorio, estudiando los componentes químicos de ciertas sustancias, que se habían encontrado en Masada, minutos después del fenómeno ocurrido. Así como una memoria electrónica portátil, que contenía una información de vital importancia y muchas investigaciones más, que les resultaban extrañas.

-Es realmente impresionante lo que acabamos de ver- dijo Liberman- ¿Pero cómo es que pudiste recoger toda esta información, sin despertar ninguna sospecha de las autoridades oficiales?-

-Mis unidades, son expertas en este tipo de tareas y además, introdujimos secretamente en la Cámara de Masada, varias micro cámaras digitales de alta sensibilidad, como las que se usan en los satélites, que nos permitieron completar la escena que van a ver- dijo introduciendo la memoria portátil, en un aparato de una tecnología extraña para ellos.

La escena era conocida para Rami, pero Richard, no aparecía para nada en el video y la intención, fue tratar de encontrar pruebas que lo incriminaran, porque el alegato de Rami, sonaba como delirante.

-Paciencia señores -dijo el general Eitan Doron, mientras hacía unos ajustes en el sofisticado equipo- Díganme ahora que ven, por favor.

Una silueta comenzó a perfilarse, lentamente, pixelada. Y mientras Eitan manipulaba el equipo, la figura comenzó a cobrar nitidez. Y ahora sí, podía verse claramente el rostro de Richard, que llevaba en una mano un cristal. Eitan hizo un zoom de acercamiento y Liberman exclamó:

-¡La esfera que faltaba! ¡Tiene la tercera esfera con la cruz griega! Esta es la prueba que buscábamos Eitan, y se puede ver claramente.-

-Lo venimos siguiendo desde hace un tiempo, porqué teníamos fuertes sospechas de que pertenece a una organización secreta. Y lo confirmamos, cuando lo vimos contactarse con su grupo en Manhattan, Nueva York. Están infiltrados en altas esferas de la política mundial y en los círculos de poder económico, y realizan un juego ambiguo para ocultar sus verdaderas intenciones- le confió Eitan a sus amigos.

-Dadas estas circunstancias, creo Eitan que nos tendrías que instruir, con respecto a cómo tenemos que conducirnos con este sujeto -dijo Liberman

-Muy acertada su sugerencia profesor, así que te aconsejo Rami que concretes una conferencia de prensa.-

-Y que declares que estás sufriendo un cuadro de amnesia, que ha bloqueado tus recuerdos de lo acontecido en la cámara, debido a su carácter traumático. Me parece conveniente hacerles creer, que no sabes nada con respecto a lo que te ha sucedido- sugirió Eitan

-No tengo nada que objetar al respecto. Preparemos la conferencia de prensa lo más pronto posible, para que la noticia se extienda por todo el mundo- dijo Rami, mientras acariciaba la fina cadena de oro que colgaba de su cuello, la cual sostenía engarzada, una extraña y diminuta gema.

Liberman no pudo contener su curiosidad, ya que no era la primera vez que notaba con inusitada atención, sobre la peculiaridad de este adorno que Rami llevaba consigo. Rami al notar el interés del profesor, le contó que había sido un regalo, especialmente recibido por su querido abuelo materno, quien siempre lamentó que su nieto no hubiera elegido ser rabino como él.

-Mi abuelo nació en Praga y llegó aquí con su familia cuando el Estado de Israel no existía, aun huyendo de la persecución nazi. Era un gran Kabalista y maestro en el fino arte de cortar diamantes. Poco antes de morir, me reveló que había toda una leyenda, alrededor de esta gema que habría estado originalmente en poder de *Yehuda Loeb ben Betzalel*, el famoso rabino de Praga, de quién se dice habría sido, el creador del mítico *Golem*.

-Mi querido Rami, nunca nos has relatado esta historia- le contestó Liberman.

-¿Y cómo es que llegó a poder de tu abuelo?-.le preguntó, mientras examinaba fascinado la brillante piedrecilla que colgaba de la cadena de oro.

-Esta gema, según me contó mi abuelo, sería un trozo desprendido misteriosamente, del *cristal del anillo* del Rey Salomón. Cristal que nuestro antecesor poseía y que entregó a su hijo rabino también, y así habría sido traspasado en sucesión, de padre a hijo hasta llegar a mi abuelo.

-Nunca mencionaste en el Grupo que eres descendiente del famoso *rabí Yehuda Loeb de Praga*, también conocido como *"El Maharal de Praga"* [59].

-Sí, pero por línea materna, ya que con mi madre se corta la sucesión de rabinos y mi abuelo deseaba fervientemente que conmigo se restituyera. Lamentablemente no sucedió, porque elegí seguir el mundo académico y científico, en lugar del místico y religioso, cosa que le produjo un gran disgusto inicial, pero al final se resignó y aceptó mi decisión bendiciéndome.-

-¿Y qué sucedió con el cristal del Rey Salomón que tu abuelo poseía?- Preguntó Liberman.

-Es una historia un tanto fantástica. Porque según mi abuelo, cuando estuvo en una ocasión en Masada, se le apareció en sueños un ángel.

---

59. **Maharal**: *El Maharal, abreviatura de: "Moreinu HaRav Loeb" (Nuestro Maestro el Rabino Loeb), con la que se lo conoció. Además de haber sido un profundo conocedor de la Kábala, fue un gran amigo de los astrónomos. Tycho Brahe (1546-1601) y Johannes Keppler (1571-1630).*

-Y le pidió que se lo entregara en devolución, prediciéndole que no iba a tener herederos varones. Cuando despertó, el cristal había desaparecido misteriosamente y en su lugar, encontró esta gema envuelta en una *mezuzá*, que sería un trozo de ese cristal, el *cristal del anillo* del Rey Salomón. Más allá de la leyenda y de su origen, es en realidad una joya que mi familia poseyó desde varias generaciones, y lo que quedó es solo este trozo pequeño.-

-¿Y tú que piensas de todo este asunto de tu familia?- Preguntó Liberman

-Desciendo de una familia religiosa por parte de mi madre, que se caracterizan además por la gran habilidad y maestría en el arte de cortar y pulir diamantes. Es probable que toda la historia, sea una creación mítica de la imaginación familiar, cosa a la que son muy afectos los cabalistas.-

-Querido Rami ¿Qué pasaría si te dijera, que no es una simple historia familiar?- Le dijo Liberman, entrecerrando sus ojos enigmáticamente.

-¿Qué información posees como para afirmar semejante cosa?- Preguntó a su vez extrañado, Rami Cohen.

-La información confidencial que poseo, es que justamente el cristal original, del cual se habría desprendido esa pequeña porción que llevas colgando en el cuello ¿Sabes dónde está ahora?-

-¿Dónde se encuentra ahora? Dímelo por favor-

-Está de manera inexplicable, en poder de nuestros amigos Débora y Federico- le contestó enfáticamente el profesor.

Rami realizó un gesto de incredulidad y asombro muy grande, al escuchar lo que su amigo el profesor le aseveraba. Porque siempre había asumido que eran cuentos Jasídicos de su abuelo, para entretenerlo y estimular su imaginación y su fe. Con un movimiento instintivo, ocultó la gema a las miradas impertinentes, en el interior de su camisa y le dijo a su amigo:

-Hay algo más Aby, según relatos de mi abuelo, nuestro antecesor el *Rabí Yehuda Loeb*, habría usado un fragmento similar al que poseo para crear el mítico *Golem*, y para ello habría efectuado una extraña y complicada combinación Kabalista, con el *Nombre Inefable* de Dios.-

-Es muy probable Rami, que se trate de una cuestión técnica, más que fabulosa y mítica. Creo que tu abuelo, así como tu antepasado, poseían un instrumento que conocían muy bien en su uso y funciones. Un instrumento, de una tecnología muy superior a la nuestra, que les fue entregado con un fin, que por ahora desconocemos, que usaron en contadas ocasiones y que luego, se tejió alrededor del asunto, toda esta leyenda mitológica que conocemos.-

-Me parece Aby, que después de escuchar lo que me has contado ¿No crees que sería oportuno y necesario poner en aviso a Débora y Federico, sobre lo que sabemos de Richard?- le alertó Rami

-Estás totalmente en lo cierto mi amigo, me comunicaré ya mismo con ellos al hotel donde se están hospedando en Granada, que es donde actualmente se encuentran. Aunque no te preocupes tanto, porque hay agentes nuestros que los están vigilando y protegiendo en secreto.-

348

CAPÍTULO 41

SIGLO VI A.E.C.
EN UN LUGAR DEL MAR MEDITERRÁNEO

Las velas henchidas por el viento, conducían velozmente a nuestro barco hacia su destino. Nos acompañaba una reducida flota de guerra como apoyo, mientras surcábamos las aguas tranquilas del mar hacia la lejana *Sefarad* [60].

Este no era un viaje habitual de comercio, como regularmente realizábamos. Tenía otro propósito adicional, era prácticamente una fuga planificada minuciosamente durante años. Nuestros espías nos venían comunicando repetidamente, de las intenciones de invasión y devastación de nuestro país, por la potencia de los dos ríos, *Babilonia*.

Su *rey Nabucodonosor II*, aconsejado por la corte y su general, había preparado un poderoso ejército y a pesar de todo el poder, que había concentrado en sus manos, no le resultaba suficiente.

Sus huestes sanguinarias, marcharon sobre *Judea* y penetraron en *Jerusalén*, destruyendo sin piedad ni temor alguno en sus corazones, el Sagrado Templo que había sido construido por el Rey Salomón, *("Bendita Sea Su Memoria")*. No contentos con esto, llevaron cautivo a nuestro *rey Joaquín de Judá* y a todo el pueblo que no logró ponerse a salvo, en exilio a *Babilonia*.

---

60. *Sefarad: Nombre dado por los hebreos a la península Ibérica.*

Yo, *Yeshaiáhu ben Obhádhyah*, sacerdote *Kohen* y un grupo de *Levitas* a mí servicio fuimos escogidos para huir hacia *Tiro*[61], donde nuestros aliados fenicios nos dieron buena acogida. La morada del Altísimo estaba ahora en ruinas, nuestra ciudad capital y nuestro reino, arrasado, destruido, brutal e inmisericordemente, y nuestro pueblo en el exilio forzado.

El llanto y una profunda tristeza nos acompañaba durante todo el largo viaje sin retorno. Porque pusieron luego un largo sitio a *Tiro*, la que fue sometida y obligada a pagar tributo. Y antes de que esto sucediera ya estábamos mar adentro, esperando el resto de la flota que llegó disminuida en gran número. Solo unos pocos barcos que pudieron escapar salvándose de ser destruidos.

La tragedia se había abatido sobre nosotros y nuestro pueblo, pero se me había encomendado una misión secreta, que solo mi más fiel servidor *Levita* conocía. Portábamos un instrumento muy valioso, por el poder y la potencia que contenía, a pesar de su insignificante apariencia: la *Vara de Moisés*, la hacedora de milagros, la que fue retirada del monte sagrado cercano al *Mar Salado*, en cuyo interior se ocultaron todos los tesoros del Templo para salvaguardarlos de *Nabucodonosor II*.

61. **Tiro**: *Fue la más importante de las ciudades de Fenicia, fundada al mismo tiempo que Sidón (hoy Sayda), Biblos (hoy Iubail) y Beritos (hoy Beirut), en el III milenio A.E.C.*

La *vara*, a pedido de nuestro *rey Joaquín*, fue utilizada sin éxito contra los impíos invasores.

Inexplicablemente la vara no acató la petición del *Sumo Sacerdote*, quién repentinamente cayó fulminado por una descarga de su poder.

Cuando recuperó el conocimiento ya era tarde para restituirla en el monte sagrado, y su dictamen fue que era una clara señal de Dios que debíamos aceptar nuestro destino, porque los designios del *Altísimo* estaban más allá de nuestros deseos terrenales y de nuestra comprensión.

Se me encomendó a mí la misión de poner a salvo este instrumento, debido a los fuertes lazos comerciales de mi familia con el rey y la nobleza de *Tiro*.

Habían pasado ya varias semanas de navegación con viento a favor, el mar se encontraba sereno y nuestra flota ya había recalado en Chipre y Creta.

Hicimos luego, puerto en *Cartago*[62] unas semanas, para realizar intercambio y comercio antes de partir hacia *Sefarad*.

Ya en Sefarad arribamos en el puerto de la ciudad de *Malaka*, allí desembarqué con mis servidores, me despedí del capitán y de nuestros amigos a quienes solo Dios sabe cuándo volvería a ver nuevamente.

---

62. **Cartago**: *Ciudad fundada por los fenicios en el 880 A.E.C., en el norte de África cerca de lo que hoy es Túnez. Llegó a constituir un imperio que rivalizó con Roma, siendo derrotada por esta en las guerras Púnicas, comandadas por Amílcar Barca y su hijo Aníbal Barca.*

En el puerto me esperaba el agente de mi familia. Un hombre muy culto y de mucho poder, que nos instaló en su palacio fortaleza, y nos agasajó como príncipes.

Como era obvio, nos preguntó el motivo de nuestro viaje y le contamos lo que había sucedido, y vimos la impresión grabarse en su rostro. Aunque ya le habían llegado rumores, de la destrucción de *Judea* por los *Babilonios*, recién ahora creía plenamente, al recibir noticias directas de mi parte.

Tomé posesión, de la dirección de la factoría de mi familia, bajo la asistencia de nuestro fiel agente y con el tiempo, fui constatando el liberalismo y liviandad en el seguimiento y práctica de los ritos hebreos. No solo de nuestro agente, sino de toda su familia y del resto de los sirvientes, que ya se habían asimilado a la cultura y costumbres fenicias.

Esto produjo en mí, un desagrado muy grande, debido a la conducta tan libertina y aberrante, que me reuní cierto día con mi agente y amigo, para comentarle mis pensamientos y opiniones.

-Querido señor- me respondió- sé que eres un sacerdote, de estirpe noble y de costumbres muy puras, pero aquí solo podremos practicarlas íntimamente y en un círculo reducido, porque de otra manera, seremos rechazados y repudiados por esta comunidad, que no entiende vuestros altos conceptos.

Estamos en tierra extraña- prosiguió- y por lo tanto os recomiendo ser cauteloso, prudente y flexible en el trato social y comercial. Esta actitud, me granjeó grandes amistades y mucho respeto, salvaguardó mi vida y me llenó de riquezas y honores.-

-Aprecio considerablemente tus sabios consejos y veo que eres un hombre práctico. Necesitaré de tu ayuda, para poder soportar el rechazo que me producen, las bárbaras costumbres de la gente de este lugar- le contesté.

-Bien, no te preocupes que contarás con todo mi apoyo, cuando sea necesario. Mañana salimos para *Tarsis*[63], con cuyo rey tengo una especial amistad y deseo que conozcas, ya que con él, establecimos la mayor parte de nuestros acuerdos comerciales y hemos recibido su protección a cambio.

Además, nos va a acompañar un amigo griego, gran viajero y navegante, su nombre es *Coleo*[64] y proviene de la isla de *Samos*, ha establecido lazos comerciales también con *Tarsis*.-

A la mañana siguiente bien temprano, partimos hacia el oeste de *Malaka*, en dirección a *Tarsis*, escoltados por una guarnición de guerreros bien entrenados. Iba con nosotros mi fiel sirviente *Levita*.

63. ***Tarsis***: *La bíblica Tarsis podría corresponder con Tartessos. Una civilización de la cuál sería su capital, ubicada geográficamente en el triángulo formado por las ciudades de Sevilla, Cádiz y Huelva y que habría desaparecido, debido al auge y predominio posterior de Cartago.*

64. ***Coleo de Samos***: *Coleo fue un mercader y navegante jonio natural de la isla de Samos. Según Heródoto de Halicarnaso, se hallaba en ruta hacia Egipto y tras socorrer a los colonos tereos, fue arrastrado por los vientos hasta Tartessos, mercado virgen para los griegos.*

Casi al caer el día llegamos a la monumental ciudad, no podía dar crédito a mis ojos y pensar, que los bárbaros fueran capaces de crear una ciudad, de tal magnificencia.

El rey nos recibió en su palacio como embajadores ilustres, con todos los honores de altos dignatarios, ordenó exquisitos manjares, llamó a los músicos y poetas y nos rodearon bellas cortesanas para complacer nuestros más mínimos deseos y lujuria.

Mi actitud de rechazo, produjo gran extrañeza alrededor, al punto que el mismo rey, depositó su atención en mi persona. Mi amigo y agente, rápidamente le comentó al rey que yo era un sacerdote, y que mis votos me impedían realizar ciertos actos, que eran ofensivos a mi fe.

Esto empeoró más la situación, ya que el rey y los nobles se sintieron ofendidos, considerando que sus costumbres, no eran lo suficientemente adecuadas para mi persona y que por lo tanto, esta actitud los ubicaba en una situación, de inferioridad ante mí.

Lejos de calmarse los ánimos, el ambiente se caldeaba más y más, entonces decidí levantarme y actuar. Dirigiéndome al rey, incliné mi cabeza en señal de sumisión, respeto y reverencia y le dije:

-Mi Gran Señor sabrá excusarme, ya que soy un humilde sacerdote hebreo, un *Kohen* servidor del *Único*, un instrumento de *Su Voluntad* aquí en este mundo. No me está permitido por lo tanto, realizar actos que estén en contra de *Su Voluntad*, en contra de sus *Mandamientos*, que han sido inscritos en mi mente y en mi corazón.

-Si ya sé cómo son ustedes los hebreos- dijo mirándome con desdén- durante el reinado de vuestro Rey Salomón, establecimos un comercio e intercambio muy fluido, pero ahora vuestro reino no existe y vuestro pueblo, está prisionero en el exilio, en la lejana *Babilonia*. ¿Qué te impide entonces ahora, romper algunas reglas para divertirte junto a nosotros?-

-Mi fe y mi conciencia en la existencia, *Del Que Todo Lo Ve*. Lo que sucede con mi pueblo es una circunstancia pasajera, nuestro reino nos será restituido.-

-Admiro vuestra fe y vuestro coraje, pero os desafío a demostrarnos, que vuestra deidad es mejor que la nuestra. Mañana saldremos con nuestros sacerdotes *druidas*[65], a la búsqueda de yacimientos de metales, y veremos qué puedes encontrar, con el auxilio de tu dios que los ha abandonado- dijo el rey en tono desafiante y burlón, con la complacencia y aprobación de sus cortesanos.

Mi sirviente *Levita* y yo, nos retiramos a nuestros aposentos, mientras nuestro agente y el resto de nuestro grupo, se quedó para participar del agasajo.

Esa noche oré y le pedí al *Todopoderoso* que me mostrara el camino a seguir, aunque estaba dispuesto a morir por mi fe y me fui a dormir.

---

65. **Druidas**: *Antiguos sacerdotes celtas que realizaban prácticas chamánicas. Otorgaban una importancia especial a los robles y al muérdago, sobre todo cuando este último había crecido en un roble. Practicaban también el arte de la rabdomancia o radiestesia.*

A la mañana siguiente, me preparé como de costumbre, realicé mis plegarias matutinas y extraje la *vara* del envoltorio, donde estaba guardada y oculta a los ojos.

Un cortejo de carruajes de guerra y carros se habían reunido, subí a un carruaje con mis amigos y el rey ordenó la partida. Al llegar a un paraje, el rey ordenó detenernos y un grupo de hombres, de largas barbas portando unas varas, algunas de metal, otras de madera y algunos un péndulo, comenzaron a caminar por los alrededores.

Yo entonces, extraje la *vara* y todos los ojos, se concentraron en el objeto que portaba en mi mano derecha. De repente la *vara* me arrastró con una fuerza inexplicable, hacia un lugar a pocos metros de allí y casi se clavó en la tierra.

El rey ordenó inmediatamente excavar en el lugar, al cabo de una hora sale del pozo un grupo de excavadores, llevando una cantidad de rocas depositándolas a los pies del rey, quién las observa y luego se las da a su maestro metalúrgico, para que las examine cuidadosamente.

Todos se habían reunido alrededor, hasta los sacerdotes druidas que habían abandonado su tarea para poder contemplar de que se trataba.

De pronto y sin previo aviso todos estallaron en risas, mirándome burlona y despectivamente. Menos el rey que muy serio, rojo de ira, me arrojó un guijarro a la cara y me increpó:

-Hebreo ¿Este es el tesoro que has hallado con la ayuda de tu dios? Es solo estaño, un metal inferior, de baja calidad, así como tu creencia y tu dios-

356

Recogí el guijarro y lo observé, efectivamente era estaño, mis amigos me miraban asustados, mi vida estaba en peligro y la de ellos también.

Todavía tenía la *vara* en mi mano derecha y como un imán, sin poder yo impedirlo, fue atraída por el metal del guijarro, y a su contacto una descarga produjo una luz intensa y la piedra comenzó a brillar toda dorada.

Tomé una a una, las piedras que habían extraído y al contacto con la vara, ocurría la misma transformación.

El maestro metalúrgico tomó uno de los guijarros, ahora dorado y lo examinó cuidadosamente y abriendo asombrado muy grande sus ojos le gritó al rey:

-¡Mi rey, es el oro de mayor pureza que mis ojos han visto en toda mi vida, es realmente una vara mágica y su dios es Dios!-

El rey no satisfecho aún, ordena a su gente ir al pozo y extraer más metal, porqué quiere ver el prodigio de nuevo ante sus ojos.

Pero los hombres, regresan no con piedras conteniendo estaño, sino con trozos de oro puro y limpio. Todo el yacimiento, se había convertido en una rica mina de oro, de la más pura calidad.

Al ver esto el rey, no podía salir de su asombro, quedó perplejo como aturdido, ante el extraño fenómeno del cuál había sido testigo y los sacerdotes druidas, me miraban con reverencia y temor, creyéndome poseedor de una magia, que ahora consideraban superior a la de ellos.

Finalmente el rey se acercó a mí, me abrazó y se disculpó frente a todos, por haber puesto en duda mi fe y mis creencias. Y me pidió que fuera su guía y maestro espiritual, porque si yo era poseedor de un poder de tal naturaleza, entonces él quería que le enseñara las bases de mi credo, porque según él, en ellas estaba escondido el secreto, que me había conferido tal poder.

Fue así como por la mano de mi Dios, adquirí una posición de influencia notable entre los bárbaros, aunque sabía que no estaban dispuestos a renunciar a sus prácticas, y a cambiar su estilo de vida. El deseo del rey, provenía más de su ansia de mayor poder, y no era un impulso de naturaleza espiritual, el que lo motivaba. Y los sacerdotes druidas, codiciaban poseer el misterio que según ellos, contenía mi *"varita mágica"*. Para ellos, yo era un mago como nunca antes habían visto, un iniciado de las fuerzas elementales de la naturaleza. No eran capaces de percibir, el poder del *Único* en cada obra. A pesar de todo, adquirí mayor prestigio e influencia entre ellos, cuando utilizando mis conocimientos médicos, curé a un miembro de la corte, supuestamente envenenado por sus enemigos. Sabía de una planta parásita[66], que crece a expensas de ciertos árboles y que al macerar sus hojas, puede aumentar la capacidad de defensa del cuerpo, a las enfermedades.

66. **Planta parásita**: *El autor, sugiere que puede tratarse del muérdago (Phoradendron leucarpum). Actualmente en medicina, se llevan investigaciones, encontrándosele un gran valor curativo.*

Vistiendo mis prendas sacerdotales blancas y con mi sagrado cuchillo curvo sacrificial de oro, corte unas cuantas hojas de esta planta, que crecían a expensas de un roble.

Pronunciando el Nombre Inefable y luego recitando una fórmula sagrada, las maceré preparando una pasta comestible la que hice ingerir a la persona afectada. Al cabo de unos días, estaba completamente recuperado y se convirtió en uno de mis seguidores y protector.

Pero para el resto de los druidas, esto había sido un acto de magia y comenzaron a respetarme y temerme aún más, al punto que algunos hasta rogaban, les admitiera como discípulo, sentándose días enteros a la entrada de mi morada ayunando, esperando de esta forma, ser suficientemente dignos de ser aceptados ante mi persona.

A pesar de todo, no estaba seguro en la factoría, contaba con mis fieles guerreros y con las fuertes murallas que rodeaban nuestra residencia, pero parecía que esto no sería suficiente protección.

Envidiaban el poder que vieron en mis manos con la *vara* y comenzaron a confabularse para apoderarse de ella.

Convencieron al rey de arrebatarme ese poderoso instrumento, que al fin y al cabo estaba en manos de un extranjero y le convencieron que para residir en sus tierras en paz, debería entregar la *vara* y mis conocimientos sobre su uso como tributo, de lo contrario sería confiscado y condenado a muerte.

Mis discípulos druidas me alertaron de este peligro, pero ya no tenía lugar donde huir.

El griego *Coleo de Samos* vino a visitarme y me dijo que estaba al tanto de lo que ocurría, que él partiría al día siguiente hacia Grecia y me invitaba a huir en su nave, junto con mi sirviente *Levita*.

Le pedí unos minutos para considerar su oferta y busqué el consejo de mi amigo y agente. Me dijo que no iba a tener otra oportunidad como esta y que la aprovechara. Volví con *Coleo* y le respondí que aceptaba su invitación, y que esa noche me embarcaba, ya que saldríamos al alba.

Pero todo era una traición fríamente calculada, hasta mi agente formaba parte de ella, porque esa noche me esperaban los soldados del rey en el puerto, para capturarme y darme muerte.

Mis guerreros les hicieron frente, pero uno a uno fueron masacrados, junto con mi sirviente *Levita*, hasta que quedé completamente solo, rodeado de enemigos.

Los soldados me bloqueaban el paso y no podía subir a la embarcación de *Coleo de Samos*, que ya estaba soltando amarras para salir al mar.

No tenía otra opción, tomé la *vara* y la empuñé en mi mano derecha y apunté hacia mis enemigos. Vi el temor de sus ojos brillar en la oscuridad de la noche y resuelto agité la vara hacia ellos…

¡Pero nada sucedió, estaba perdido! Y mis enemigos habían perdido también el miedo y se aproximaban blandiendo sus armas. Uno de ellos me atrapó y me puso su daga en el cuello, cerré los ojos esperando el final, e invoqué el *Santo Nombre*, para que me acogiera en sus brazos.

Repentinamente algo como un rayo, se descargó de la vara sobre mis enemigos y los fulminó, cayendo muertos, calcinados como carbón por el fuego.

Los pocos que quedaron se dieron a la fuga, entonces abordé la nave y salimos hacia mar abierto, con destino incierto para mí. No tenía patria, no tenía amigos, no tenía refugio, solo tenía mi fe y la *vara*.

-Terrible poder posees, despreocúpate, nadie osará meterse contigo. - me dijo *Coleo de Samos*. Ni siquiera yo después de lo que he visto y no quiero que destruyas mi barco por favor, porque moriremos todos ahogados.

-No temas mi amigo- le dije- te pagaré bien por tu ayuda, solo te pido que me lleves a una tierra menos inhóspita.

-Dicen que hay una tierra más allá de *"Las columnas de Hércules"*[67]. Soy un explorador y aventurero. ¿Me acompañarías en mis viajes? Contigo estoy más protegido que con un ejército ¿Qué dices a lo que te propongo?- se quedó esperando mi respuesta.

-De acuerdo, vamos donde los vientos de Dios nos lleven, estoy a Su Merced y Voluntad- le dije aceptando su oferta- viajemos pues por los mares y recorramos la tierra, hasta los confines del mundo.

---

67. **Columnas de Hércules**: *Para los griegos era, lo que hoy es el estrecho de Gibraltar. Era el límite del mundo conocido, hasta que Coleo de Samos lo atravesó, según el historiador griego Heródoto de Halicarnaso.*

Y fue así, que yo *Yeshaiáhu ben Obhádhyah,* sacerdote *Kohen* de Judea, al servicio del Altísimo, me embarqué nuevamente hacia territorios desconocidos, alejándome aún más de la tierra de mis ancestros, portando la *vara* que había sido puesta a mi custodia.

Mi misión había fracasado y ahora estaba en las manos de Dios, mi vida y el destino de la *vara* que se me había encomendado.

CAPÍTULO 42

Peter había hecho una amiga en España y no nos parecía nada extraño en él. La muchacha era muy inteligente y poseía una vasta e importante cultura, pero además era muy bonita, delgada y con un cuerpo muy bien proporcionado casi de modelo.

Elegantemente vestida, con prendas informales bien combinadas y con un cabello largo y pelirrojo tenue, que enmarcaba un rostro donde sus verdes ojos brillantes, y su mirada atrevida y vivaz atraían, como dos faros la atención de Peter. Mientras sus labios carnosos y sensuales desgranaban cada palabra, seducían dejando mudo y embelesado, a nuestro playboy invicto.

Fuimos a almorzar todos juntos y allí pudimos conversar extensamente con ella. Se llamaba Lucena Sellart Vivar, catalana de Barcelona y nos deslumbró con sus conocimientos filosóficos, que en realidad no tenían nada que ver con su profesión.

Era economista y estaba al frente de una importante sucursal en España, de una empresa internacional de asesoramiento, para inversiones en el mercado común europeo.

Lucena nos contó, que su inclinación por los temas filosóficos le venía por vía paterna. Su abuelo catalán, fue un hombre muy culto e intelectual, que ejerció una gran influencia sobre ella, con sus largas pláticas de sobremesa.

El padre de su progenitor, vivió un tiempo en la provincia de Castilla y León, donde fue catedrático de Filosofía de la

363

famosa Universidad de Salamanca[68]. Los ojitos de Peter brillaban de entusiasmo, ya que comprobaba que esta hermosa muchacha encarnaba una porción enorme de la historia medieval de España.

Estaba como magnetizado, escuchándola y observando atentamente todos sus delicados movimientos, absorto y embelesado. Que casi se cae de la silla, cuando al pasar ella menciona, que según su madre sería descendiente por vía materna, nada menos que del *Cid Campeador* [69].

Nosotros nos mirábamos y sonreíamos furtivamente , porque parecía que finalmente Peter, había encontrado una mujer con la cual no podría aburrirse demasiado pronto, y abrigábamos ilusiones que por fin sentara cabeza. Además servía para distraernos un poco, del nuevo enigma que comenzaba a adueñarse de nuestras mentes, debido al extraño suceso que había ocurrido en la *Fuente de Los Leones*, en la Alhambra.

68. ***Universidad de Salamanca****: La prestigiosa y mundialmente famosa universidad fundada en 1218, es uno de los primeros centros académicos de Europa. Fue declarada Patrimonio de la Humanidad por la UNESCO en 1988.*

69. ***El Cid Campeador****: (1043-1099) Rodrigo Díaz de Vivar, caballero castellano famoso por sus hazañas heroicas que lo transformaron en un mito medieval, inmortalizado en el Cantar del Mío Cid. El término "Cid" deriva de la transcripción del árabe "Sayyid", que significa amo o señor, título honorífico que le fue otorgado por los musulmanes debido a su nobleza, valentía y honor.*

Evidentemente estaba relacionado con la *vara*, pero nunca nos hubiéramos imaginado que pudiera llegar a encontrarse tan lejos, en España. No sabíamos cómo manejar esta nueva situación que se nos presentaba, porque parecía que el destino se encargaba de enredarnos más y más en su telaraña.

Nos desconcertaba que un simple viaje de placer, acompañando a un amigo en sus investigaciones históricas, nos hubiera llevado *"accidentalmente"* a encontrarnos nuevamente con el misterio acuciante. Ese misterio que inadvertidamente, se había apoderado de nuestra voluntad, desde aquél día que se abrió la puerta, en la cámara oculta dentro del corazón del monte Masada.

Los días pasaron y Peter fue estrechando lazos con Lucy, como ahora la llamaba, y un día nos invitaron a cenar, en el hermoso apartamento que arrendaron en Marbella, frente al puerto deportivo y al paseo marítimo, próximo a la Avenida Duque de Ahumada.

Marbella está situada frente al Mediterráneo y se supone que deriva del árabe *Marbil-la*, nombre que le otorgaron los musulmanes a la ciudad cuando entraron en la península Ibérica en el año 711.

Algunos creen que la ciudad fue originalmente fundada por los fenicios 1600 años A.E.C., y que su nombre es de un capitán cartaginés de nombre *Maharbal*, derivando luego a *Maharbela* o *Marbela*. Pero hay evidencias arqueológicas de la presencia romana en lo que hoy es el Casco Antiguo de la ciudad. Lo cierto es que el origen de su nombre es hasta hoy objeto de conjeturas.

Los reyes católicos reconquistaron la ciudad en 1485, y hoy es uno de los centros de atracción turística más importante de la *"Costa del Sol"*[70], debido a su clima benigno durante todo el año.

-La vista desde aquí es magnífica- comenté mientras saboreábamos un exquisito vino español acompañado con unos fiambres y quesos locales.

-Lucy fue la que eligió este lugar, es muy confortable y bueno...- hizo una pausa, mientras Lucy le daba un beso- hoy es una noche especial para nosotros y queríamos compartirla con ustedes.

-Queridos amigos, queremos anunciarles que a partir de hoy, somos novios oficiales con todas las reglas.

-¡Bravo! -exclamó Débora- no saben lo feliz que me hacen -dijo mientras se secaba las lágrimas -pero es que no puedo creer que al fin Peter encontró a su alma gemela -agregó abrazando y felicitando a Lucy.

Y a continuación,, comenzó a dar sin ningún aviso previo, un sinfín de recomendaciones sobre los gustos de Peter, sus manías, sus predilecciones, etc., etc.,...¡No lo podía creer! Peter y yo nos miramos sonriendo y nos servimos otra copa del exquisito vino sin ningún comentario y salimos al balcón, a tomar un poco del aire fresco marino.

-¿Te gustaría Fede hacer unos hoyos al golf?- Me preguntó Peter.

---

70. **Costa del Sol**: *Se conoce como Costa del Sol, a la región litoral de la provincia de Málaga.*

-¡Sería espectacular!- Contesté porque sabía que Marbella contaba con varios campos de golf -¿Y dónde piensas que podríamos estirar un poco las piernas?-

-Tengo una invitación para acceder al *Golf Río Real* ¿Qué te parece?-

-¡Fantástico Peter! Solo habría que preguntarles a las mujeres si nos acompañan, no se Lucy pero seguro que Débora viene porque aunque no lo creas, juega mejor que yo- le contesté.

Lucy no era una entusiasta del golf, pero como Débora venía, no le quedaba alternativa. Además no pensaba despegarse de Peter por nada del mundo, estaba muy enamorada de él y según parecía Peter le correspondía de la misma forma.

Al día siguiente estábamos todos en el campo de golf, al que un río le atraviesa a lo largo que desemboca en el mar y que le da justamente el nombre, el *río Real*. El día estaba espléndido, Peter y yo jugábamos parejo, pero Débora nos estaba llevando ventaja a pesar de que hacía pareja con Lucy.

Era humillante, nos estaban ganando y Lucy nos miraba con un aire triunfalista. Suerte de principiante le decíamos, nos costaba aceptarlo. Era el turno de Débora y había hecho un tiro que quedó muy lejos del hoyo, y se alejó un poco, mientras Peter y yo éramos blanco de las burlas de Lucy.

Débora demoraba y nos dimos vuelta para ubicarla. Nos llama mucho la atención, verla hablando con un desconocido, que había aparecido de improviso.

El sujeto vestía una extraña indumentaria. Parecía un actor que había salido de un drama griego, con su túnica blanca y una larga barba. Pero cuando vi que tomaba su mano, corrí hacia allí sin pensarlo. El extraño sujeto, comenzó a alejarse velozmente hacia el sur, atravesó la autopista y se perdió en una arboleda. No pude alcanzarlo, porque parecía como que se lo había tragado la tierra. Débora estaba tendida en el suelo, tratando de ser auxiliada por Lucy y Peter. Volví apresurado, pero Débora ya se incorporaba, pidiendo calma disculpas y diciéndonos que no había pasado nada, que no nos preocupáramos, que se encontraba bien.

Nos fuimos directamente al hotel acompañados por Lucy y Peter, que estaban muy preocupados igual que yo, por lo que había acontecido, que nos aconsejaban efectuar una denuncia a la policía sobre lo ocurrido.

¿Cómo es que ese individuo se había filtrado en el campo, eludiendo los controles de seguridad? nos preguntábamos. Porque debido a su apariencia, pensábamos que seguramente era un lunático, de esos que andan deambulando drogados.

Aunque agradecíamos que no hubiera llegado a hacerle ningún daño. El suceso parecía haber provocado en Débora un susto sin igual, y debíamos tomar alguna medida al respecto, pero cuando Lucy y Peter se retiraron, incorporándose de la cama, me dijo:

-No es necesario tomar ninguna medida. Debemos contarle toda la historia a nuestros amigos. Porque aunque te parezca extraño, este suceso está conectado con el otro, aún más extraño, que nos ocurrió en Masada- aconsejó mirándome enigmáticamente a los ojos.

Al día siguiente nos volvimos a encontrar y le contamos a nuestros amigos, los extraños sucesos que habíamos experimentado, en el interior del monte. Y lo que nos venía sucediendo a partir de ese momento, en cuál se abrió la misteriosa puerta. Nos miraron con evidente escepticismo e incredulidad reflejada en sus rostros.

Débora sorpresivamente abrió una mano y mostró algo que ayer venía apretando en su interior, desde el momento que tuvo el encuentro con el extraño personaje. Parecía ser una moneda de bronce y muy antigua.

-Esto es lo que me entregó el personaje, que ustedes pudieron ver también, y es la prueba de que no fue producto de una alucinación-

Lucy tomó la moneda y la observó detenidamente y con un gesto mezcla de asombro y curiosidad, dijo mirándonos misteriosamente:

-Esta es una moneda fenicia sin lugar a dudas, y no sé si ustedes están al tanto. Cerca de la desembocadura del río Real, ese que justamente atraviesa el campo de golf en donde estuvimos, se encontró hace unos cuantos años un importante yacimiento arqueológico fenicio.-

-Esto entonces es ya algo realmente asombroso, al menos para mí- dijo Débora- porque el extraño personaje se presentó como un *Kohen* hebreo, que con ayuda fenicia había escapado de Judea destruida por los babilonios. Refugiándose en *Malaka*, me dijo que la *vara* que estamos buscando, se encuentra ahora en un paraje: *"Donde el León había caído defendiendo la Fortaleza".-*

-Le pregunté entonces de que *"León"* se trataba y dónde se encuentra el paraje en el cual está ubicada la *"Fortaleza"*. Sin contestarme, me entregó esta moneda y se fue, de la misma forma como apareció.-

-¿No será esto un fenómeno de alucinación colectiva?- Dijo Peter- es común que ocurran a veces, estos fenómenos de visiones fantasmagóricas.-

-Peter, ¿Qué estás diciendo? Coincido contigo, en que el suceso es de lo más extraño e inverosímil. Pero parece que para ti, la existencia de la moneda no es suficiente prueba. ¿Acaso no te fijaste, que en una cara tiene una torre, con un león sobre ella en actitud de ataque?- Le reproché

-Lo verdaderamente curioso, es el relieve de la otra cara- dijo Peter- ¿Se fijaron bien? Un pez con una manzana sobre él, no sé qué sentido tiene....-

-En las monedas fenicias antiguas, generalmente este relieve, se refiere a la actividad principal a la que se dedicaban, por ejemplo la pesca y los productos frutales, en este caso manzanas- acotó Lucy

-Es muy raro- dijo Peter- no soy un experto en la cultura fenicia, pero nunca escuché, ni leí en ningún lado, que se dedicaran al comercio de manzanas-

Débora no pudo resistir más y extrajo el cristal ante las exclamaciones de admiración, y curiosidad de sus amigos. Contemplaban lo que para ellos, era una extraordinaria joya de inigualable belleza. Pero Débora acercó el cristal a la moneda y este comenzó a brillar con una intensidad inusual.

Nuestros amigos llegaron al borde del delirio y el espanto casi entrando en pánico, hasta que yo les recordé lo que nos había pasado en Masada.

-Suficiente- dijo Débora- para mí esto es una prueba irrefutable, de que esta moneda está relacionada con nuestra búsqueda de la *vara* y todo lo que sucedió es para darnos la pista correcta- concluyó guardando la piedra.

-¿Y cuál es la pista correcta?- Pregunté, porque todo era muy confuso.

-¿Qué les parece amigos, si mañana consultamos un experto en numismática antigua?- Propuso Lucy- de esta forma estaremos totalmente seguros, con respecto a su antigüedad y procedencia. Y quizás nos aporte alguna información útil, que nos sirva para develar este misterio.

-¿Te refieres Lucy a esa persona, que nos encontramos hace unos días?- le preguntó Peter y Lucy asintió

-Me parece muy buena idea amigos y se los recomiendo- continuó Peter- es un ejecutivo de la empresa que dirige Lucy y su pasatiempo preferido, es la colección de monedas antiguas. Es todo un experto en el tema, según nos dijo-

Todos estuvimos de acuerdo, el misterio otra vez había podido más, y nuestros amigos a pesar del miedo y la desconfianza, ya estaban también atrapados en su telaraña.

No sabía si ponerme contento o preocuparme, porque estábamos exponiendo sus vidas a un peligro que existía. Pero que no sabíamos con certeza, dónde y cuándo iba a hacerse presente para atacarnos, y mi instinto me anunciaba que inevitablemente esto ocurriría.

El experto en numismática, nos confirmó que efectivamente, se trataba de una moneda fenicia, probablemente del siglo VI A.E.C.. Pero que era muy rara, ya que nunca había visto ninguna como esa, y manifestó mucha curiosidad por saber cómo la habíamos obtenido, cosa que omitimos responderle.

Nos preguntó, si le dábamos permiso para hacer una prueba, sobre la composición del metal de la moneda, porque dudaba de que fuera bronce.

Débora asintió y entonces le aplicó en la superficie, una pequeñísima gota de un ácido, que dejó un pequeño círculo dorado al desvanecerse.

-Estimados amigos- nos dijo- esta moneda no es de bronce, sino de oro y de una calidad muy alta, lo que le da un valor agregado muy elevado, debido a su antigüedad y singular rareza. Si es que está interesada en venderla señora, puedo recomendarle un importante coleccionista, que le ofrecerá una interesante suma de dinero por ella- dijo alargando una tarjeta, que yo tomé para saber de quién se trataba.

-Agradezco sus consejos, pero por ahora no pienso desprenderme de ella ya que tiene un valor afectivo para mí, por favor dígame cuánto le debemos.-

-Nada señora por favor, los amigos de Lucena son mis amigos. Aunque le agradecería, si me permite tomarle una foto a la moneda con la cámara de mi celular. De esta manera podré adjuntarla a mi catálogo de monedas raras, junto con su nombre, si es que usted me lo autoriza- Débora asintió y nos retiramos de su apartamento.

Teníamos tema para rato. En la playa, en los paseos, estuviéramos en la sierra, en el mar, o comiendo en un restaurante, nuestra conversación giraba sobre la moneda, los extraños acontecimientos y su vinculación con la *vara*.

-Por lo que sé, la vara de Moisés no fue lo que generalmente se supone. Hay especulaciones de que podría ser una vara de *rabdomante*, práctica que realizan los *zahoríes* para encontrar minerales, agua, petróleo, objetos perdidos, etc.- nos comentó Peter, mientras comíamos una suculenta *"Paella"*[71].

-Se encuentra una razón para adjudicarle este uso- prosiguió Peter- por varios hechos relatados en Éxodo, relacionando a Moisés con el agua. Como por ejemplo: cuando es depositado en una canasta sobre el río Nilo, cuando le ordena a su hermano mayor Aarón, herir con la vara las aguas del Nilo, cuando abre las aguas para atravesar el Mar Rojo, y especialmente cuando golpea una roca con la vara y obtiene agua. Y por si fuera poco, el nombre Moisés o Moshé, significa *"salvado de las aguas"*.

Además Moisés mismo -continuó Peter- nació según la tradición hebrea bajo el signo zodiacal de *Piscis*, en el séptimo día del mes hebreo de *Adar*, que corresponde en el calendario gregoriano con el mes de Marzo.-

71. **Paella**: *Plato típico español de arroz, azafrán, pollo, mariscos, etc., cocinado y servido en una bandeja grande.*

-También *Piscis* es, uno de los tres signos de agua. *Escorpio*, representa la gota de agua intermitente y *Cáncer* los ríos que fluyen, mientras *Piscis*, representa la vastedad de los mares y los océanos, y tiene también la particularidad, de ser el signo que se comunica con la divinidad.-

-Pero Moisés no solo encuentra agua, sino que también la vara se transforma en serpiente ante el Faraón, y hasta brota y reverdece en el tabernáculo- dije casi atragantándome- Se la asimila con la vara de los magos y con el cetro de poder de los reyes. Por lo tanto la vara de Moisés, que parece también estuvo en poder del profeta Elías, era un instrumento que poseía todas esta cualidades y aún otras desconocidas.-

-¿Qué era entonces la famosa *vara*?- preguntó Lucy acomodando los platos.

-La *vara* quizás, era un instrumento de una tecnología muy superior a la nuestra, que habría sido entregado a Noé, sobreviviente de una civilización que fue destruida. Posiblemente la Atlántida y que consistía en un aparato, que tenía múltiples propiedades sobre la materia. No habían cuestiones milagrosas, era un artefacto concebido por una cultura, que habría logrado controlar fenómenos meteorológicos y de la naturaleza. Fue en cierta medida, lo que permitió a Noé y su familia sobrevivir al cataclismo producido- dictaminó Débora, mientras limpiaba de mi boca con una servilleta, restos de la suculenta paella.

Nuestra plácida y morosa sobremesa, fue interrumpida abruptamente por el ejecutivo cuyo *hobby* era la numismática.

Nos estaba buscando, e irrumpió en el restaurante al vernos dentro y se dirigió como una flecha directamente hacia nosotros.

-Estimados amigos, sepan disculpar esta brusca intromisión mía tan intempestiva, sobre todo tú Lucena que me conoces y sabes que no es habitual en mí este tipo de actitudes. Pero hace varios días que los vengo buscando, sin éxito y tengo algo muy importante, que comunicarles en relación a la moneda, si les apetece escucharme por supuesto- imploró el hombre muy agitado.

-Por favor, tome asiento mi amigo ¿Desea tomar algo?- Le invité.

-Un vaso de agua helada por favor.-

-Cuéntenos pues, el motivo de su agitación- le solicitó Débora

-Como ustedes saben, llevo un catálogo de monedas raras. En gran parte es producto del intercambio de información, con amigos de varias partes del mundo, que comparten conmigo esta pasión por la numismática. Por lo tanto, les envié la foto de la moneda por internet, para poder recabar la mayor información posible. Poco tiempo después recibí por correo electrónico, la copia de un antiguo códice español medieval, donde hay un dibujo que es una réplica exacta de la moneda. Pero lo más interesante, es que el códice expresa que el relieve de la moneda, tiene relación con una antigua orden iniciática- dijo haciendo una pausa, para tomar el último sorbo de agua y pedir otro vaso, mientras nosotros esperábamos ansiosos.

-Resulta que este grupo, tuvo su base en una fortaleza a la orilla de un río, custodiada por un león- continuó su relato- Y lo más interesante es que según el códice, una vara misteriosa y mágica, habría sido usada por un sacerdote, quién auxilió al león para no dejarlo caer-

Todos nos miramos sumamente sorprendidos, porque esta información, no solo parecía corroborar el extraño encuentro protagonizado por Débora, sino que ampliaba la pista de la posible ubicación de la mítica vara. ¿Pero de qué fortaleza se trataba?¿Y si era un emblema no podría tratarse quizás de una ciudad? Nos preguntamos mientras el experto se iba, dejándonos una foto copia del códice con la moneda.

-Puede tratarse de la ciudad española de León, que se encuentra en la confluencia de dos ríos, el Bernesga y el Torio- aventuró Lucy-

Además, allí vivieron los judíos más prominentes del reino y la influencia de la comunidad judía, fue muy importante por la actividad comercial desarrollada, que generó una calidad de vida muy alta.-

-No descartemos Granada- agregué yo -porque fue allí, justamente en la Fuente de los Leones de la Alhambra, donde el cristal brilló y también está ubicada entre dos ríos. Allí vivieron grandes filósofos y cabalistas. Aunque no encaja el dato del sacerdote, ya que en la religión judía, al ser destruido el segundo Templo quedaron inoperantes- finalicé dudando yo mismo de mis argumentos.

-Es un acertijo muy complejo- dijo Débora

-Porque podría tratarse también de un reino de España, como por ejemplo el de Castilla y León, en cuyo sello real se observa tanto un león, como una torre y quizás aluda este símbolo a la fortaleza custodiada por el león. ¿Pero qué orden iniciática pudo haberse desarrollado, que necesitó el auxilio de un sacerdote?-

-Una orden iniciática, que no haya sido necesariamente constituida por los hebreos- contestó Peter, mientras examinaba el impreso del correo electrónico donde figuraba el códice y el dibujo de la moneda.

-¿A qué te refieres Peter específicamente?- preguntó Débora intrigada.

-Mi teoría es la siguiente: cuando se habla de los fenicios, es importante destacar que no formaban un reino, sino que eran ciudades independientes de origen semítico cananeo, exactamente igual que los hebreos. Con la diferencia que estos últimos llegaron a constituir una unidad nacional. Sin embargo, se sabe que existía una estrecha colaboración, al punto que los hebreos navegaban con los fenicios. Por lo tanto es muy probable que hayan llegado a estas costas, mil años A.E.C., y en mayor número, en la época de la destrucción del Templo de Salomón. Los hebreos deben haber extendido su influencia hasta donde pudieron, impedidos luego por el desarrollo del imperio Cartaginés y posteriormente de Roma. Lo cual debe haber hecho, que tuvieran que adaptarse a las culturas indígenas celtas- dijo Peter deteniéndose unos instantes, para saborear el aromático café irlandés que había ordenado.

-Peter ¿Y cómo engancha tu teoría con la orden iniciática?- Preguntó Lucy

-Según mi punto de vista, un grupo sobresale de entre los seguidores celtas a través del tiempo, los antiguos britanos luego conocidos como bretones. En los siglos V y VI E.C., tras la retirada de los romanos, muchos britanos o celtas de Britania, al huir de su tierra natal a causa de las invasiones de anglos y sajones de origen germano, se refugiaron en la parte noroeste de Armórica, ubicada al noroeste de Francia, dándole a esta región su nombre actual: Bretaña. Es en la primera mitad del siglo VI, que este grupo comienza a destacarse, por su influencia en la isla de Gran Bretaña con la aparición de una figura mítica: *Merlín*[72], que significativamente era un sacerdote, pero *druida*.-

-Por lo tanto Peter, si estamos de acuerdo con tu teoría, entonces el león al cual el sacerdote le habría prestado auxilio no sería otro que Arturo, más conocido como ¡El legendario y mítico *Rey Arturo Pendragon*!- exclamé entusiasmado.

72. **Merlín**: *Fue un gran y famoso mago druida galés, que vivió presuntamente en el siglo VI E.C. Es una de las figuras centrales de las leyendas del Rey Arturo de Camelot.*

CAPÍTULO 43

Peter nos había arrojado una bomba, que estalló en nuestra mente e imaginación. Porque a ninguno, se le había ocurrido relacionar, la representación de la efigie de la moneda fenicia, con el *rey Arturo* y menos con *Merlín*, el mago druida. Hasta comenzamos a dudar, que se tratara realmente de una moneda fenicia, porque había un salto de mil años entre los sucesos, en donde además se mezclaba la leyenda y el mito.

Estábamos en el apartamento de nuestros amigos, saboreando un exquisito café con torta y masitas españolas, cuando de pronto Lucy se encargó de reducir la onda expansiva y de ubicarnos en un terreno más firme y racional.

-¿Qué podemos decir entonces de *Lucius Artorius Castus*[73]? -preguntó Lucy- Según las últimas investigaciones históricas, no habría sido celta, sino romano. Y peor aún, no habría luchado solamente contra los anglos y los sajones, sino contra los mismos celtas irlandeses, defendiendo al imperio romano en sus postrimerías. Se especula también, que se autoproclamó sucesivamente: *"Magister Militum"*, *"Regissimus Britanniarum"* y *Emperador* ¿Qué lugar ocuparía Merlín entonces, si es que realmente existió?¿Y cómo encaja esto con la moneda?-

---

73. **Lucius Artorius Castus**: *General britano romano nacido en Cornualles en el siglo V. Personaje histórico, cuya vida y acciones se ajustan en muchos detalles, a la leyenda del Rey Arturo.*

Un silencio denso se produjo entre nosotros, por la lógica del argumento de Lucy, pero yo me encargué de interrumpirlo. Aunque por vía paterna llevaba sangre castellana, al fin y al cabo corría también sangre celta y sajona por mis venas, debido a mis ascendientes anglo escoceses de mi familia materna.

-Ha sido muy aguda tu observación Lucy, aunque hay una serie de consideraciones, que encajan perfectamente, con lo que el antiguo códice español medieval expresa- intervine

-Por ejemplo, cuando habla de una fortaleza a la orilla de un río, quizás se refiera a la ciudad de Caerleón a orillas del río Usk, cerca de Newport, condado de Gwent, al sureste del País de Gales. Muchos creen que allí estuvo la mítica *Camelot*, ciudad que fue la capital del legendario Arturo, rey de los britanos, hijo de *Uther Pendragon,* quien luchó contra la invasión anglosajona. Y con la guía de *Merlín* y junto a su esposa *Ginebra,* fundó un reino legendario, con una espléndida corte de caballeros. Y como dato curioso Lucy, quiero agregar que en español, idioma que es nuestra lengua de nacimiento, *"Caerleón"* significa literalmente *"La caída del León".* Aunque deriva del Gales, para nombrar la Fortaleza de la legión romana, *"Isca Augusta"* fundada en el año 75 E.C., ocupada hasta el siglo IV. Así que ya tenemos la fortaleza, el león y nos falta el sacerdote. ¿De qué orden iniciática antigua podría estar hablando el códice? Tiene que tratarse de una orden cristiana monástica, porque los celtas comenzaban a abrazar la nueva fe, conciliándola sincréticamente con sus mitos ancestrales.-

-Así es, que por lo tanto Lucy, Merlín debe haber sido un sacerdote druida y cristiano al mismo tiempo, y es muy probable que haya estado en su poder, la *vara* y que hasta haya sabido cómo usarla, y de ahí que le hayan conferido el título de mago.-

-¡Brillante la exposición de ambos!- exclamó Peter- aunque yo, quisiera agregar un dato para complicar aún más la cosa, y no es ese mi propósito, porque deseo como todos nosotros lo contrario: Llegar a descubrir el sitio, donde puede estar la misteriosa *vara*.

-¿Y qué tal si miramos, en la parte posterior de la moneda?-continuó Peter-vemos allí una manzana sobre un pez. Avalon en la leyenda arturiana era una isla, por lo tanto rodeada de agua y… ¡Peces! Y su nombre, deriva del galés que significa "Tierra de manzanas". Según la leyenda, allí es donde fue enterrado el *rey Arturo* y concuerda con el mensaje, que la figura fantasmagórica le dio a Débora: el paraje *"donde el León había caído defendiendo la Fortaleza".* ¿Qué lugar se adecúa muy bien a esta descripción? La *Colina de Glastonbury*, al este del pueblo del mismo nombre, que se alza a 159 metros sobre el *Valle Brue*, en el distrito de *Mendip* de *Somerset, Inglaterra.* Y es posible, que antaño la colina haya sido una isla, porque el terreno pantanoso que la rodea, apoya esta tesis. Allí pues, mis amigos debe estar entonces, la bendita *vara* que estamos buscando.-

-¡Brillante deducción! Nos has dejado mudos a todos Peter -dijo Débora- y se me acaba de ocurrir una idea, que de funcionar, nos va a ayudar a confirmar si es acertado, lo que nos has expuesto brillantemente. ¿Alguien tiene un mapa del Reino Unido de Gran Bretaña?-

Nos fuimos corriendo a una librería, a comprar un mapa, estábamos ansiosos por contemplar, cómo Débora iba a resolver este dilema.

El mapa, ya estaba desplegado en la mesa y entonces Débora extrajo el cristal, y lo apoyó sobre él, y suave, y lentamente, fue deslizándolo por su superficie. Cuando pasó sobre *Caerleón*, a pesar de mis grandes expectativas nada sucedió, absolutamente nada, por lo tanto mi tesis quedaba descartada.

Débora lentamente enfiló hacia *Glastonbury* y a medida que se acercaba más y más, la tensión y ansiedad nuestra aumentaba en la misma proporción. Ya el cristal, se encontraba sobre el punto que identificaba a la ciudad y para sorpresa de todos, tampoco pasó absolutamente nada. Débora entonces se detuvo unos instantes y volvió a pasar el cristal de vuelta varias veces, sin ningún resultado.

Todos nos miramos, porque el desconcierto nos había invadido, y fue mayor aun cuando a Débora se le ocurrió pasar el cristal por la superficie de toda *Gran Bretaña* sin que ocurriera ningún hecho significativo.

-¿Nadie tiene por casualidad un mapamundi?- preguntó Débora ansiosa.

Salimos con Peter nuevamente a recorrer las librerías, y no volvimos hasta que encontramos un planisferio del globo terrestre, de gran tamaño como para colgar en una oficina.

Y por si acaso, compramos una edición actualizada de una enciclopedia, que traía mapas de todos los continentes, de cada país del mundo y de las ciudades más importantes, con sus características geográficas y políticas.

Despejamos la mesa y pusimos el planisferio sobre ella. Débora pasó lentamente el cristal sobre su superficie, comenzando por *España* y nada ocurrió, volvió a repetir la operación sin éxito.

Entonces, comenzó a desplegarse por toda *Europa* y tampoco ocurría nada, siguió hacia el medio oriente, recorrió toda *Asia*, *África*, *Oceanía* y nada.

Comenzamos a dudar del método, quizás no funcionaba, y de ser así ¿cómo podríamos saber dónde estaba la *vara*? nos preguntábamos.

Débora ahora estaba dirigiéndose al continente americano, comenzó desde el extremo sur y fue subiendo, lentamente, pasó por toda Sudamérica, américa central, américa del norte y nada...Ya nos dábamos por vencidos, hasta que llega a la costa este de los Estados Unidos y comienza repentinamente a iluminarse, en el estado de *Nueva York*.

¡No podíamos creerlo! ¡La vara parecía estar en los Estados Unidos de América! Rápidamente, buscamos el mapa del estado de *Nueva York*, en los libros que habíamos comprado.

Débora ubicó el cristal sobre él, siguiendo el mismo método y al aproximarse a la ciudad de *Nueva York* comenzó a iluminarse con más intensidad.

Frenéticamente desplegamos el mapa de *New York City*, era un juego verdaderamente excitante, experimentar como nos íbamos acercando, cada vez más y en una escala cada vez menor. El cristal se iluminaba ahora, con más intensidad en la *isla de Manhattan* ¡Increíble!

Ahora, nos faltaba saber en qué sector, en que calle, en qué edificio de *Manhattan*. Débora recorría el plano lentamente, y en un bloque de edificios cercano a la *Grand Central* y al edificio *Chrysler* se encendió con una potencia inusual. Era una clara indicación que la vara estaba en pleno corazón de *Manhattan* ¿Cómo había llegado allí? Nos preguntábamos todos.

Repentinamente, vino a mi mente una idea, que me permitió comprender parte del misterio de porqué las piezas de este puzzle, se acomodaban en su lugar.

-Encaja todo perfectamente ahora -dije- ¿Piensas lo mismo que yo Peter? Porqué lo estoy viendo en tus ojos mi amigo ¿No es así?

-Así es Fede, *Manhattan* es una isla, y por lo tanto rodeada de peces y curiosamente es denominada *"La Gran Manzana"*, y el *León* que cayó defendiendo sus posesiones coloniales no fue otro que el *León Británico*.

-¡Exacto! Y creo también, que esta historia trata de dos leones muy diferentes- acoté- Uno ya lo nombraste y fue el que cayó derrotado, y el otro según el códice, es quién recibió el auxilio de un sacerdote para que no cayera.-

384

-¿Cuál era este segundo león entonces? ¿Y quién fue este misterioso sacerdote, por favor?- preguntó Lucy, totalmente intrigada por nuestro diálogo.

-Este león, era el joven e inexperto *León Americano*, que encarna las fuerzas revolucionarias y que por lo tanto necesita del auxilio de un sacerdote. Es decir la conducción y guía de un hombre espiritual, de ideales muy elevados, que no puede haber sido otro que *George Washington*.-

-¿Cómo es esto, qué dices?- preguntó Lucy totalmente despistada.

-Tenemos que hablar antes, de la antigua orden iniciática- dijo Peter.

-Efectivamente amigo. La antigua orden iniciática, no es otra que la *Masonería* y *George Washington,* era *masón* y al tomar el comando de las fuerzas revolucionarias, este hecho fundamental lo convierte también en su jefe espiritual. Que de hecho lo era, porque su honestidad y pureza aglutinó las fuerzas y lo convirtió en uno de los grandes líderes de la historia del mundo.-

-¿Pero en el códice dice que usó una *"vara mágica y misteriosa"*? Y no creo que *George Washington,* haya usado la *vara de Moisés,* en la guerra de independencia de los Estados Unidos- dijo Lucy

-Me parece que el códice, no se refiere en este caso a la *vara* de *Moisés*, así como tampoco se refiere a hechos pasados- dijo Peter- sino a hechos que iban a ocurrir, como una premonición. Por esta razón creo que se refiere a los fusiles de la revolución, como la *"vara mágica y misteriosa"*.-

Débora que había permanecido callada, escuchando nuestras opiniones atentamente y estaba muy pensativa, intervino entonces.

-Es muy probable que estén acertados en lo que dicen, porque los Estados Unidos que es la nación más poderosa de la tierra, está rodeada desde su nacimiento de fuertes y profundos símbolos esotéricos. Porque sus fundadores eran personas místicas, de altos y profundos ideales humanistas, que lucharon denodadamente por concretar su sueño: el sueño de crear la utopía del Estado Ideal, el mito de la Sociedad Perfecta, donde la convivencia armónica de los hombres fuera posible en paz y con amor- concluyó Débora.

-Perdonen que interrumpa- dijo Lucy- ¿Pero no sienten un olor extraño?

-Sí- dijo Peter- parece olor a gas. Quizás alguna hornalla de la cocina quedó abierta- y fue a verificar.

Mientras Peter iba a la cocina, a verificar si había una pérdida de gas, el cristal que portaba Débora se desprendió de su mano y comenzó a comportarse de una forma muy extraña. Se elevó en la habitación, flotando ingrávido en el aire sobre ellos, emitiendo una luz cada vez más intensa, que les iba envolviendo poco a poco.

-No, no hay ninguna fuga de gas en la cocina- regresó Peter, quedándose absorto ante el portento, mientras la luz del cristal, le envolvía también a él.

El olor a gas se había hecho insoportable, mientras el cristal aumentaba cada vez más la potencia de su luz, envolviéndolos completamente.

De pronto, una violenta explosión sacudió todo el edificio y el apartamento donde se encontraban. El fuego comenzó a devorar con sus llamas los restos semi destruidos por el estallido, los muebles, las cortinas, la mesa con los mapas.

Las copas de cristal con licor a medio consumir, estallaron con violencia, los ventanales se fragmentaron en mil trozos de vidrio y el aire penetró, elevando la temperatura del fuego, intensificando el incendio y el hermoso apartamento se desintegró cubierto por las llamas por completo, carbonizándose íntegramente.

A lo lejos, se escuchaba el ulular de las sirenas de los camiones contra incendio, acudiendo velozmente al lugar de la catastrófica tragedia.

CAPÍTULO 44

-¡No!- gritó el hombre de edad avanzada golpeando violentamente la mesa.

-¡No los hemos protegido como correspondía!- exclamó agarrándose la cabeza...-¡No, no, no!

-No te culpes Aby, nos sorprendieron totalmente con este ataque. Fue planeado muy cuidadosamente y ante nuestras propias narices, por los muy malditos- le masculla su asistente, con un gesto de impotencia en su cara.

Sentados en una oficina del Servicio Secreto de Israel, el *Mossad*, junto a los dos hombres, estaba todo un equipo de expertos dirigido por el general Eitan, observando el desarrollo de las noticias, en una gran pantalla de plasma.

En grandes titulares, consignaban la inusual catástrofe ocurrida en Marbella, España:

"Una brutal y violenta explosión, ocurrida en un inmueble situado en el corazón del apacible y tranquilo centro turístico de Marbella, España, conmociona y sensibiliza a todo el país y al mundo, acaparando la atención de todos los medios de comunicación locales e internacionales"

Comentaban los periodistas de televisión y los analistas se preguntaban por la naturaleza de este trágico suceso: ¿Fue un ataque terrorista? ¿Y si lo fue, cuál fue el motivo? El caos y la confusión reinaban, mientras se llevaban a cabo los peritajes sobre el edificio semi destruido.

Los expertos opinaban, que por las características del estallido y su propagación, hay una gran probabilidad que la causa, se deba a fallas técnicas en la instalación de provisión de gas natural del edificio.

-Hay un interés político y económico en tratarlo como un accidente- dictamina Eitan -no solo para no desprestigiar el lugar, sino para encubrir toda mínima posibilidad de un atentado, lo que afectaría enormemente el estatus de seguridad del sitio.

Las noticias parecían confirmar la hipótesis de Eitan, porque desde el Ayuntamiento de Marbella, se presentan pruebas de repetidas fallas en las instalaciones de provisión de gas, e intimaciones previas para su pronta reparación. Los expertos del cuerpo de bomberos, confirman que la causa de la explosión, se debió a una importante fuga de gas y se descarta toda hipótesis terrorista o intencional. El caso finalmente, se cierra como un accidente, pero se argumenta la desidia de los propietarios, que no ejecutaron los trabajos de reparación para evitar esta terrible tragedia.

Se prevé un aluvión de juicios, sobre los propietarios de los apartamentos del inmueble, por parte de los familiares de los arrendatarios fallecidos, dicen las noticias. Porque es muy cuantioso el número de muertos y otro tanto el de heridos. Pero como era de esperar, el edificio está asegurado para cualquier contingencia y los propietarios deslindan responsabilidad, dicen los reporteros, adjudicándosela por completo, a la compañía de mantenimiento del edificio.

CAPÍTULO 45

La reunión había congregado a mucha gente. Algunos ni siquiera eran familiares, amigos de años, conocidos, hasta perfectos extraños. Bill Dorman había corrido con todos los gastos, de traslado, hospedaje, homenaje y exequias.

Estaban los padres de Federico, los de Débora, Lucy y Peter. Elizabeth y Fredy, acompañaban a sus desconsolados abuelos, que con visible dificultad se mantenían firmes para contener a sus nietos. Porque los niños no entendían nada, para ellos sus padres no habían muerto. ¿Dónde están sus cuerpos preguntaban? No han sido hallados, deben estar escondidos en algún lugar. Sus abuelos les sonreían forzadamente y les dejaban correr en sus fantasías.

También se encontraba el Profesor Liberman, acompañado por Koby su asistente y por Rami. Figuras de gran relieve, dignatarios, políticos, empresarios, jefes espirituales, como el Papa, el Gran Rabino de Israel, o el Príncipe Fawwaz de Arabia Saudita, consejero real y maestro sufí, así como el Dalai Lama y muchos más que habían estado en la reunión secreta del Vaticano, hacían llegar sus condolencias a través de emisarios.

Muchos de los presentes, eran miembros del Grupo, y habían venido a dar su apoyo a los familiares, de quienes consideraban héroes en la lucha contra SO y víctimas de esa lucha, por la cual habían ofrendado sus vidas. Era más bien un homenaje póstumo y simbólico, para darle sentido a una pérdida irreparable.

Después del mediodía de ese domingo en la ciudad de Naples, en el sur de la Florida, en los Estados Unidos, todos los reunidos formando un largo cortejo, acompañaron los cuatro féretros simbólicos vacíos, transportados a pulso hasta un cementerio interreligioso. Allí cada sepelio, fue siguiendo el rito de su religión. Cada ceremonia fue muy emotiva y poco a poco los concurrentes se fueron retirando, quedando solo un grupo reducido, conformado por los más allegados.

A lo lejos, a una distancia prudencial, bajo la copa enorme de un viejo y umbrío árbol, se perfilaba una figura. Era la de un hombre de inmaculada camisa blanca, que con una chaqueta en la mano y su rostro cubierto por unos anteojos oscuros, observaba el simbólico funeral. Contemplaba la escena solo, muy serio, y en su semblante, aparentemente frío, parecía dibujarse un rictus de dolor y tristeza.

Al profesor Liberman le pareció verlo, pero cuando fue a avisarle a Rami, al darse vuelta los dos, la silueta había desaparecido, se había esfumado.

Era muy difícil para los familiares separarse y volver cada cual a su lugar de origen, por lo tanto a Bill se le ocurrió ofrecerles, que se quedaran juntos todo el tiempo que necesitaran, que él sin ningún inconveniente cubriría todos los gastos necesarios.

Pero el Profesor Liberman, Koby y Rami, debían regresar. Habían quedado muchas cosas pendientes, en las cuales Eitan estaba trabajando en ese momento, y era necesario continuar con la investigación, para averiguar qué fue lo que sucedió realmente.

Ninguno de ellos estaba satisfecho, en cómo se movían los acontecimientos. Y estaban comprometidos en lo más profundo de su ser, a escarbar y escudriñar hasta lo más profundo posible. Porque desconfiaban totalmente, de la manera en cómo se presentaban los hechos porque sabían que SO estaba detrás del atentado y deseaban con vehemencia, infringirle un duro revés .

CAPÍTULO 46

Gracias a los contactos diplomáticos, debido a su trayectoria como científico de renombre mundial, y por ser Premio Nobel de Física, el Profesor Liberman pudo conseguir los permisos, para investigar en el edificio de Marbella, España, los restos que quedaban del apartamento rentado por Peter y Lucy, reducido a escombros.

Le acompañaba Eitan y su equipo de expertos y solo hacía falta la presencia de Rami, que se encontraba en viaje hacia el lugar. Habían avanzado bastante en la investigación y, consiguieron comprobar que la fuga de gas no había sido accidental, sino intencional.

El equipo de agentes del general Eitan, había construido una estructura superpuesta sobre los restos calcinados, con senderos para no alterar nada y además para que fuera posible transitar sin riesgo de desmoronamiento, de lo que quedaba en pie de la estructura original de la construcción.

Todos los sofisticados aparatos de alta tecnología estaban desplegados, junto con el equipo de estudio. El profesor Liberman portaba un instrumento de alta sensibilidad: un *termógrafo cinético*. Y con él aparato, recorría los restos carbonizados del apartamento buscando alguna señal.

Este dispositivo tiene la particularidad de captar, medir y leer, cualquier alteración anormal o desplazamiento, cambio de temperatura, o composición físico química, impreso como una huella o rastro, por cualquier elemento, sustancia, o artilugio, dejado sobre el escenario de investigación.

Con la interesante particularidad de poseer además, la capacidad de detectar cualquier elemento, que no figure en la *Tabla periódica de los elementos*[74], originalmente creada por el químico ruso, *Dimitri Mendeléyev* en 1869.

-Nada, no aparece nada- rezongó fastidiado el profesor.

-Le dije que no iba a ser fácil- le contestó Eitan, mientras con sus agentes expertos, tomaban muestras y estudiaban milimétricamente, entre las cenizas, cómo reconstruir el escenario de la explosión.

Se había comunicado con ellos el ejecutivo de la compañía de Lucy, y les había entregado una fotocopia de la extraña moneda fenicia, contándoles detalles de ese episodio.

-Los cuerpos de nuestros amigos pueden haberse vaporizado, volatilizado- argumentó Eitan- por el intenso calor desarrollado durante la explosión. Pero no hemos encontrado ningún indicio de ello, a pesar de contar con instrumentos altamente sofisticados y precisos.

-Deberíamos haber encontrado, siquiera algún rastro- opinó Liberman- pero no hay nada, solo cenizas y escombros. Parece como que no hubieran estado aquí, pero esta posibilidad queda descartada. El portero encargado del edificio, relató a la policía que vio entrar a Federico y Débora.-

74. ***Tabla periódica de los elementos****: Es una disposición de los elementos químicos en forma de tabla, hasta ahora descubiertos y presentes en nuestro planeta. Ordenados por su número atómico, por su configuración de electrones y sus propiedades químicas.*

-Lucy y Peter que ya se encontraban en el edificio, obviamente les recibieron, pero dijo además que vio salir a Peter y Federico, varias veces y volver con elementos de librería, como ser mapas y un gran planisferio y permanecieron luego en el apartamento hasta que ocurrió la explosión- agregó Eitan

Liberman y Eitan fueron atando cabos y llegaron a la conclusión de que sus amigos, muy probablemente hallaron la ubicación del paradero de la *vara* y por ese motivo la *Siniestra Organización* decidió eliminarlos, para hacerse con el cristal de Débora, localizar la *vara* y apoderarse de ella para usarla en su propio beneficio.

-Esto, explicaría la razón de la ausencia del cristal, entre los escombros del apartamento- dijo Liberman- porque no fue afectado por la explosión, ya que es indestructible.

-Anduvo mucha gente, entrando y saliendo de aquí, después de la explosión-dijo Eitan- lo más probable, es que la gente de SO aprovechó el caos, para apoderarse del cristal.

A la mañana siguiente fueron con Rami a desayunar a un café cercano. El profesor y Eitan estaban muy decepcionados y le manifestaron su preocupación a Rami. Habían descubierto que la explosión había sido provocada por la *Siniestra Organización* y le explicaron el motivo:

-Nuestros amigos dieron con la ubicación de la *vara* y aparentemente pagaron con sus vidas por ello- le contó el profesor

-El problema es que no hay ninguna prueba o pista, de qué podría haberles ocurrido a nuestros amigos- le contó Eitan- por lo tanto no podemos declararlos oficialmente muertos. Estamos en un terreno conjetural al respecto.

-Es realmente grave lo que está sucediendo. SO se extralimitó y creo que el Grupo debería tomar alguna represalia. Porque esto ya es una guerra abierta y se deben tomar medidas inmediatas- dijo Rami furioso.

-Eso es justamente lo que ellos quieren, nuestra reacción, para victimizarse y justificar sus acciones ante su gente- argumentó Eitan

-Vámonos ya- apuró el profesor - llevemos a Rami al escenario de la tragedia de una vez- dijo Liberman levantándose de la mesa del café.

A medida que se aproximaban al lugar de la catástrofe, Rami no podía ocultar sus emociones. La onda expansiva de la explosión, había impactado en las fachadas de los edificios aledaños y había causado destrozos impresionantes. Rami agarraba con una mano su cabeza semi calva, mientras con la otra sostenía su inseparable pipa irlandesa, para que no se le cayera al suelo. Sus manos temblaban cada vez más, a medida que se iban acercando al núcleo del estallido.

Todavía había personal de limpieza, aseando la calle y personal privado de los seguros, reparando los destrozos en los edificios frontales y contiguos, al devastado inmueble al cual se dirigían.

Subieron al apartamento usando un elevador externo, facilitado por el cuerpo de bomberos.

Un grupo de agentes armados situados en lugares claves, custodiaba sin llamar demasiado la atención, el lugar y el perímetro.

Entraron con el trémulo y agitado Rami, caminado sobre los restos carbonizados, de lo que había sido el apartamento rentado por nuestros amigos.

De pronto, Rami siente un tirón en su cuello.

El profesor y Eitan lo observan extrañados.

-¿Qué sucede Rami?- Pregunta el profesor, mientras Rami se queja, por el dolor del tirón en su cuello, que va progresivamente en aumento.

-¡La cadena!...¡Me está empujando!…¡Duele!- exclamó Rami desabrochándose los botones de su camisa.

Nadie entendía nada, hasta que Rami abrió su camisa y la piedrecilla que llevaba colgando de su cuello, salió bruscamente estirando la cadena de oro, empujándole hacia un determinado lugar del carbonizado apartamento.

-¡Me está arrastrando!- se quejó Rami- ¡Voy a dejarme llevar profesor, antes de que me corte el cuello!-

Todos contemplaban atónitos el extraño fenómeno, mientras Rami, era literalmente acarreado por la diminuta piedrecilla, que flotando en el aire, le llevaba hacia un rincón preciso del apartamento. Solo el profesor reaccionó y sin inmutarse atrapó el *Termógrafo cinético* y se dirigió velozmente tras Rami.

Los agentes del general Eitan observaban toda la escena perplejos, pero su jefe también había reaccionado prestamente y ya estaba en el lugar donde apuntaba la misteriosa piedrecilla.

-No hay nada aquí- dijo Eitan- solo cenizas-

El profesor Liberman acercó el *termógrafo cinético* y examinó meticulosamente el lugar, pero el complejo y sofisticado instrumento no daba ninguna lectura, ni acusaba señal de que hubiera detectado siquiera algo.

-¿Cómo es posible? El aparato no capta nada- dijo el profesor rindiéndose.

Pero ante el asombro de todos los allí presentes, la piedrecilla se encendió con una luz muy intensa y en el lugar donde apuntaba, apareció como de la nada, el cristal de Débora.

-¿Cómo es que apareció de la nada?- preguntó Rami, totalmente desconcertado y también aliviado, porque la piedrecilla ahora colgaba de su cuello como siempre, sostenida por la cadenilla de oro.

-Creo que el cristal tiene la habilidad de moverse en dimensiones y también en mundos inaccesibles e incomprensibles todavía para nosotros – explicó el Físico Cuántico.

Eitan se inclinó para recoger el cristal que brillaba refulgente y lo observó con mucha extrañeza.

-¿Usted ve lo mismo que yo, profesor?-

-¡Sí Eitan y es increíble!- contesta Liberman-

Rami se acerca y tomando el cristal en sus manos, ve en el fondo, junto a la estrella de David, cuatro figuras difusas. Se acomoda muy perturbado, sus anteojos circulares para ver mejor, sin percatarse que la piedrecilla que lleva colgando, vuelve a encenderse nuevamente, debido a la proximidad con el cristal.

Los dos cristales, al entrar en contacto gradualmente aumentan la intensidad de su luz, y un fenómeno muy extraño y sorprendente, comienza a desarrollarse ante la mirada alucinada y perpleja de todos.

La intensidad de la luz emitida por los cristales, aumenta a un punto tal que los va envolviendo como un blindaje.

Y ese blindaje aislándoles del entorno, les protege de unos poderosos rayos que irradian los cristales, similares a láseres, que con una velocidad indescriptible, "imprimen" en tres dimensiones como en un *holograma*[75], cuatro figuras que poco a poco van corporizándose. Bruscamente, la luz de los cristales se apaga y los virtuales *"hologramas"*, se corporizan materialmente en carne y hueso, en las personas de los cuatro amigos, supuestamente muertos por la explosión.

75. **Holograma***: Es una imagen tridimensional obtenida por medio de la técnica holográfica*

CAPÍTULO 47

Estábamos de vuelta y la experiencia había sido inconcebible. No había palabras para explicar una experiencia así. Nos abrazamos todos y nos llevaron a un centro de rehabilitación para auscultarnos. No emanaba ningún tipo de radiación desde nosotros, estábamos completamente limpios.

-Hemos localizado la ubicación de la *vara*- le dijo Débora al profesor Liberman

-Las coordenadas la ubican en la ciudad de Nueva York de los Estados Unidos de América- dijo Peter

-Ahora comprendo la furia de SO- dijo el profesor- han sufrido una derrota tremenda, porque no consiguieron apoderarse del cristal. Sin embargo me queda una pregunta: ¿Por qué SO está tan interesado en apoderarse de la *vara*?-

-Es más de lo que pensábamos profesor- dijo Débora- ahora sabemos que la *vara* es por sobre todo, una fuente inagotable de energía y de control de todos los recursos naturales del planeta. Poseyendo además el poder de transmutación en todos los reinos: *mineral*, *vegetal*, *animal* y *cósmico*. Es también un arma, que puede llegar a destruir a los adversarios de quien la porte, en una confrontación-

-Es alucinante lo que cuenta señora. Ya tendremos oportunidad de hablar extensamente sobre vuestra experiencia- Dijo Liberman

Mirándome a los ojos en una forma totalmente enigmática, Débora le dice al profesor Liberman:

-Creo que Rádem, les puede explicar mucho mejor que yo lo que nos ha sucedido- dijo tomándome de la mano.

-¿Y quién es Rádem?- preguntó el Físico Cuántico.

-Ya hablaremos de esto profesor- dije mirando a mi esposa. Y mientras subíamos por el ascensor, le susurré al oído- creo te has apresurado un poco, Zenta.-

El general Eitan nos esperaba en la terraza, con sus agentes de custodia armados, para trasladarnos.

-Será necesario mantener vuestra existencia en secreto- recomendó el general Eitan.

-Es mejor que SO crea que ha tenido éxito en eliminarlos- asintió Rami.

-Bien- dije yo- ¿Y cómo continúa esta aventura?-

-Los llevaremos a una base secreta del Grupo. No se asusten, es una casa segura con muchos compartimentos como para que estén muy cómodos- dijo Eitan, mientras nos ayudaba a subir al helicóptero que nos iba a trasladar.

-La próxima etapa, será trasladarnos a los Estados Unidos para apoderarnos de la vara, antes que nuestros enemigos de SO- dijo el profesor- Pero por ahora, será necesario que descansen y se repongan, para la próxima aventura que se nos presenta, mis amigos- agregó Liberman, despidiéndose de nosotros con un fuerte abrazo.

-¡Ah! Casi me olvido- dijo Eitan- no se preocupen por sus familiares. Los pondremos al tanto de vuestra actual situación, relájense.

Lucy, Peter, Débora y yo nos miramos. Evidentemente, ninguno de nuestros amigos, tenía la más mínima sospecha, de quienes éramos realmente.

FIN DEL PRIMER VOLUMEN

CONTINUARÁ ESTA FASCINANTE SAGA, EN EL
PRÓXIMO VOLUMEN, A SALIR PUBLICADO EN
BREVE Y CUYO TÍTULO ES:

EL VIAJE – ÉXODO

Avisaremos oportunamente a nuestros queridos lectores,
cuando esto suceda y los medios en donde será publicado.
Agradecemos que nos hayan elegido y esperamos vuestros
comentarios en nuestro E-mail: eli.pessaj@gmail.com
Los que serán publicados en la página de Facebook

DATOS DEL AUTOR

Elías Pessaj, nació en la ciudad de Buenos Aires, Argentina en el año de 1951. Es Arquitecto Master y Urbanista, con títulos Argentinos e Israelíes. Además de su ciudad natal, vivió en diferentes países y en diferentes ciudades, como ser Montevideo, Uruguay; Beer Sheva y Tel Aviv, Israel; Nueva York y Miami, U.S.A.

Es un viajero empedernido, que lo ha llevado a recorrer medio mundo, a veces por trabajo, otras por placer.

A pesar de ser un profesional de alto nivel, de tener una formación académica y un gusto por las Ciencias Exactas y la Física, estuvo en contacto con ilustres maestros espirituales. Sin embargo, su mayor conocimiento no proviene de estas escuelas. Sino de una serie de "Experiencias de Contacto", que comenzaron en 1991, que produjeron un cambio notable, en su percepción de la vida y de la realidad.

Esta novela está desarrollada, con el afán de transmitir parte de esos "conocimientos", en forma amena e imperceptible. Es el deseo del autor, estimular al lector en la búsqueda interior, para mejorarse como persona y ser una mejor influencia para el mundo, en Amor y Paz.

Elías Pessaj
SER O NO SER
Aquí y ahora…

ELÍAS PESSAJ
ARQUITECTO MASTER Y URBANISTA
ESCRITOR, FILÓSOFO, POETA, MÍSTICO

Blog: www.seronoser-tudecides.blogspot.com

Páginas en Facebook

Personal: www.facebook.com/eliaspessaj

Comunidad : Tu quieres ser:

www.facebook.com/Tu-Quieres-Ser-143977052298240/

E-mail: eli.pessaj@gmail.com

Créditos

Foto de la tapa: por Ezequiel Sebastián Pessaj ©

Tomada sobre el Monte Masada, Israel